未和汀遇

沈熊猫 著
SHEN XIONGMAO

江苏凤凰文艺出版社
JIANGSU PHOENIX LITERATURE AND ART PUBLISHING, LTD

图书在版编目（CIP）数据

未汀和遇 / 沈熊猫著. -- 南京 : 江苏凤凰文艺出版社, 2017.12
ISBN 978-7-5594-1058-0

Ⅰ. ①未… Ⅱ. ①沈… Ⅲ. ①长篇小说－中国－当代 Ⅳ. ①I247.5

中国版本图书馆CIP数据核字（2017）第218076号

书名	未汀和遇
著者	沈熊猫
责任编辑	姚丽
特约编辑	韩志萍
出版发行	江苏凤凰文艺出版社
出版社地址	南京市中央路165号，邮编：210009
出版社网址	http://www.jswenyi.com
印刷	河南瑞之光印刷股份有限公司
开本	880毫米×1230毫米 1/32
印张	8.5
字数	200千字
版次	2017年12月第1版 2017年12月第1次印刷
标准书号	ISBN 978-7-5594-1058-0
定价	32.00元

（江苏文艺版图书凡印刷、装订错误可随时向承印厂调换）

目录

CONTENTS

○

楔子

巨浪滔天，海水和雨水拍面而来。林未汀死死拽住了手里的牵引绳，虽然那头已经固定在安全地带，但她还是不放心。

今日澜城挂起了风球，晚上八点左右会有台风登陆。哪知天气骤变，现在就开始刮风下雨，灰色的天空和翻涌不息的大浪看得人心惊胆战，根本没有人敢在这个时间下海去找人。

“未汀，算了，你快回来，爸爸去找！”林父的叫喊声被风割裂，传到林未汀耳中的时候，几乎听不清楚。

她知道父亲是在担心她，但是这个时候，她不会让父亲冒险。未汀用力攥紧了绳子，一步一步在海浪中艰难行走。她一边走一边大喊：“庄遇，庄遇你在哪！庄遇……”

早在一周之前，天气预报就已经报道今日晚间九时会有台风登陆。澜城是沿海城市，自然做好了防御准备。

林未汀也奉母亲大人之命去接爸爸下班。哪知她刚到警局，就和局长遇了个正着。局长急匆匆地去找林父，说是有急事。

局长想要林父带队，去海滩搜寻一个名叫庄遇的人。那人随父亲来澜城度假，谁知在沿海路附近游艇失踪了。而且他父亲说，庄遇最近精神很不稳定，说不准会做出什么事情来。

“其实我也不想在这种节骨眼上让兄弟们冒险，但是这是上头传达下来的命令，我实在是没有办法啊。”

林父当即点头，马上准备带队赶往游艇会附近。林未汀开车跟在警车后面，一直跟到了目的地。

“爸，你答应了妈妈今天早点回家的。”林未汀扯着林父的衣服，不让他走。

“未汀，这是爸爸的任务。”林父安抚地拍了拍林未汀的手背。

“不就是找人吗？我去！”林未汀把手里的伞塞给了父亲，“我水性好，而且这片海域我熟。万一被卷到海里，我可以游回来。你们给我准备一根牵引绳、一身救生衣，我下去找！”

女生的话遭到了众人的反对，大家都不同意她冒险。但是林未汀非常执拗：“你们不同意，我现在直接跳下去！”

风大雨急，站在路边都能听到大浪拍岸的声音。所有人都沉默了。

他们僵持了很久，林父终于让步，他让人拿来救生衣和保险绳索，林未汀麻利地穿上了。

一切准备就绪，林父将牵引绳拽在手里，又重新扶了扶她胳膊上挂着的对讲机。

“万事不要勉强，绝对不要松开保险绳。我只给你半小时的时间。”

台风天气瞬息万变，半个小时也存在很多危机。林未汀点头：“爸，你要相信我。”林父伸手摸了摸女儿的脑袋，脸上写满了担心。

喊了十来分钟，林未汀嗓子都要哑了。她的手脚已经失去知觉，连冰凉的海水都不能再刺激她半分了。面对恶劣的天气，她觉得人类真是渺小。五米高的海浪说来就来，一个浪头卷过来，她只能抱着脑袋，勉强不被海浪的推力波及，从而避免撞上护堤。

就在这举步维艰的情况下，有人声断断续续地从对讲机里传来：“右……后……白色帆船……有人！”

这时，林父的声音也传了过来：“不要去！那里牵引绳够不到，太远了，不安全！”

林未汀抹掉了脸上的水，艰难地朝那辆白色的帆船走去。不过短短一百米，她却感觉自己走了好久，嘴唇都被冻成了紫色，大脑也开始混沌起来，但她几乎可以看到男生黑衬衫的衣角了，差一点点，还差一点点就到了。

最后迈出的那一步，却被牵引绳狠狠绊住。她想也没想，伸手便抠开了牵引绳上的搭扣。肩上的对讲机也因为进水而发出了滋啦滋啦的电流声。未汀三两步奔到那人面前，虽然那人已经昏迷，但他也不傻，居然用外套将自己和船锚牢牢地系在一起。那人年轻的面庞被冻得青紫，左手攥成拳头，右手还紧握着铁链。

她伸手探了探，此人还有呼吸，林未汀顿时放下心来。她没有多余的时间庆幸，立马解开绑在他身上的外套，抠了半天，却怎么也打不开。

岸上的人开始着急，林父已经叫下属去车里拿多余的救生衣，他要下去救女儿。

林未汀用尽全力开始撕扯那件衣服，衣袖被撕出一条小口，她用力扯开，终于让那人和船锚分离。

突然间一阵大浪卷来，林未汀差点被卷走。好在她死死揪住了船锚，这才保住了自己和那个人。大浪退去，她拖着男生往岸上走。其实她一点力气都没有了，此刻的坚持，无非是手里还拽着一个好容易救回来的人。

林未汀咬着牙把他拖到安全地带，她找到了之前抛开的牵引绳。雨水纷纷砸到林未汀的脸上，她的手有些发抖，绑绳子的时候多次出错。她闭了闭眼，狠心咬破了舌尖。

突如其来的疼痛让她清醒了不少，林未汀用绳子在男生的腰间打了个死结，随后拨弄了一下肩膀上的对讲机，这才发现它早就被水泡坏。女生站直了腰板，冲着岸上打手势。

绳子开始往回收缩，林未汀攀着男生的一只胳膊艰难前行。林父全副武装跳下沙滩，用尽全力向女儿跑去。

此刻风雨更大，突然的大浪从海面袭来。众人在岸上看得清清楚楚，他们大声呼叫，心都提到了嗓子眼。那阵海浪太大了，所有人看到它只想逃走。

他们奔跑的速度远不及海浪上岸的阵势。岸上的警察死死拽住手里的绳子，林未汀也用力握住绳子。林父几乎是手脚并用地往女儿的方向赶。

但一切都太迟了，巨浪冲上了护堤，甚至连公路也被波及。被水冲击的人徒劳地抓住一切可以抓住的东西，他们拼死挣扎，无论如何都不肯放手。

海浪退走，沙滩上只剩两人，林未汀不见踪影。

台风过后，澜城电视台发布晚间新闻。此次台风造成十六人死亡，四十二人受伤，还有五人下落不明。

其中一名下落不明的人，正是林未汀。

第一章

含羞草与不要脸

“季淑，你被男生送过含羞草吗？”

林未汀拨弄着手里的含羞草，漫不经心地问到。

今日课毕，她走回寝室，刚准备上楼，就被宿管阿姨叫住：“林未汀是吧，有你的礼物。”

她相当意外：“阿姨，你知道是谁送的吗？”

宿管阿姨一脸冷漠，随手把植物递了过来：“每天追女生的小伙子太多，哪个记得清。”

季淑从洗手间出来，她洗了头，用干发巾把自己包成了印度人。她拖来凳子落座：“可能那人暗示你如含羞草一般娇羞。”

她做了个挑眉动作，看得林未汀一阵恶寒。

“但是……”林未汀侧过身直面季淑，“你觉得我这张脸，有男生会觉得我娇羞？”

虽然林未汀从未察觉自己的脸有问题，但旁人却说她“一脸凶相”。

只要她面无表情，旁人就会误会她是不是不开心。在课上分组讨论，林未汀偶尔开个小差，全组人都会停下来看着她。她以为自己被抓了个正着，正准备开口道歉；发言人战战兢兢地问："我说错了什么吗，是不是惹你不开心了？"

为此林未汀揽镜自照很久。最后她得出结论："不高兴脸"就是天生的，即使注意到，也没办法改掉。这是不治之症，终身顽疾。

季淑捧着她的脸，闭上了眼睛说："我还是觉得你挺娇羞的。"

"那你为什么闭着眼睛说话。"林未汀问。

"我总不可能睁着眼说瞎话吧？"季淑一脸无辜。

两人相对无言。林未汀重新将注意力放在那盆含羞草上。她拨弄着含羞草的叶片，却发现这盆小草和其他的同类不太一样：它怎么摸都没有反应，连叶片都不闭合。

林未汀让季淑摸了几下，含羞草叶片大展，没有半分羞涩感。

"这草有毛病啊。"林未汀感慨。

"你看这小盆上的标签，就是我们学校后街那家植物店的店名。"

两个女生抱着盆研究了一阵。季淑怂恿她："你去那家店问问，说不定能知道是谁送的。"

林未汀有点忐忑，但也好奇。她确实想知道谁会送她一株含羞草，并且这株草还不会害羞。

下午没课，林未汀换好衣服抱着草准备出门。坐在床上玩电脑的季淑喊："未汀，布丁奶茶和烤鸡翅，鸡翅变态辣。辣到不要不要的最好！"

"现在图爽多吃一口，半夜上秤哭到窒息。"林未汀看着她，"季淑，长点心吧。"

季淑伸出脑袋，挪开耳机，问了一句："点心，什么点心？我要小宝石红方！"

回答她的，只有一记响亮的闭门声。

林未汀抱着草来到了后街，小店还开着门，里面有个穿黑色围裙的男生。

他长得俊秀，细碎的刘海搭在前额，眼神专注地看着植物。

男生鼻梁高挺，嘴唇红润，右边的耳垂上还戴着一颗钻石耳钉。闪亮的耳钉和他相称，让人更难移开落在他身上的视线。

男生感觉到有人在看，他抬头对上林未汀："有事吗？"

林未汀举着草对他说："别人送我的含羞草，但它怎么都不害羞。"

男生说："可能你买的这盆不要脸。"

说真的，林未汀生平第一次听到如此粗暴的解释，震惊得让她忘了反驳。

"那个……不是！按理来说草如其名，难道这盆是冒名顶替的？"

林未汀找回了因惊吓而出走的智商，理直气壮地反驳了一句。

男生反问："夫妻肺片里也没有夫妻二人的肺，你难道要指责卖家欺骗顾客？"

林未汀一时无话，她气鼓鼓地瞪他。

男生嗤笑。他停下手里的工作，拨了拨那株草。说来也奇，林未汀怎么都拨不动的草他一摸就缩了起来，羞答答的模样惹人怜爱。

"看，怎么不羞了。这不是挺好的吗？"

男生的手指纤长好看，只是右手的食指和中指上有两条破坏美感的疤痕。他见林未汀目光不移地看了许久，立刻将手收了回去。

男生对她说："还有事吗？"

"没了。"

"没事你可以走了。"

这人居然比她脸还臭，简直不可思议。

林未汀抱着那盆“不要脸”走回寝室，完全不记得答应了季淑什么。她恍恍惚惚，总觉得在哪里见过那个男生。

季淑看着两手空空的林未汀，在床上打起滚来。她用力拍着床板：“人和人最基本的信任到哪去了，你这是要饿死我吗？”

“季淑，如果你能回答我一个问题，我立刻去买鸡翅。”林未汀说。

假号半天的季淑捶了两把胸膛：“你早说嘛，害人家白哭了。”

“后街卖小盆栽的你知道吗，长得挺好看的，这里还戴了个耳钉。”

说话时，林未汀点了点自己的耳垂。

“小百科”季淑翻了个白眼：“拜托，我校和隔壁申音符合这种描述的人起码有上十个，我可找不出来。”

林未汀立刻道歉，她仔细回想男生的长相后，跟季淑详细描述了一遍。季淑在电脑上噼里啪啦一阵敲打，林未汀手机发出提示音。

“你上线看看，是不是这个人？”

林未汀打开手机后，立即冲季淑竖起了拇指。

“那当然，我是谁！”季淑自得，“申音校草，管弦系的庄遇，他有一大批女乐迷。你也是其中之一？”

林未汀摆手：“不不不，刚刚在植物店遇见的。”

“我还以为有八卦呢。毕竟此人在我校也很出名。据说他休学一年，好像跟之前的女友有关。”

林未汀若有所思。季淑指着她：“我的任务完成了，现在，你，快去给我买吃的！”

她被赶去后街。路过那家植物店时，林未汀往里看了一眼，彼时冷清的店面现在人满为患。人头攒动，女生居多。

“这些人干吗？”林未汀嘀咕一声。

“找我签名。”有人回答。

她循声望去，庄遇戴着一顶鸭舌帽站在旁边，右耳上的钻石很是显眼。

他饶有兴致地打量了她几眼，林未汀退了几步，神情防备。

“你以为我要对你做什么？”庄遇坏笑，唇角印出了一粒酒窝，此刻显得又帅又痞。

林未汀哪里知道他要做什么。她轻咬嘴唇，正在思索如何回答，庄遇却突然抓住了她的胳膊。

他冲着那群女生喊道：“你们别找了，我和我女朋友在一起。”

男生的声音脆亮，比少年音又多了一份厚重。街上霎时安静，一群女生转过头来看向二人。

如果眼神能化为利刃，林未汀觉得她身上一定千疮百孔。十几双淬了毒的眼睛，简直让她不敢直视。

“你疯了？我根本不认得你！”林未汀用只有两人才能听到的声音低喊。

男生不理，他继续说：“我女朋友练过散打，一个背摔就能送人进医院，为了你们的生命安全，记得一定要跟我保持距离。”

造谣，这根本就是造谣！林未汀怒目而视，对方却深情款款地对她说：“女朋友，不要生气了，我是清白的，我一定会跟她们保持距离。”

说完之后，他执起林未汀的左手，轻轻吻了吻她的手背。

林未汀要疯，这人神经病啊！

众人也不清楚林未汀有没有练过散打，但他们看清她的模样后，却非常信服庄遇的话。

不怪别的，主要是林未汀太高，站在庄遇身边都没矮上几分，再加之那张不高兴脸，谁都会怕。

特别是她现在生气，表情更加狰狞。有些女生不自觉咽了下口水，向后退了半步。

庄遇得意扬扬，他拖着护身符林未汀，大摇大摆地往前走去。本来应该跟上的女生们有些迟疑，居然没有一人尾随。

他们走到了音乐学院，男生一路死拽着她的胳膊，林未汀怎么都甩不开。

强拖硬拽之下，林未汀被庄遇带到了琴房。

琴房隔音效果好，在里面嚎上两嗓子外面也只能听到蚊子叫。况且男生还用白纸将门上的玻璃条给贴上了。

此刻的琴房就像个完美的犯罪空间。林未汀心中警铃大作，她下意识躲到了墙角，双手挡在胸前："你……你你你要干吗？"

庄遇大笑，他扶在钢琴旁直不起腰来。林未汀缩在一边，几乎是用防狼的眼光看着他。

他笑够了，这才对林未汀说："你想太多了。"

"那也是你害我想太多！"林未汀很是气恼，"我根本就不认得你，你刚才为什么要那样说！"

"对啊，你不认得我，你干吗站在那里看我的热闹？"庄遇问她。

是她理亏，她只能低头。

对方见她没有回答，有些意外。他挑眉："喂，怎么不顶嘴了？"

"没什么好说。"林未汀蹲坐在地，抱着双膝。

"我以为你会说，路上那么多人看好戏，不差你一个。"庄遇坐在钢琴凳上，半弯腰看向她。

“可……可是看别人笑话确实不对。”林未汀说了一句。

男生沉默了一阵。他突然站起身来往林未汀的方向走去。林未汀抬起头，一瞬间被震惊。

两人并肩而立的时候还没什么感觉，这样看来，庄遇真的好高啊。

庄遇走到她身前，压迫性十足。林未汀退无可退，只能把自己圈得更紧。

别看她个高脸臭，但林未汀此人性格是时怂时有种。面对庄遇这样不按常理出牌的人，她无法预料对方下一步的动作，此刻怂到不行，只想落荒而逃。

林未汀和他面面相觑，庄遇说：“你笑一个。”

“我笑一个你就会放过我吗？”林未汀充满希冀地发问。

对方板着脸，无情地回答：“不会。”

“那为什么要我笑？”

“毕竟含笑而终的结局听起来会好一点。”庄遇说话时习惯性挑了下左边眉毛，端正的模样中流露出几丝魅惑，看起来确实吸引人。

但林未汀此刻却没有这些想法，她一门心思只想着如何脱身。

一站一坐，一强一弱，一男一女。

如果硬拼，估计还没摸到门把手就被放倒。她盘算半天，只觉得自己胜算极小。虽然她也不知道对方想做什么，但求饶总是没错的。

林未汀思索一阵，决定先喊上一声帅哥让对方高兴一下。哪知她刚一开口，便说错话了：“这位师傅，你到底想怎么样？”

庄遇睁大眼睛，他这可是生平第一次被人喊作师傅。男生不甘示弱，说：“八戒，你看你胖得连话都说不清了。”

林未汀悲愤，她哪里胖了！她一米七八一百二十斤怎么算胖！

要不是害怕这人号令他的乐迷来打击报复，她可就真揍他了。

“那，那我重来。这位帅哥，我道歉。我也不知道哪里得罪你了，反正，总之，对不起！”

林未汀将脑袋埋在怀里，声如蚊蚋。

“我没要你道歉，你又没做错什么。”庄遇有些好笑，“我就是想借你这张脸用用。”

听完前半句，林未汀抬头长吁；听到后半句，她毛骨悚然。她伸出双手遮着脸，退无可退：“我……我……我这张脸不好看，也没什么用……你要来干吗？”

庄遇都听到了她话里颤音，如果不是有正事相求，他绝对先笑为敬。这女生脑子里都在想什么乱七八糟的，他怎么觉得自己在对方眼里是个变态杀手呢？

“你哪个学校的？”庄遇问她。

“鸣澜的。”她回答，也没忘遮着自己的脸蛋。

“隔壁的啊。什么专业？”

“哲学。”

男生的眼神稍有波动，但一瞬间，又恢复了往常状态。他向林未汀伸出左手：“起来，我跟你说点事情。我不会伤害你的，你别把我想成什么变态或者杀人狂。”

“一般变态都说自己不是变态，杀人狂不拔刀之前都很正常。”林未汀义正词严道。

“你再说一句我拔刀了啊，还不站起来？”庄遇磨牙。

林未汀立刻起身：“那我们好好说话，别动刀动枪的。”

两人分别落座。林未汀脸色认真，如同听取重要报告一般地看着庄遇。女生专注的眼神居然让他不好意思起来。

男生轻咳了一声，这才开始说起他的事情。

无非是红颜祸水这些常有的烦恼。比如什么被围堵，被要求合影签名，天天收花、收到告白，有人堵在琴房门口他没办法练习……

反正这些烦恼都是林未汀无法理解的。毕竟她号称异性绝缘体，连公猫公狗见了她都会绕道走。被一群异性关注，那真是想都不敢想。

林未汀默默腹诽：如果他的异性缘能分她十分之一，那她也可能理解男生的烦恼了。

听到这里，林未汀半是疑惑地提问："所以，你是来跟我吐槽的？"

"你听我说完！"

"哦哦。"林未汀正襟危坐，示意他接着说。

"所以，我希望能让你做我的女朋友。当然，不是真的那种。我每天会陪你上课替你占座，和你一起吃一日三餐。当然，你也要在没课的时候陪我在琴房练琴。大概就是这样。"

话音落下，林未汀捕捉到庄遇脸上的一丝绯红。他皮肤很白，脸红起来很容易察觉。

这就是所谓"借她的脸用用"？这太离谱了。

"你可以找别人啊，喜欢你的女生那么多，你随便找一个，她们都很乐意。"林未汀说。

"就是因为她们喜欢我，这才不可能。"男生一只手搭在钢琴上，"我很感激她们喜欢我的心情，但我没办法去利用这份心情。"

"那你这种举动不也是在利用我吗？"林未汀悲愤。

"不一样啊，你不喜欢我。而且你这张脸能够有效地阻隔人群。

你可以这样想，你是我的贴身保镖，我管你三餐，你要工资我也可以给啊。你看，我们这是雇佣关系。这样想你会不会觉得好多了？”庄遇说道。

“还有工资？”林未汀问。

庄遇点头：“一天一块，多的没了。”

这什么雇佣关系，太抠门了。林未汀本能地想要拒绝，但庄遇看向她的视线又太迫人。她的嘴唇上好像封了层胶水，怎么都说不出半个不字。

主要是她害怕，怕拒绝之后，庄遇不让她走。

见她再三犹豫，庄遇突然发问：“你一定没有谈过恋爱吧？”

她愣了，这人怎么会知道？

拜林未汀的身高和长相所赐，她一直恋爱失败。一来男生个头没她高，二来她的脸实在太臭，也没什么人敢和她说话。

林未汀犹记得大一时喜欢一个男生。在室友们的鼓舞下，她将男生堵到墙角表白。她还没开口说话，男生“扑通”一声就跪下了。他双手高举递上钱包，声音颤抖地说：“大姐，我的钱全在里面了，有事您说话。”

自那次之后，林未汀的自信被打击到谷底。她好恨自己为什么不是一米五八的身高，不求甜美可人，小鸟依人总行吧？

不过这种愿景，只能等下辈子了。

庄遇一言道破天机，不给林未汀半分面子。

“一句话，同意还是不同意。当然，你要是选择三个字的答案，就别想走出这扇门了。”

说完这句之后，庄遇又说：“你看，如果你同意了。每天除了三餐和一块钱，还有人陪你上课。虽然我在申城不算出名，但好歹在这两个学校里也算有人认识。有我待在你身边，你还可以说这是你的男朋友，是不是比背了一个名牌包还有面子？”

这人真是谈判专家，他双管齐下软硬兼施的本领真是绝了。

林未汀不说话，心里却有些动摇了。女生心底里那小小的虚荣感如同蝴蝶的翅膀，轻轻一扇，便撩拨得她无法拒绝了。

庄遇看她的神色似有松动，便从口袋里摸出了一块钱硬币。他将硬币放在拇指上，伸手一弹，便飞了出去。

落点正好是林未汀怀里。

她被突如其来的硬币砸了个正着，还没来得及抱怨，就看到庄遇蹲在了自己身前。男生一只手轻轻搭在她的左手上，道：“收了我的硬币，就是我的人了。”

他刻意压低的声调实在动听，那张帅脸近在咫尺，林未汀心中最后一点理智也被击垮。她鬼使神差地点了头。

庄遇笑了起来。他的眼睛里溅出了点点星光，如同深夜里若隐若现的银河。

那一瞬间，林未汀有点迷茫。明明只是雇佣关系，他需要笑得这么真吗？这一笑勾得她耳根都红了。

男生蹲在原地，他掏出手机递给林未汀：“把你的手机号和名字存进去。对了，忘记问你叫什么了。我是庄遇，申城音乐学院管弦系大提琴专业，住三号寝室楼，坐标708。没事的时候会去那家植物店兼职，不过乐迷太多，我最近也没怎么去了。”

“林未汀。”她说，“我叫林未汀。”

“Waiting？”

听到这个名字，庄遇又笑了。他空出的右手指着林未汀："你是Waiting，我是You。我们两个的名字合在一起，不就是'Waiting For You'吗？"

男生坐在地上，一只胳膊毫不客气地压住了她的膝盖："你看我们的名字都这么有缘了，不在一起真是说不过去。"

林未汀正在打字的手抖了一下，心脏突然增速。明明是假的，他居然也能说得这么动听。这人果真不能去祸害喜欢他的女生。哪怕他只是抛个眼神，大概就能把人哄走了。

"明天下午你有课吗？"庄遇问了一句。

"没有。"

"那正好，你来陪我拉琴。要是没来，你知道的。"

出卖色相之后又是威逼，这人套路玩得深，她点头："是是是，我一定来。"

庄遇没急着放她走，又问了她一些问题。比如她住哪栋寝室楼，又比如她每天早上在哪个教室上课。等他问够了，这才大手一挥："你可以走了。"

林未汀喜不自胜，飞一般扑向大门。她拧开把手，几个趴在门上的女生如多米诺骨牌一样噼里啪啦倒了下来。林未汀的臭脸和身高在此刻发挥了完美的作用——还没等她说什么，几个女生一溜烟小跑离开。她们的议论声还在她的耳畔挥之不去：

"他的女朋友好像女打手！"

"你看过《杀死比尔》没，我感觉她很像里面的刘玉玲，那单眼皮那颧骨都像！"

林未汀真想追上去打人了，她是内双好吗！

站在她身后的庄遇“哧”的一下笑出声来：“你比刘玉玲漂亮，虽然没有刘雯大表姐那么好看，但我的‘女朋友’嘛，在我眼里总是最美的。”

他伸出手，轻而易举地拍了拍她的脑袋：“我知道，你是内双。”

说真的，庄遇不犯贱时还挺有校草的风范。至少这一刻，林未汀觉得有些温暖。她看了那么多男生的头顶，如今被人摸头杀，还是头一遭。

通过几天的相处，林未汀终于明白了一个真理：这个世界上是没有免费午餐的。吃饭这件事，如果不要钱，那就是要命的。

她第一天上岗就任“女朋友”时，庄遇让她守在琴房外，理由是他要练琴。保镖嘛，老板要她守在哪里她就守在哪里，她不挑的。

林未汀搬了个椅子坐在走廊上，像个石狮子一般伫立在琴房外。

隔壁琴房里传来翻江倒海的钢琴声，但庄遇这间安静得出奇。林未汀翻看着《数理逻辑基础》，心里还在嘀咕。不是说要练琴，为什么还不动手？她还想听听庄校草琴力几何呢。

书看得久了，她眼皮都有些泛酸。身后的琴房里还是安安静静，好像没人一般。

林未汀坐得饿了，起身去买了杯酸奶，再走回琴房时，她听到了凌乱而破碎的音符。算不上好听，跟难听只有一线之差。那一线全靠他的颜值撑着，使得她的评价没有低到谷底。林未汀愤愤不平地咬着吸管，如果能靠身高当校花，大概这条街上就数她最美了，她还学什么一阶逻辑啊。

她将脑袋抵在门上，逻辑基础扔在一边，双手在手机上摁得飞快，给小百科季淑发了一条微信："有没有传言说庄遇拉琴很难听？"

小伙伴果然消息灵通，她马上回复："没有，他前几年参加过本市的新年音乐会，曾经出过个人专辑。虽然我没有听过，但此人的琴拉得也是极好的。"

看到这条消息的林未汀不敢相信自己的眼睛。她摸了摸耳朵，一脸茫然。只是买个酸奶的工夫而已，难道里面换人了？林未汀有些忐忑，她蹲在门口，伸着脑袋努力往里看去。

大门没有关好，她整个人重心全部靠了上去。那扇门被她推开，她也没个防备，摔了进去。

琴声停止，林未汀撞到琴凳，发出了"砰"的巨响。

抱着大提琴的庄遇抬起头来，两人面面相觑。为了缓解尴尬，林未汀举起手里的酸奶："你要喝吗？"

庄遇的脸红了个透。他假装强硬地冲着林未汀吼了一句："出去！"

那表情，简直就像他没穿衣服被人看光了一样。

林未汀出来了。她坐在椅子上接着看书，耳边萦绕着那破烂一般的琴音，心里直突突。

这叫她假拉都拉不出如此水准啊，真是太难听了。林未汀忍无可忍，伸手敲门。她探入脑袋："那什么，有耳塞吗，我扛不住了。"

庄遇没有耳塞，他送了林未汀一对卫生球。

在这样的琴音中历练了一段时间的林未汀，日渐消瘦，茶不思饭不想。季淑拿着布丁和蛋糕在她面前走来走去都没有诱惑力。她轻而易举地下了定论："未汀，你这是陷入了一场苦涩的单恋。"

睡林未汀隔壁的中文系妹子童甜甜问："什么，未汀恋爱了？能跟她恋爱的我想想……从身高来匹配，就只有长颈鹿了。"

“鳄鱼应该也可以，够凶残，hold 得住。万一未汀不开心把它杀了还可以用来做皮包。一物两用，多好。”经济系的妹子小染插话道。

林未汀：“……”

当年入学，刚毕业的学姐学长曾因为寝室关系闹得不可开交。于是学校不再独断专行，改用抽签决定寝室。校方态度明确：抽签是你们自己的事，抽得好运气好，抽不好赖手臭，跟我们没有半毛钱关系。

林未汀运气好，寝室里都是萌妹子。不过寝室长小染告诉林未汀，这跟她的运气无关。是她脸臭个子高，把她们仨吓坏了，第一反应就觉得她不好相处，大家自觉收起脾气。待了一年多，磨合期过，蜜月期到，大家开玩笑说可以来个桃园结义了。小染问林未汀：“未汀，三结义里你演什么？”

“我？”当时她在刷牙，含糊不清地说了一句，“我演那株桃花。”

学校晚会上，寝室为了蹭学分登台表演。林未汀一句台词也没分到，全程挂着枝丫当桃树。想到这里，林未汀更是悲愤。她哪里脾气不好了，她从头到脚都写着“好欺负”三个字！

她在思考时又露出了一脸凶相。小染轻戳下林未汀肩膀：“是不是谁欺负你了，你告诉我，我们寝室组团包邮去揍人！”

说着，一米六的萌妹子撩起了雪纺长袖，露出了没二两肉的小膀子，在林未汀面前挥了挥。

林未汀看了她一眼，心里更是郁卒。她要是那小胳膊小腿的，能沦落到不眠不休的地步吗？

林未汀的手机震动了两下。短信内容非常简短：“出来吃饭。”发件人：庄遇。

如同条件反射一般，她抓起手机和钱包就往外撤退。三个女生还没说完，她人就没了。小染反应快，追在林未汀后面问："未汀，未汀你怎么啦，你伤心不能自己扛着啊，说出来让我们开心一下嘛！"

"我有事，晚点再回来！"

要赶到庄遇的学校必须路过学校的运动场。运动场有一大截都是篮球队训练用的，平日里篮球队训练都会挤满围观群众，此刻更是人满为患，林未汀听到了一阵又一阵的叫好声。估计是在打校内练习赛，所以观众多。

她本想小跑过去找庄遇，但场上的比赛热烈，观众都在齐声高呼梁枫。

梁枫，鸣澜大学国宝级人物，校篮球队队长。自他入学来，便带领篮球队获得了三届全国高校联赛总冠军。

在梁枫来鸣澜之前，鸣澜大学校篮球队还是一个只能冲进全国高校联赛十五强的队伍，但他来之后，一切都不一样了。而且她记得，她仅有的男性朋友戴睿也在篮球队里。虽然男生总是吹嘘他球打得很好，但林未汀一场都没看过。想到这里，林未汀停下脚步，她往人群中挤了挤，正好看到了梁枫被俩人包围，堵在了外场。

这时，队友将球传到了他的手上。连林未汀都替他捏了一把汗——俩人夹攻，形势对他十分不利，没办法强行突围，猪队友是在害梁枫失球吗？

他不徐不疾，神情严肃。运球时，他闪身躲过了对手的抢球动作。林未汀听到他说："这次不来虚的，我投篮。"

梁枫声音不大，却格外有穿透力。

她愣了一下，非常诧异。居然自报行动，太自信了吧？

梁枫闪身，往后退了两步，人还在三分线外，却摆出了后仰式跳投的动作。这是一个高难度动作，如果没有把握，投手很容易受伤，甚至扭到脚踝。

球已脱手，划出了优美的弧线。梁枫跳投后落地，重心不稳，坐倒在地。队友上前来扶他的时候，篮球正好入筐“唰”的一声，正中红心。

全场惊呼，掌声如雷，林未汀也忍不住叫出声来。梁枫太有魅力了。他带动了全队的气氛，实在了不起。

本来应该迅速赶去庄遇身边的她忘记了自己的使命。林未汀挤到了人群的最前面，开始看起了比赛。

后半场比赛更是精彩，两队人马拼杀得你死活我。林未汀站在场边看得热血沸腾。

突然间，梁枫和对手抢球的时候篮球脱了手。那颗橘黄色的球直直向林未汀的方向飞了过来。

林未汀避无可避，身前身后全是人。梁枫往这边赶了过来，男生手长，一把将篮球拨回了场内，但他整个人受到惯性影响，直直向人群中扑了过来。

首先被砸到的，自然是林未汀。她被梁枫压在身下，连爬起来的力气都没有。

比赛暂停，队员纷纷跑上来关心自家队长，林未汀也被扶了起来。她刚一起身，就看到梁枫的左腿膝盖上被水泥地面蹭掉了好大一块皮，看起来鲜血淋漓。

林未汀不顾自己，连忙走到梁枫身边，道：“走，我扶你去医务室。”

若是他不去救球，砸到的肯定是林未汀。以那枚篮球的速度，砸断她的鼻骨都是有可能的。

她内心有些歉疚，此刻也不知道该怎么弥补。送他去医务室，只是下意识的补救措施。

旁边的队员刚说了个不字，梁枫就伸手轻推了一下队员，对林未汀说：“那有劳了。”

梁枫将胳膊搭在林未汀肩上，她站起身来，队友一声惊叹：“这女生长得好高啊！从身高上来说，真是跟梁枫配一脸啊。”

两人来到医务室，医生出去吃饭了，大门紧闭。林未汀只能先让梁枫坐在门口的长凳上，她说：“你等我一下，前面有个药店，我马上回来。”

还没等男生回应，林未汀已经跑远。

等她再跑回来，时间不过十来分钟。她手里的塑料袋中装了好些东西。女生风尘仆仆，她自己手臂上擦出的血痕都没来得及处理，上面还沾了不少泥沙。

“你先喝点水，我买了消炎药，以防万一，你吞一颗，我怕你伤口感染。”说着，林未汀拿过矿泉水瓶。递出水时，她还事先将瓶盖拧开了。

梁枫有些诧异，这一般不是男生给女生递水的时候才有的小动作吗？他这是被人当女生对待了吗？

清理伤口，消毒，包扎。林未汀这三部曲做得是得心应手。她给纱布贴上最后一条胶布之后，这才站直了身子动了动僵直的脖子：“好了，我送你回去吧。要换药的话你可以来医务室或者叫我帮你换。谢谢你刚才救球。”

梁枫笑了笑，说是笑也太勉强。他只是翘了下嘴角，指着林未汀胳膊上的伤：“你自己呢？”

女生不在乎地拿水一冲，用纱布擦干之后淋了点酒精上去，就算搞定。

和刚才对待他的小心翼翼格外不同，女生对自己的伤口并没有那么上心。梁枫有点好奇：“你不疼吗？”

“还好。看到你碗口大的伤疤，我这点擦伤也没什么。”

“听你的口音，不像申城人。”梁枫问到。

“我不是申城人。”林未汀笑了笑。

梁枫点头：“听你的口音，像澜城那边的，咬字发音很准。”

“是吗？”林未汀有些意外，“你怎么知道？”

“去澜城打比赛的时候听过。”

林未汀若有所思地点了点头，将他的话记在了心里。

“你电话带了吗？我要队友接我回去。”梁枫回答。

林未汀递出自己的手机，男生接过去后打了个电话。他说了几句，挂断之后，又敲了一串数字进去。

“我的号码，存进去了。”梁枫把手机递给林未汀，“谢谢。”

这时，林未汀的手机又响了起来。她拿起来一看，居然是庄遇的电话。惨了，她已经把此人抛之脑后两个小时了。现在接不接电话，都是个大写的死字。电话响了又停，停了又响，无疑昭示了致电者的不屈不挠。

林未汀咬牙接了起来，电话那边的人果然一阵大吼：“林未汀，你人呢！”

她畏畏缩缩：“我……我受伤了……”

“别想骗我！”

“哪敢啊……”林未汀吞了口口水，“真的，路过篮球场差点被篮球砸了，好在梁枫救球，我只是轻微擦伤。”

电话那边一阵沉默，她喂了好几声，对方这才说话："那梁枫和那颗篮球呢，没事吧？"

她就知道这人连一点基本的同情心都没有，她居然还比不上一颗篮球重要！

梁枫已经被队友接走，林未汀朝着庄遇的方向走去。她一边走一边在电话里说："篮球很好，梁枫的膝盖蹭破了很大一块。我的胳膊也伤了。"

"那……给你买碗猪皮补补？毕竟吃啥补啥不是？"电话那边试探性地问了一句。

"庄遇！"你不是人！后面那句林未汀不敢吼出来，她只能腹诽一下。尽管她头发都快气得竖起来了。

"快来，我要饿死了。看在你受伤的分儿上，你今天可以吃点贵的。"庄遇说。

"你……没吃饭？"她试探性地问。

"嗯，等你啊。说好了一起吃饭的。"

明明是一句很平常的话，但传到她的耳里，却泛出了暖意。虽然她觉得庄遇性格恶劣嘴巴也不饶人，但在关键时候，他却能用最平实柔软的话，将她一举击中。

她是真的，没办法认真地讨厌他。不过两个星期后，林未汀就想把之前的念头都给收回来了。

每天都要听那么难听的琴音，再多的感动都被磨得只剩一层皮了。也不知道庄遇怎么想的，他居然让林未汀从琴房外面坐到了琴房里面。这简直就是要她去面对生命中不能承受之重。

林未汀悲愤地问为什么，他的回答理直气壮："这样我就可以声称是我在教你拉琴，难听的声音都可以赖你头上。”

林未汀：“……”

这人的聪明简直对不住他手里的那把琴。后来林未汀问他：“庄遇，其实你不是庄遇对吧？你肯定还有个弟弟叫庄见。有一天你俩过腻了自己的生活，于是互换了身份，让对方来过自己的日子。庄见你就装吧，你的琴音暴露了你的本质。”

庄遇放好了提琴，他走到林未汀身边，举起琴弓。

林未汀吓得抱住了脑袋：“庄见你不要这样，我只是拆穿了你的身份，你不要打我。”

“我打你？我还骂你呢。一米八的身高里寄居了一米五的灵魂。”他有些不屑地看了林未汀一眼。

回到座位上，庄遇将琴弓挂在了一边，对林未汀说：“大提琴很难。”

她点头：“但是你是庄遇。”

“庄遇就应该拉好大提琴吗？”他冲林未汀笑。

“就像林未汀只能学哲学一样。”

“说说，怎么就只能学哲学了？”

他将凳子拖到她身边坐下，眼神和平常很不一样。他眼里的温柔，是林未汀从未见过的。

“我知道你在哲学系成绩很好，既然都这么厉害了，还有什么不满的呢？”庄遇撑着下巴，声音几近喃喃自语。

“我没有不满，我只是想告诉你，别人都有人做了，你只能做你自己。既然选择了，就没有自暴自弃的必要。庄遇会拉大提琴，林未汀只能学哲学，我们用谓词演算来推导一下这两个命题的话，你很快就能得到答案……”

林未汀还没说完，对方马上截住了话头。他扶着前额：“林未汀，我们分明是在讨论一些人性和人格上的东西。”

“但是如果把这种看起来应该由感情控制的东西转化为一些数据符号之后，你会发现很多事情都能够迎刃而解。他们觉得无法解决的问题，只是因为想得太多。”她认真地解释。

“如果人不会想太多，那还是人吗？个体词谓词和量词的推导并不能准确反映情感，这种东西应该被单独加料。”

“庄遇，你暴露了什么。”林未汀眨眼，不怀好意地看着他。

“X。”

一个如此注意形象的人居然当着她的面骂了句脏话，真是……太让她有成就感了。林未汀用肩膀撞他：“老实交代，你是不是暗恋我？要不然为什么会看哲学系的东西？”

“屁。”他用力撞了回来，“起码也得知己知彼吧。虽然我们是纯粹的雇佣关系。”

他用力之大，差点将林未汀撂翻在地。

“你很厉害啊，你怎么知道一阶逻辑里的东西，那并不算简单。”她反问。

“对我来说不难，很多东西我一学就会。”

说这话的时候，庄遇的脸上毫无炫耀之意，他只是很平淡地陈述事实。

“那感情好，你快帮我看看这本，我还有好多东西不会。这个，哎这个也是！”林未汀抓起书本给庄遇看，“这里，这里，还有这里！”

对方冷着一张脸看她：“你有这么多不会你还学个屁，直接从头再来。”

“那不行啊，我这门快要考试了。毕竟临死前还是要挣扎一下。”

大概是林未汀的苦苦哀求打动了他，庄遇说：“把书留给我三天，我看完了跟你讲讲。”

她学了大半个学期的书他三天就可以搞定？三天？真是一个令人发指的数字。

她半信半疑，把书留给了庄遇，临走前还嘱咐道：“看不懂就算了，你别把我的书给撕了或者吃了。”

林未汀完全出于好心，庄遇却不领情：“走的时候把门关好。”

她一开门，又有几个人像砖头一样砸在地面。她们仰头，露出心虚的笑容，然后灰溜溜地走了。

林未汀有些无奈，本来想要掉头直接走，这会儿不自觉放慢了脚步。走到楼下的她又回到了庄遇的琴房门口。

算了，就当是额外福利，替他站好最后一班岗。不知道为什么，庄遇的眼神让她挥之不去，他对大提琴的温柔眷恋全都写在了脸上，她看得出来。她不知道为什么庄遇拉琴那么难听，但现在看来，好像另有隐情。

林未汀一站就是两个小时，背景音还是残破不堪的琴声。当她快要绝望的时候，琴房里传来了一段连贯且悠扬的琴音，林未汀不敢置信，她偷偷趴在门上玻璃往里看。

几张白纸中留出了微妙的缝隙，她看得眼睛都直了，最后才窥探出来，庄遇没有拉琴。

也许是她动静太大，琴房的门被打开了。庄遇和她面面相觑，林未汀腆着脸冲他打了个招呼：“Hi……”

“怎么没走？”他瞟了她一眼。

“呃……”林未汀有些犹豫，不想说出实情。她总觉得好像说出来就输了。不过到底输了什么，她不知道。

“进来吧。”庄遇无奈，他冲着林未汀勾了勾手指，递来一只手机，道，“这是我以前的视频。”

她点开了其中一个视频。画面里的庄遇穿着随意，但依旧光彩夺目。他坐在一边抱着自己的琴，一个女生站在小舞台中央。他架上弓弦，音乐响起，女生也开腔唱歌。

那首曲子她有印象，是一支轻松愉快的曲子。

聚光灯打在女生和他的身上，莫名其妙的，她的注意力却全部被庄遇吸引走了。明明人声很美，但是庄遇的大提琴却没有沦为配乐。

林未汀敢说，没有庄遇的演奏，这首曲子一定逊色不少。

一曲终焉，林未汀还沉醉其中。她终于明白那些女生疯狂追星的心情了。视频里的庄遇太迷人，他低垂的眉眼和完美的姿势让人眷恋。

他和大提琴太般配了，他挽着大提琴的模样，如同挽着爱人。如此情深，真像难得一见的王子。

“你到底发生了什么？”林未汀忍不住，终于问出了这个问题。

他的脑袋垂了下去，细碎的刘海搭在眼前，一时间，林未汀看不清他的表情。

“是个意外。”

“什么？”她没听清，又问了一句。

庄遇说：“是个意外。那天我和她演出，舞台上的射灯螺丝松动，掉下来的时候我保护了她，所以……”

“所以？”

“所以我被砸到了。颅内瘀血，右手手指骨折，左耳听力受损，我休养了很久，这个月才复学。”

他手上那两道令人惋惜的疤痕她还记得。

庄遇抬起头来看着林未汀：“你知道手指骨折和听力受损对一个拉大提琴的人来说意味着什么吗？”

他举起了自己的右手，笑容有些悲凉。

和他相处一个多月来，林未汀见过他很多表情，大多刻薄且鄙夷，偶尔露出笑容，但是像这样脆弱的模样，她是第一次见到。

就像是卸下了重重的盔甲，庄遇的表情显得非常疲惫，甚至不堪重负。他的双眼里藏着很多无法明诉的东西，她看不清对方眼里的深意。

“我不甘心。”

这四个字好像弦断前的强弩之音，听起来有一触即碎的哀伤。

林未汀有点心虚。

在得知了如此秘密后，她觉得自己是个共犯，需要和庄遇演一场好戏，欺瞒所有的观众。

这个秘密她无法向人诉说，只能自己咽下，真是痛苦极了，但更让她辗转反侧的是，在倾吐心声之前庄遇是如何撑过来的。而且她居然还要他帮忙看一阶逻辑，这样是不是很没有人性啊？

林未汀不知该如何安慰庄遇。她捏着手机，在深夜里惆怅地失眠。这时，一条消息发了过来。陌生的号码，短信内容很简单：

“明天晚上七点半，大操场观众席第三排，不见不散。我是送含羞草的那个。”

本来已经躺下的林未汀猛然坐了起来。她的手心冒汗，短短十几个字，她翻来覆去看了几十遍，连心脏都快要跳出喉头了。怎么办，这要怎么回，明天去不去，她要穿什么去？一连串的问题如同打结的线团，拧成乱麻，让她更加不知如何是好了。

林未汀纠结再三，终于选择把寝室里的人逐一喊醒。大家本来睡得迷糊，但一听到“含羞草”三字瞬间就醒了。寝室长小染喊得最大声：“未汀做得对，这时候就是该让我们群策群力！”

四人开始推测含羞草男，从系别猜到长相，从长相说到身高。小染想了想说：“你说会不会是未汀之前暗恋的那个男生，他现在回心转意了？”

“我觉得有这个可能。”童甜甜立刻赞同。

“不知道，我脑子被晚上的草莓蛋糕糊住了。”季淑说。

听着她们的粉红设想，林未汀提出一个设想：“如果是有人来寻仇呢？你们有没有想过，这个含羞草就是他把我标记了，接着利用人类的好奇心把我约出去，接着就给我一刀。”

说着，她做了个抹脖子的动作。众人顿时不寒而栗。

季淑说：“你带把菜刀，实在不行就自卫？”

“这样吧未汀，你去，我们就假装在操场跑步，万一情况不对，你就给我们挥手，我们马上抄家伙上！”

林未汀一阵无语，这么可爱的妹子，怎么动不动就是抄家伙呢？

卧谈小会草草结束，大家说好明天七点半各自翘掉自习假装去操场跑步。只要林未汀发出紧急信号，她们就赶来救人。

晚上七点半钟，林未汀按时来到大操场。操场上人数不少，社团活动也极为丰富，耍双节棍打太极的，比比皆是。如林未汀这般疏懒四肢的，唯一会做的运动就是在梦里跑步了。

她私下探看，季淑喘着粗气跑了过去，还贼眉鼠眼猛挑眉。小染站在一边掰着自己的胳膊，看起来很厉害的样子。童甜甜戴着耳机大声背单词，眼神犀利，她走过林未汀身边的时候说：“这边就一个出口，我已经守好了，一定不会辜负你的期望。”

大家非常入戏，大概是谍战片看太多的原因。好容易有实战机会，谁也不肯放过。她稳了稳心神，走上了观众席。那里黑乎乎的，看起来有些瘆人。林未汀往第三排看去，果然看到一个人影。她故意咳嗽了一声，那个人影动了动，加快步伐走过来。

男生走到她面前，林未汀才发现好像有什么不对。

实在眼生就不说了，这位仁兄身高也有些惊人。她居然低下脑袋才勉强和此人平视。气氛尴尬，一时间林未汀居然不知道该说点什么。

对方表现得比林未汀更加诧异，他直接惊叫出声：“你是假的！”

什么她是假的，她自己难道还要冒充自己？

“我找的是林未汀！”男生激动得快要扑着双臂飞起来了。

“我就是！”她再次说道。

“你不是！”

林未汀气得恨不得当场踹他一脚，我是不是你怎么会知道啊？

“你不是林未汀，你会扔铅球吗？你在食堂吃饭吃两碗吗？你娇小可爱吗？你喜欢吃变态辣鸡翅吗？”

他的一连串发问把林未汀问蒙了。她看他半天，黢黑的天色让她分不清男生长什么样。

林未汀叹气：“我是林未汀……”

她话没说完，对方马上打断：“你不是！”

“你不要打断我！”林未汀忍不住吼了一声。

对方被她气壮山河的吼声吓住了，她也没预料到自己的声音会那么大。结果寝室三结义冲上来时她正在大发雷霆："我是林未汀，但你所描述的那个人是我的朋友季淑。她蝉联了两年运动会所有的铅球奖项，鸡翅爱吃变态辣。我要告诉你一句，每一个女生，站在我身边都很娇小可爱。这一点不用你提醒，下次你再刻意说这件事情，我把你捶到土里你信不信？"

女生的气壮河山吓到了男生，他连连点头，还抱着自己的脑袋，生怕林未汀动手。

要知道，她怂归怂，那也是看人下饭的。碰到庄遇她只能认栽，但是眼前此人，能吼则吼，能动手就动手。

未汀一转身，看到了吃辣条的季淑。林未汀拍了拍她的肩膀："找你的，他把我俩名字弄混了，含羞草是给你的。"

三个人响起一阵抽气声，小染和童甜甜挽着林未汀下了楼。小染踮着脚拍她肩膀："未汀，你不要伤感啦。"

可是她真的不伤感啊，但为了不让她俩的安慰落空，林未汀只能假装自己非常伤心。

不过她在心里暗想，早知道借气踹他一脚，顺便报复含羞草之仇。如果不是因为那株含羞草，她也不会认得庄遇，也不会有后面这么多乱七八糟的事情发生。

转念一想，她又觉得，认得庄遇并不是让人感到后悔的事情。

庄遇和她的三天之约已到。一大清早，林未汀就收到了他的消息。庄遇约她自习室见面讲题。

莫名的，林未汀有种无法面对此人的感觉。她犹豫半天，不知道该如何回复短信。待她发觉时间不早的时候，已经误了第一节课。林未汀连忙从床上爬起来，匆匆忙忙洗漱完毕后换上连衣裙，往教学楼赶去。

刚一下楼，她就看到了穿着篮球服的梁枫。

来来往往的人群纷纷把目光投向他。男生眉目如画，鼻梁高挺，一双黑眼睛更是深邃。手上还顶着一颗球转来转去，他来回走动，右手指尖上那颗转动的篮球却没有掉落，当真是一手好功夫。

看到他的右手，林未汀不自觉想到了庄遇。她的心狠狠抽动了一下。

“林未汀？”梁枫叫住了她。

“你的伤好了吗，也没见你跟我打电话。”林未汀看了眼他的膝盖，已经开始结痂了。

“小事，我自己可以搞定。”梁枫看着她，“你认识戴睿吗？”

“认识啊。”

戴睿是她初到申城来时认得的朋友。她住院，他也住院。男生受伤入院，坚持耍宝，惹得医院工作人员对他又爱又恨。她来鸣澜后，才发现戴睿也是鸣澜的学生。男生是篮球队的一员，成日忙于训练，久而久之，两人的交流也少了。

她疑惑，梁枫为什么要突然提到戴睿？

“能帮个忙吗？”梁枫问她。

“我能帮上什么忙？”

“戴睿最近几场比赛状态有点问题，失分严重。再这样下去，他可能会被教练禁赛。”梁枫说。

“他不是一直都挺刻苦的吗？”林未汀不解。

“我问过了他的同学，不是因为成绩的关系。他的家庭也没出现变故。以他的性格，藏着掖着不肯多说，多半是感情原因。”

林未汀一脸诧异地看着梁枫，男生犹在分析：“他一定是被谁拒绝了，还感觉很没面子，但他肯定还很喜欢那个女生。”

此时此刻，林未汀只想抱拳躬身以示对梁枫的敬意。此人的洞察力简直不可小觑，并且他对每个队友足够了解，还足够关心。

“那……我能帮上什么忙？”林未汀问。

“他不肯跟我们说，未必不肯跟你说。如果他找上你了，务必帮我开解他一下，告诉他眼下什么才是最重要的。”梁枫微微颔首，“谢谢你了。”

这个队长看起来高冷，其实还蛮关心人的嘛。她点头，有些疑惑：“为什么是我？”

“我听说戴睿喜欢的女生是哲学系的系花。虽然他还有几个异性好友，但找上你的可能性最大。”

她诧异极了。从那次练习赛她就看出，梁枫有极强的预判能力，他对人有足够的了解。

“我能做的就这么多了。上午还有训练，我不能耽误太久，有事打电话。”梁枫又说。

“嗯。”林未汀点头。

中午放学铃响，她的手机也响了。林未汀接起电话，那边半天没人出声。她好气又好笑：“戴睿，你再不说话我就挂了。”

“别……别别别别别！你这人怎么这样啊！”他的声音满是气馁，好像饱受折磨。即使隔着电话，她都能感受到戴睿的无比失落。

“你怎么了？”林未汀问。

“我喜欢曾茗。”

听到这个名字，林未汀下意识回头看了眼教室。曾茗还没离开，正在收拾自己的东西。旁边有男生赔着笑脸在等，他一直在说些什么，好像正在努力逗女生开心。

可怕，梁枫果然料事如神，判断精准。她撤回目光，问了一句："然后呢？"

"她喜欢别人。"

"所以？"

"我还是喜欢她，但是她要我放弃。"

"你告白了？"林未汀提高了自己的声音。左右的同学看了过来，她捂住了自己的嘴。

"嗯。"那边的声音无比难过。

虽然在别人伤口上撒盐不是什么好习惯，但人类就是按捺不住好奇心。想到刚才站在曾茗旁边的男生，林未汀问："她喜欢谁？"

"庄遇。"

第二章

大提琴与哲学系

地球果然是圆的，八卦都会藕断丝连地连成一线绵绵不绝。

林未汀被戴睿堵在了教学楼下，他非要林未汀陪他去后街吃小炒，还说这一餐他包了。

失恋的人非同凡响，他点了四个菜一盆饭。后街上的苍蝇馆子都喜欢用小钢盆装饭，那盆林未汀也有一个，她是拿来洗脸的。就是这么一脸盆的饭，被戴睿吃了大半。桌上的四盘菜被他吃了个干净，剩给林未汀的是一些配菜：大蒜、香菜和零星点缀的辣椒片。

没有比较就没有伤害。在吃饭这件事情上，庄遇从来就没有亏待过她。如果她是曾茗，她也选庄遇。林未汀暗自腹诽，戴睿真是个直男癌！

他吃了个饱，林未汀却饿得心烦意乱。她饿起来的时候就很容易刻薄，但刻薄对于她这个时怂时有种的人来说，绝对不是什么好事。

“你说，你们哲学里管失恋之后不死心叫什么？”戴睿一脸认真地看着林未汀。

“我们哲学不管这个，但是我的头发丝儿都可以回答这个问题，这种行为叫犯贱。”林未汀说。

“林未汀！”戴睿的声音里满满都是悲愤，“我是想让你来安慰我的，你这是打算噎死我吗？”

林未汀看了眼还剩了小半盆的饭，说：“那么多饭都噎不死你，我说两句也没什么吧？”

想来也是，戴睿轻而易举地接受了这个理由。不过戴睿也有自己的要求，他看着林未汀，问：“你就不能说点好听的？”

“要求被爱是最大的狂妄。”她说。

“什么？”

“弗里德里希·威廉·尼采在《人性的，太人性的》这本书里说过，要求被爱是最大的狂妄。你不是问我你的行为叫什么吗？送你一句说得好听一点的。”

男生一脸抑郁：“林未汀，你不喜欢我。”

“我本来就不喜欢你。”她横了戴睿一眼。

“你都不愿意安慰我。”

“我又不是糖和香料。”

…………

戴睿越发沮丧，他双手撑着下巴，一脸郁闷：“未汀，我是不是真的比不上庄遇？”

她斟酌了一下，才说话：“戴睿，喜欢一个人呢，不要影响到自己的正常生活。梁枫跟我说了，你最近表现很差。如果你下次不能比赛，我想曾茗也不会为此负责，毕竟如果我是她，我也会更喜欢盛名累累的庄遇。”

这是她这个中午以来说得最平和的一句话了。

对方认真想了想，他的脸上出现了简单而热烈的表情：“那你的意思是，如果我可以成为这一次大学生联赛里 MVP 球员，曾茗就会喜欢我了？”

林未汀看着他，正在想要不要解释一下他的误解，对方却欢欣雀跃地拍着她的肩膀说：“林未汀，谢谢你，我发现我想通了！”

他是不是……想错了什么？不过他能这么快打起精神，总归还是一件好事。戴睿跟林未汀挥手：“我先回队里训练去了，等我的 MVP！”

简单且快乐，真像个单细胞的草履虫。这样的话，她应该算是完成了梁枫交给她的任务吧？林未汀笑了笑，转身去奶茶店买饮料。她对店员说：“一杯珍珠奶茶，去冰不要加珍珠果谢谢。”

说完后，林未汀的身后传来了一声轻哧。她转过头，就看到了庄遇。

他的钻石耳钉摘了下来，额前的刘海剪到了眉上，似笑非笑的表情还是有些讨打。庄遇双手环胸：“珍珠奶茶不要珍珠果，你光喝奶茶不就好了。”

林未汀解释：“不行。有些事情不能，有些事情不想。虽然都没有结果，但从动机上出发，这是两码子事。”

“我等你好久了。”庄遇冷不丁冒出了一句。

正在拿零钱的林未汀忍不住缩了下手，几枚硬币叮叮哐哐地落在了桌面上。有一枚从桌面滚落在地，“啪”的一下跌停在他的脚边。庄遇弯下腰来，捡起了那枚一块钱的硬币放进了自己的荷包。

“倒扣你一天工资，害我在自习室里白等了两个多小时。”

明明语气平淡，她却有点难受。她站在庄遇的右边，一边啜着珍珠奶茶一边对他说：“对不起啊，早上上课，中午又被朋友绊住，忘记跟你发消息了。”

庄遇从裤子口袋里摸出那枚硬币：“表现良好，不扣你了。”

林未汀接过硬币捏在手心里。即使它没有棱角，但勒在手心里，也延伸出一种近似酸麻的痛楚。握得久了，那样的感觉居然悄悄潜入了心脏。

他把林未汀带到了琴房，她将奶茶扔在了外面。进去的时候，她看到了那本数理逻辑和一本笔记本。

庄遇叫她坐下来。他一边翻书一边翻开笔记本：“一些重难点我都做了记录，你有哪些不懂的我先跟你讲讲，如果有些没看到的，我今天记下来，过两天再告诉你。”

那天下午，整个琴房都是他的声音。林未汀的脑子和心脏里面没有那种奇异的酸涩感。整本书的重点塞得太满，导致她整个人都有点当机。这样的疲劳让她没有心思再去想什么庄遇和曾茗，甚至那个草履虫戴。

庄遇几乎跟她讲了半本书，他深入浅出，还佐以例题。她一边演算他一边指正，林未汀终于明白了那些她看不懂的概念。

她终于肯信，这人真的是天才。他的聪明虽不显山露水，但细微中足见真章。因为劳累，她说话的口吻也放松了许多：“庄遇，其实像你这样，做什么不成呢？”

“可是像我这样，只想拉大提琴。”对方又笑了，那种近似于无奈的笑容勾得她膝盖都是痛的。

所以林未汀讨厌和人深交。明明可以轻而易举讨厌他，现在却变得怎么样都讨厌不起来了，甚至还有点同情。

虽然她知道，这个人不需要同情。

庄遇拨弄着大提琴的琴弦，抬头看着林未汀："我教你拉琴吧？"

"……"林未汀没说话，只送去了一个"你有毛病"的眼神。她相信，凭借他的智慧，一定能明白眼神中的真意。

对方循循诱导："权当无聊放松，反正你也不可能比我拉得更难听了。"

听到这话，她格外别扭。林未汀抬头，庄遇满怀期望地看了过来。

算了，拉吧。林未汀走了过去，在他常用的琴凳上坐下。他告诉她琴弦的音准，又给她示范弓弦是怎样搭在上面，还告诉她左手如何按弦……

说话时，他的眼里有种异样的狂热。仿佛眼前的大提琴就是他的另一半，他正在殷勤地为外人介绍着他的爱人。

搭上大提琴的时候，林未汀的身体自动做出了反应。她居然对眼前的大提琴有种莫名的熟悉感。她觉得自己之前学过什么弦类乐器，要不然不会这么熟稔。

她调整好坐姿，一手按弦一手拉弓，半生不熟地拉了一首《小星星》。庄遇有些惊讶，他捉着林未汀的手："你是不是学过大提琴？"

林未汀有些迟疑，她咬着唇，在模糊的记忆里搜索了半天，也不敢确定自己到底学的是什么。

见她不说话，庄遇说："总不可能学的是二胡吧。"

女生没有接话，她想把琴弓交还给庄遇。庄遇却跻身在琴凳上，两人共享一张椅子。

他将大提琴抱了过来，兀自拨弄着琴弦，自言自语地说着："你知道吗，这把琴是有名字的，它叫 Arpeggio，是我妈妈用过的琴。她是一个大提琴演奏家，生了我便不拉琴了。"

林未汀不知该说些什么，她抿了下唇：“琴很好，音色厚重醇美，我很喜欢。”

“你来拉吧。”庄遇突然抬头看她，“你来拉这把琴吧？”

林未汀愕然，脱口而出：“你疯了吗？”

“看得出来，你原来接触过弦乐，而且你的手法准，模仿能力强，乐感也不错。”

对方很轻松地分析出她的一切，林未汀有些茫然，庄遇说的这些，连她自己都搞不清楚。

“你来拉吧，起码我可以教你，我……还是有点作用的，不是吗？”

说话时，庄遇咬着嘴唇，脸上的神色小心翼翼。

她看得出来，他害怕被拒绝。一向高傲的人突然放低了自己的身段，实在让人看不过眼。

英雄末路，美人迟暮。八个字道尽人间悲凉。想到这里，她心里越发难受。就像是有人用力在心尖上掐了一把，疼得她太阳穴都开始突突直跳。

林未汀不知道为什么自己会答应这种荒唐的决定，也许她会后悔，但是眼下却没有办法拒绝。

他的脆弱远比刻薄来得更伤人。

林未汀说：“好。”

庄遇笑了，诚恳而腼腆的笑容。她知道他好看，可是没想过他可以这么好看。一瞬间，林未汀的脸上居然热得滚烫。

果然美人都是一笑倾人城再笑倾人国，这句话拿来夸庄遇，真是一点都不为过。

回到寝室，林未汀抽出自己的本子。她拿出笔，在本子上记录：“我有弦乐基础，可能学过大提琴或者小提琴。”

写完之后，她将本子放回原位，陷入深思。

两年前，林未汀无故坠海，被人救起送入医院，术后她高烧不退，被好心人带到申城，经过大半年的疗养，终于治愈。但清醒之后，却不记得以前的事情了。她唯一记得起来的，就是她的名字。

救她的好心人名叫林琛，四十五岁，是个律师，业余爱好是冲浪和帆船。他本来有妻有女，但是妻女在一场空难中丧生，从那之后，便一直孤身一人。林未汀坠海时，林琛正在征服那难得的大浪。阴差阳错，林琛救了林未汀。

后来林未汀失忆，只记得自己的姓名。林琛见二人同姓，又想起了他过世多年的女儿。一时恻隐心动，便把她留在了自己的身边。

林未汀就这样在申城定居下来。她的记忆依旧模糊不清，她只能准备一册小本，想到什么，就随手记下来。

她也不知道什么时候能将自己完整的记忆拼凑出来，但是她仍旧相信着，一定有那么一天。

自林未汀答应了庄遇跟他学琴之后，她每天都活在无尽的悔恨中。她为什么会因为一时冲动答应如此请求？这种想法和戴睿想获得 MVP 有什么区别，为什么他们都是如此异想天开！

她终于知道为什么自己会和戴睿成为朋友。因为两人那种想当然的思维简直一模一样。

林未汀练了三天的大提琴就想自尽。她情愿被数理逻辑折磨到不成人形，也不想看庄遇的脸色。庄遇是个不折不扣的严师。他要求苛刻，甚少表扬人。做得好了便露出理应如此的表情，做得不好就是一脸鄙夷，用鼻孔看人。简直盛气凌人到无以复加的地步。太伤自尊了，她不干了！

林未汀找了借口，说快要到期末，课业繁多，实在忙到不行。说话时，她的态度格外谦卑，还带着一脸扼腕之痛，搞得像不能拉琴是折了八辈子的福分。

不晓得是不是她演得太好，反正对方半信半疑地点了头。正当林未汀以为自己能脱离大提琴的苦海时，问题又来了。

隔日，林未汀刚一迈进教室，就发现大几十号人的目光锁定了她。

他们的表情或挑眉或挤眼，有人直接伸出手指头指向了某个地方。林未汀循着好心人的手指头看去，靠近窗户的座位上坐着一个美男子，黑衬衣黑头发，右耳一抹闪闪发亮的光芒。

他抬头冲林未汀一笑，她突然觉得鼻腔有点热。幸好她不体虚，要不然当众冒鼻血都是有可能的。

林未汀硬着头皮，想随便找个地方坐下。哪知庄遇直接走过来，他一只手扣住她的手腕："看吧，还得我亲自来请你。"

旁边的同学小声惊呼，啧啧声不绝于耳。只有林未汀这个当事人才知道庄遇下手多狠，她的手腕都快要被他握断了。

林未汀坐下，看到了庄遇的位置上摞着几本崭新的书。她伸手拨弄，无非是哲学必读书目，比如《心灵哲学》《无源之见》《西方哲学史》之类的原文书。不过让她大感意外的是，他的手边还放着一本叔本华的《作为意志和表象的世界》。

教授走进教室，看到庄遇也是一愣。还好哲学系老师大多开明到不行，更有甚者特别爱和同学开玩笑。当然，这位年近四十的教授也是如此，特别喜欢打趣。

"隔壁学校的校草什么时候种到了哲学系的地里？"西装革履的

胡教授走到了林未汀的身边，看着庄遇。

“仅仅是仰慕胡教授大名，顺便替我不争气的女朋友补补课。”话音刚落，整个教室叫喊冲天。要知道庄遇可是从来没有公开承认过自己有女朋友，今天他开诚布公地明说之后，只怕两所学校又要热闹一阵了。

林未汀小半辈子没出过什么名，现在庄遇只花了半分钟就让她名动哲学系，真是厉害了。

胡教授笑眯眯看林未汀一眼：“挺好，好好学。”

不，我想辍学啊教授！林未汀欲哭无泪。

庄遇伸手朝着她的额头上猛弹一下，林未汀痛得差点站了起来。

“你干吗啊？”林未汀小声抱怨。

“你以为我不知道你在想什么？反正我现在考虑转系，时间刚好大把，你悠着点，答应我的事情可别反悔。”

他一边记笔记，一边小声威胁她。林未汀差点一口气没接上来。等她缓过神的时候，黑板上的笔记都换了一轮了。

“难道你要转校到我们班上来？”林未汀忧心忡忡。

“做你的庄生晓梦迷蝴蝶，我考虑转去作曲系。”

林未汀侧过脑袋看他一眼，庄遇紧抿着嘴唇，脸上的肌肉有些僵硬。

明明满脸的不甘心，偏偏要假装自己很好，生怕露出了半分伤怀，打死也不想让别人同情。她撑着下巴开始看黑板听课，但是身边的庄遇一直都在林未汀的脑子里挥散不去。明明坐在她身边还要在脑子里博存在感，这什么人啊！

下课休息，林未汀推了一把他的胳膊：“回你学校去，你耽误我上课。”

“你不是快考试听不懂课，心里急得冒火吗？什么又是失眠又是牙痛的，反正就是疼得不能来拉琴。我就是想看看，到底是哪门课能让你急成这样。”

他边说话边在书上画重点，林未汀嫉妒得想哭。

每次看课本时，林未汀都只能躲在图书馆里看，旁人一讲话她就要分心。这人倒好，一边聊天一边看，还能做笔记。

有时候真的要客观一点，人比人确实要气死人。

他俩斗嘴还没两三句，就有同学凑过来了。此刻班里的同学分为三波，一波主攻林未汀，一波主攻庄遇，另一波已经跑出了教室，去散播小道消息。

林未汀真是要替老师着急，他们这种对着庄遇积极发问的态度比狗仔还敬业，但是这种专业精神在讨论课上却从来没有出现过。真是用功用错了地方。

“庄同学，你怎么会喜欢上未汀啊？”

“庄同学，你是不是准备长期来我们班旁听啊？”

“庄同学，你知不知道我们系的曾茗喜欢你啊？”

…………

林未汀逃出重围，就看到闻讯而来的曾茗。对方双眼深情地望向庄遇所在的方向。不过很可惜，林未汀觉得他们谁也瞧不见谁，毕竟强大的同学们已经把庄遇围到连根头发都看不见的地步了。

要是这些人知道了庄遇不能拉琴了该怎么办，他们会不会一如既往继续热衷于这样一个庄遇？

想到这里，林未汀抱起手臂站在旁边。曾茗往这边靠近了，一步一步，走到了人群里。她拨开了那些人，饱含深情地喊了一声：“阿遇。”

庄遇抬头，莫名其妙地看了曾茗一眼："你谁？异性只有未汀才能这样叫我的名字好吗？"

他是如此不给面子，却让不少人叫得更加大声。同学纷纷转过脸来，林未汀也不知怎么回事，居然脸红了。

不知道是谁先叫出了声："林未汀，你不要害羞嘛！"

"她害什么羞，她本来就是闭月羞花。"庄遇又添一句。

林未汀脸红了个彻底。

曾茗走到了林未汀面前，一字一句地说："林未汀，我记住你了。"

这种话对她来说根本没有任何威胁力。庄遇开口补刀："你掉了一句话。林未汀，庄遇的女朋友，我记住你了。"

也不知道是谁带的头，居然有人鼓起掌来。接着，整个班的人都开始鼓起掌来。

曾茗在掌声中飞快谢幕了，这个舞台跟她没有关系，掌声是送给庄遇的。而林未汀，她只是搓了搓自己红得发热的耳朵，扯下皮筋让头发散落，将那双红耳朵藏了起来。

哪个女生不希望自己有个万众瞩目的男朋友，他温柔深情，对旁人不屑一顾，只对自己柔肠百结。

庄遇的那番话是假的又何妨，她并不在乎话里的感情是否真挚。她在乎的是，庄遇在所有人面前维护了她。那样坦然自在，理所应当。

从小到大她有很多愿望，长到一米七八之后便破灭了一些。她没办法被人看成脆弱柔软的小女生，可是这并不代表林未汀不介意旁人的议论，只有死人和精神病人才会做到对别人的眼光和评价完全不在乎。但是庄遇今天的举动，却让林未汀偷偷软了心肠。

上课铃声响起，大家又各归各位。林未汀坐回庄遇身边，他小声说：

“曾茗是她的妹妹。”

那个“她”林未汀明白，是庄遇救下来的她。

旁人用羡慕的眼光看了过来，而林未汀则心不在焉地用笔在本子上画下了一个又一个意味不明的圈圈。真不知道是谁的执念圈住了谁的心愿。

下课后，庄遇对她说：“中午吃完饭琴房见，不见不散。”

最后四个字他咬得其重无比，简直让人心惊胆寒。这个人总有本事能让人恨得咬牙切齿，又让人感动得声泪俱下。

介于林未汀有弦乐基础，庄遇的要求更高了些。他要林未汀大量听各种提琴曲，还规定一个星期交一个乐评上去。这人说一不二，甚至没有讨价还价的余地。林未汀每次准备求饶，对方马上说：“一个星期一篇多了吗，那就一个星期三篇吧。”

此人的铁腕简直超乎了林未汀的想象。

她拉了一下午的琴，累得手臂都抬不起来。临走时，她看到庄遇还坐在那里不肯动。林未汀一边摇着手臂一边问：“你不走吗？”

庄遇拿起琴弓，道：“你先走吧，反正现在没什么人，我可以练习一下。”

她站在那里，心酸到不行。林未汀很想冲他吼一句：拜托，你是庄遇啊，庄遇需要趁着没人的时候练习吗？

果然，每个人都一样。他对自己受伤的事情只字不提，还不是害怕别人的议论和目光。

林未汀又回到琴房，找了张凳子坐下：“我陪你。”

他诧异地看了过来：“你不累吗？”

“我累，我陪你。毕竟你付了一块钱的。”

这个借口真是烂到蹩脚，但是那又有什么关系呢，她现在不是说服自己坐下来了吗?

庄遇看着她，不发一言。女生的小心思他向来很懂，但从不说破。

眼前的女生，从抗拒到同情，她的表情让人一看就明白。

庄遇讨厌同情，却不知为什么，唯独对眼前的林未汀讨厌不起来。她的性情如同颜料，纯粹灿烂，还带着一丝理所应当。那样的浅显易懂，却格外有魅力。就比如，今天在教室里，他出声维护她的时候，她眼中分明是含着眼泪的。一闪一闪的泪光，她生生忍了下去，又换上了毫不在乎的模样。

那一瞬间，他居然莫名心疼。

那天晚上他拉了一首曲子，叫《杰奎琳之泪》，是法国作曲家雅克·奥芬巴赫创作的著名提琴曲。

这比他前段时间拉得好多了。林未汀猜测，他每天都在练习，要不然手感不会恢复得这么迅速。练习是音乐家走向成功的唯一捷径。

曲子莫名悲伤，听完第一段她的眼眶就有些发涩。音乐就是这样，总是能勾起人潜意识里的感情。而且大提琴本身浑厚的音质又将那一份无法言喻的滞涩表达得淋漓尽致，颤动的尾音勾得人心弦都在震颤。

“一百年前奥芬巴赫写下《杰奎琳之泪》时一定没有想过，一百年后有个叫杰奎琳的著名女大提琴家将这个曲子拉到了淋漓尽致的地步。”庄遇如此说道。

“如果是在你受伤之前，我相信你也能拉出让人惊叹的《杰奎琳之泪》。”

音乐家需要常常锻炼才能保证手感，庄遇大半年没有拉琴，而且手指受伤听力受损，能强行在这段时间里恢复到如此水平，已经很难能可贵了。对方果断摇头：“不可能。”

林未汀不是音乐家，她也不知道能不能。那句话纯粹是恭维罢了。她耸了下肩，想要将这个话题糊弄过去，但是庄遇却不想轻易跳过这个故事，他问：“你想知道我和她的事情吗？”

说话的时候，他直直地望着林未汀，想要从她的表情里看出点什么来。

女生一言不发，她垂着脑袋，盯着自己的鞋面，就是不肯说话。她不想知道，关于庄遇的任何事情她都不想知道。上次心软开始拉琴就够让她后悔的了，这次再听点什么，她不知道自己又会做什么言不由衷的事情。这交易不划算，她不想听。

但是庄遇没管她的意愿，自顾自地说起了自己的事情。一帆风顺是个什么感觉，十七岁之前的庄遇，应该是这四个字的最好代言。

他从不需要努力，不管要什么都唾手可得。家世好，人又聪明，渐渐地，所有的事情都开始无聊起来。于是他开始和朋友组乐团，吉他对他来说很简单，学了一两个月就开始自弹自唱。他有张好看的脸，崭露头角更是不在话下。

他们被请去驻唱，那是高中毕业的暑假。小城市的小酒馆里弥漫着不甚好闻的味道，他站在台下调试吉他的琴弦，她站在台上唱一首自己改编的《堕落的爱》。女生短发红唇穿着长裙，温柔且略带磁性的声音立刻就把庄遇给抓住了。那首歌旁边的伴奏便是大提琴和钢琴。

等她下台，他有些羞涩地想要去问她的名字，但又怕对方不说。同伴看出了他的心意，便替他打听到了女生的名字，曾璇。

庄遇说那是他这辈子第一次感觉到什么叫头皮发麻喉头发紧。

即使是现在在阐述这种感觉的庄遇，眼睛里也是漫天星光。林未汀看得有些恼火，她忍不住插嘴说：“你那叫发春。”

然后她被打了，故事继续。

他竭尽全力地用了很多个第一次去描述自己见到曾璇的感受，庄遇眼睛里盛着的光彩都快要溢出来了。只要不是瞎子，谁都能看出来他对曾璇的爱意。

庄遇决定留级一年专攻大提琴，他想成为她的专业伴奏。庄遇说得很含蓄，但是林未汀听得出来，他想成为的不是她的专业伴奏，而是想成为她的唯一。

刚开始父亲不同意，但他的母亲全力支持。一年后，庄遇考入音乐学院，两人的关系也经过了重重考验，终成眷侣。说到这个词的时候，庄遇脸上挂上了笑容。是真正发自内心的笑容，看起来格外吸引人。

林未汀忍不住端详着他的脸，手上却莫名其妙开始发痒，很想揍他一拳。

后来庄遇的父亲撞破了两人的恋情，强行要他们分开。庄遇不干，他和父亲据理力争，最后一气之下离家，和同学搭伙做小生意，周末做兼职，平日里继续和曾璇一起在各地驻唱。

如果不是那一次意外，庄遇坚信自己一定能和曾璇走到结婚。意外发生，庄遇被送入医院，曾璇筹不到钱，最后只能打电话到庄家求助。庄父庄母急匆匆地赶到，一边办理转院，一边和曾璇约定必须分手。

两人再也没有见面。

他恨她的果决了断，恨她的不回头。所以他选择了林未汀，一方面挡开所有追求者，一方面通过曾茗之口，让曾璇回头再看他一眼。

怪不得他听到哲学系的时候目光会突然亮起来，林未汀还以为对方是觉得这院系听起来高大上，哪知是自己太年轻太天真。

女人在爱情里向来比男人成熟，所谓不肯回头，只怕是不肯负担起庄遇的期望和别人的指责。虽然林未汀的揣测有些薄情，但在她看来，也算真切。毕竟不是每个人都能扛得起让天才折翼的“美名”。

“那曾茗是怎么回事？”林未汀忍不住问。

“曾茗……我也不清楚。她莫名其妙和我表白了好几次，但是我从始至终都只是把她当作曾璇的妹妹。”庄遇回答。

真是残忍的回答。

“时间不早了，我先走了。”她站了起来。

“我送你。”他也站了起来，“你等我一下，我把琴收好。”

申城是沿海城市，湿气很重，乐器都要专门放到干燥室里，要不然琴受潮后音色会变质。

他提着大提琴往走廊的另一端走去，光线昏暗，庄遇的影子被那一盏小灯拖得很长很长。

听完那个故事后的林未汀，突然觉得他很可悲。她想问问庄遇，他到底是觉得对大提琴不甘心，还是对曾璇不甘心，这两种感情一定要分开，要不然就玷污了大提琴。但是很遗憾，直到庄遇将她送到寝室楼下，她都没敢问这个问题。

上楼时她遇见了穿着拖鞋抱着盆子下楼洗澡的曾茗，对方猛地一甩头，那头长卷发稀里哗啦全部掀到了林未汀的脸上。

她暗自腹诽，这人果然是该洗头洗澡了。

“告诉你，阿遇不可能喜欢你，他无论如何都不会喜欢你的。”说话的时候，曾茗伸出的手指差点戳到了林未汀的下巴。

林未汀居高临下地看着她：“你知道尼采说过一句什么话吗？”

对方愕然。

“女人们天生如此，所有真理都会让她们厌恶，而且，她们还企图报复每一个让她们睁开双眼的人。”林未汀冲她拍了拍手，“恭喜，你是最好的例子，活生生的。”

说完之后，她准备掉头走。曾茗摔了盆子揪住了她的衣领：“林未汀，你最好把话说清楚！”

她一吼，楼道里的感应灯亮了。住在半楼的宿管阿姨都探出了脑袋：“你们要怎么样啊？”

“这里有人为爱发狂。”林未汀话音刚落，寝室三结义就冲出来了。小染拿着扫帚，童甜甜拿着铁质衣架，季淑最闪亮，她不知从哪里摸了个铅球拿在手上。

“曾茗，我管你是什么花，把未汀给我放开，要不然我把你打开花！”小染马上出声，扫帚的毛都差点戳到了曾茗的脸上。

“算你狠！”曾茗放开了林未汀的衣领，她抱着盆儿趿着拖鞋一溜烟就没影儿了。

她们忍不住笑了起来，系花也犯怂啊！

寝室一行四人勾肩搭背回了屋，小染马上把寝室门给反锁了，她手持电筒抵在自己的下巴上，接着小手一抹，整个寝室归于黑暗。电筒的光照得她有点丑，但是对方完全不在意，她一步一步朝林未汀走来：“老实说，你跟隔壁学校的庄遇什么关系？”

林未汀看着小染，还有剩下两双贼溜溜的眼睛也瞧了过来。大家翘首期盼着答案。

“那什么，就纯洁的男女关系。”

“我呸！男女关系就没有纯洁的！”小染一脚踩在了凳子上，她猛地往前一凑——别说，那样儿真的有点吓人。

林未汀往后靠过去，还举起了右手发誓：“真的，很纯洁。就吃吃饭拉拉琴什么的。”

寝室里二重奏背景音响起，啧啧声络绎不绝。童甜甜突然插话：“拉琴一点都不纯洁。你看你抱着琴，他假装指导你……啧啧啧，还要从后面环住你，你侧过脑袋问他接下来该怎么弹，他刚刚好也侧过脸，于是你的嘴唇恰好就擦了过去……啊天哪！那画面太污我不敢想！”

她也被那个画面污得一机灵，忍不住打了个颤。

小染挑眉，在灯光下看起来就跟贞子似的：“老实说，他有没有对你使坏？”

“你们怎么不问季淑，她和那个人发展得怎么样了？”她立刻岔开话题。

“在你还没有回来的时候我们已经问过了，所以现在轮到你了。”小染大刀阔斧将手搭在了林未汀的肩膀上，“坦白从宽，抗拒从严。”

“没有，我们就纯洁地吃了个饭，纯洁地拉了个琴。”她再次比出三个指头发誓。

众人灰心叹气。小染摸亮了寝室灯：“我还以为能听到什么呢，毕竟我们寝室也难得出名。”

接着她们又问如何跟庄遇认识，是怎么成为男女朋友的……七七八八的问题总是那么多，但是每一个问题，林未汀都需要用谎言应付过去。

等到她睡到床上的时候只觉得身心疲惫。不是说好爱上一个人后才开始变老吗，她怎么是遇到一个庄遇之后就开始变老了？林未汀按着太阳穴，脑子里又开始不断地浮现庄遇的脸，真是烦，烦死了。

不知道是不是庄遇的魔鬼训练给林未汀造成了太大的心理压力，林未汀半夜突发高烧，躺在寝室的床上背起了罗素的哲学史。

小染当即打电话，救护车开进了学校，林未汀光荣躺进了医院。

因为发烧，林叔叔当天便赶到了医院。他安排医生隔日来给林未汀做全身检查，生怕她又出状况。

几天之后，她做完检查后回到房间，看到了从学校赶来的室友们。一见她回房，三个女生立即冲上前来，恨不得从头到脚把林未汀摸上一遍，确认她仍旧安好。

小染问她："未汀，你真的没事吗？"

"没事，只是病毒性感冒，再加上前段时间太累了，所以发烧。"她安慰着三人。

自从那次意外之后，林未汀的身体就变得很差，很容易发烧感冒，她只能自己多加小心。

三人确认过她没事之后，这才放下手里的鲜花水果，依依不舍地回校上课。林未汀托季淑把假条带给辅导员，并告诉三人，绝对不要把她生病的事情告诉庄遇。

季淑问："为什么啊？"

林未汀想了半天，只能编出一个非常肉麻的理由："我怕他担心。"其实是她想在医院多躺几天，不想回去练琴。三人一走，病房里又恢复了宁静。她钻回被子里，睡得昏天黑地。

下午时候，她被护士叫醒。林未汀迷迷糊糊伸出一只手打针。护士对她说："外面有你同学，个子好高的男生。"

那一瞬间，她有些期待。虽然说她特地嘱咐过季淑，不知为什么，在她心底，还是对庄遇的到来抱有隐隐的期待。

结果门口探出了戴睿的脑袋，她连心理预警都没做好，就被戴睿打碎了所有希望。

“未汀，你怎么又病了？这次也很严重吗？”他忧心忡忡。

戴睿曾经看过她治疗。大管大管的血抽去化验，女生嘴唇苍白，但面无表情。他觉得一般人吃药都是按颗来算，但林未汀的药都是成把成把地吞，看起来真是心惊胆战。

这次听到她生病，戴睿连假都没请，就偷溜出来找她。

男生的眼睛瞪得溜儿圆，黑色的眼珠纤尘不染，像小狗的眼睛一般。林未汀忍不住笑了：“这次没那么严重。”

“真的吗？”戴睿不信。

“真的，保证过几天你就能在学校见到我。”

“那我过几天不能在学校见到你吗？”

门口传来了熟悉的声音，林未汀的心跳突然加速。她朝外看去，庄遇站在那里，手里捧着一个长盒子，看不出来是什么东西。

“庄遇？”

戴睿突然喊出了声音，整个病房都能听到他的动静。男生突兀地起身，带倒了身下的座椅不说，他慌忙一挥手，还把护士刚刚准备挂起来的吊瓶给掀到了地上。

玻璃瓶应声而落，发出了破碎的响声。林未汀手上还插着针头，软管里霎时便开始回血，针头掉落下来，“哧”的一声，血液从软管中喷了出去。

庄遇扔下盒子立即小跑过来。他将戴睿推到一边，捉起了林未汀的左手：“你侧过脑袋不要看，相信我。”

她依言侧过脑袋，庄遇便将扎在她手背上的针头拔了下来。

病房里一片狼藉，临危不乱的只有庄遇。他握住林未汀的左手要她宽心，还指挥着护士紧急救援。

不一会儿，场面终于又归于平静。护士重新拿了吊瓶让她换手扎针，那个激动到不知所措的戴睿已经不知所踪了。

林未汀被针头扎得龇牙咧嘴，心里暗暗发誓，下次见到戴睿，绝对不骂他，直接把他打死作数。

庄遇给她拿了个枕头放在身后，这才坐了下来，问:“那人谁啊？”

“一个情敌。”林未汀说。

“暗恋曾茗的？”庄遇兴趣缺缺。

“你怎么知道？”林未汀诧异地瞪大了双眼。

“鸣澜的篮球队服。你说了是情敌，在鸣澜公开明恋我的，只有曾茗了。”说完后，庄遇看她一眼，“这种事情不重要。你倒是说说你这是怎么了，我都替你上了几天课了。别人问我你怎么了，我居然都答不上来。咱们还是不是朋友了？”

谁跟你是朋友了！林未汀在心里默默说道。

她看着庄遇，企图从他波澜不惊的脸上瞧出一丝端倪。其实他根本就不是替谁上课，他就是想看看，到底什么时候曾璇才会回头。毕竟她所在的系也是曾茗所在的系，他成日这么走动，总会有遇到的机会。

当然，这全是林未汀的猜测，但是她也觉得自己的猜测有理有据。

庄遇一心一意地剥橘子，剥好之后，一把将小橘子塞到了林未汀的嘴里。

“别以为我猜不到你在想什么，林未汀，你那没几两智商的脑子就留着养病，别瞎操心。”说话时，他伸手轻拍了下她的脑门。

不当季的小橘子相当酸，一口下去，嘴巴里的酸味都快蔓延到心中了。林未汀拼命咽下那一大口酸水，这才说话："你又知道我在想什么？"

"曾璇不是？"

看着她酸到龇牙咧嘴的模样，庄遇无端心情变好。他又动手剥了一个橘子，自己撕了一片丢在嘴里嚼了嚼："这个挺甜，你试试这个。"

她刚想拒绝，庄遇便把剩下的橘子塞了她满嘴。她咬了一口，眼泪都出来了。

庄遇是个王八蛋，这个橘子比之前那个还要酸！

看到她被酸哭了，庄遇毫无人性地笑了出来。他撑着下巴看着林未汀，手里还夹着一张面巾纸："哎，林未汀，你求我啊，你求我我就帮你擦眼泪给你喝水。"

魔王！林未汀一边吸鼻子一边想，要不是现在她浑身没力，绝对不会矮人三寸还要求饶。他这分明是因为被猜中了心思恼羞成怒，借机打击报复！

在眼泪淌到下巴的时候，林未汀终于求饶。

庄遇拿着纸巾轻轻擦去林未汀的眼泪。他的脸凑得很近，近到她几乎能数清对方的睫毛有多少，甚至两人的鼻息都搅在了一起。他的指尖有些凉，但拂过脸颊，轻易带起了一片灼热感。林未汀从未和哪个异性有如此亲密的接触，一瞬间，她红了脸。

"你怎么了，是不是又发烧了？"见她满脸通红，庄遇忍不住出声询问，他伸手搭在林未汀的额头上反复试探。

她能说什么呢，无非是更加窘迫。林未汀什么也没说，她努力钻回被子里，企图隔绝庄遇的视线。但庄遇不依不饶，他掀开被子，挪开了林未汀挡住脸的左手。他俯身，嘴唇落到了她的额头上。

林未汀好像被摁下了暂停键，本来死命挣扎的她一秒安静下来。发烧时人的知觉比较迟钝，可是她敏锐地感觉到了那双唇带来的触感，软得就像入口即化的棉花糖一般。那团棉花糖在她的额上左右游弋，她的心脏狂跳，简直快要挤出胸腔。

男生抬头，轻拍她的脸："林未汀，你又发烧了，我叫护士来。"

她好想申诉，她不是发烧，是害羞！发烧和害羞之间还是有区别的！乱七八糟的念头一起涌了上来，她紧闭着眼睛，一声不吭。

见她闭着眼，庄遇以为女生是烧得难受。他一时情急，直接跑出病房，在走廊里大喊："护士，病人很不舒服，她发烧了，现在都快晕过去了！"

这时，林未汀是真的想晕过去，简直太丢人了。

医生护士齐齐出动，她又被强按着量了体温。虽然林未汀一再强调自己没事，但是病人嘴里说出来的无事，就像酒鬼说自己再也不喝酒了一般没有说服力。

测量出来的体温清清楚楚地显示三十八度五，林未汀又发烧了，庄遇的判断实在准确。

医生忙着给林琛去电话，护士开始给她准备酒精棉球物理降温。庄遇站在一边问护士："她这样反复发烧正常吗？"

照顾林未汀的护士也是老熟人了，她一边忙活一边说："未汀就是这样，她之前住院的时候烧得更厉害，连自己是谁都不知道。"

听到这里，庄遇半是玩笑地问林未汀："你还记得你是谁吗？"

林未汀烧红了脸，有气无力地吼了一句："你出去！"

庄遇摸了摸鼻子，走出病房。他在门口的长椅上坐了一阵，直到护士出来喊他："你可以进去了，她刚刚睡了。有空帮她换下冰袋，如果她体温又升高了，记得喊我。"

他点头，却忍不住问："她……是一直都身体不太好吗？"

护士好奇地看着庄遇："你这么关心她，你和她是同学？"

庄遇也不知道自己怎么想的，他本想说是朋友，却一时口快，回答成了："我是她男朋友。"

平日里男朋友三字说得多了，他也没什么感觉。倒是现在脱口而出的时候，他的心跳也忍不住增速，有些不可思议。

"这个事情，我觉得你还是亲自问她比较好，毕竟是未汀的隐私。我要是随便说了，她会不高兴的。"护士斟酌再三，还是没有说。

"不说隐私，能说说病情吗？毕竟你看，她现在又在反复发烧，我很担心她。"

庄遇刚刚的惊慌失措被人看在眼里，护士有些犹豫，她下意识回望了病房一眼，转过头来对他说："你跟我来。"

护士交给他一沓诊断资料。

"按理来说，这些东西不该给你看。但未汀的病情，在医院也不算什么隐私了。上至院长下至病人，都知道她的毛病。与其听那些不专业的人以讹传讹，你还不如看看主治医生怎么写的。"

庄遇翻开诊断书，坐在一角开始翻阅起来。本来只是随意浏览，但他越往后面看越心惊。

在年初那段时间，林未汀频繁进出医院，几乎是每周都要来一次，最严重的时候甚至进了重症病房，住了三天才转出来。而且资料上清清楚楚写着，病人在清醒时发现自己丧失了大半记忆。这也就不难解释，为什么林未汀不知道自己到底有没有大提琴基础了。

他仔细翻看过病因，发现好像是因为意外坠海受伤，术后恢复不良引起的伤口感染，引发高烧。高烧持续了两三天，清醒之后，她的记忆便损失了大半。再后来林未汀身体状况一直不佳，经过休养之后，还算恢复正常。但可能是由于那次高烧的后遗症，若是稍有不慎，比如换季或是天气恶劣，她又会发烧入院。

坠海受伤的重创几乎摧毁了她的身体，从那之后，凡是换季或是流行感冒爆发，她都会来医院报到。

庄遇突然觉得平日里对她是不是太过苛责了，女生的身体，似乎没办法经受那么大强度的训练。他摁着太阳穴，垂着脑袋，几乎有些泄气地想着，他怎么能把自己想做的事情寄托到别人身上，而且从未考虑她的心情和想法，但庄遇很是好奇，林未汀为什么会坠海？

正想着，护士推着小车走了过来，她问了一句：“看完了？”

“嗯。”庄遇回过神来，看着护士点了点头。

“那正好，你帮我把药拿过去吧。等她醒了就要她吃了。”

护士将两个小盒子塞到庄遇手里。里面分成了好几格，每个格子里都装着药。庄遇忍不住问了一句：“这么多，是一天的？”

“一次的。”

小药盒发出了窸窸窣窣的响声，庄遇看了下自己的手，居然不受控制地抖了抖。

这也太多了吧？庄遇心事重重，揣着两盒药走进病房。林未汀还睡着。

女生的睡姿像个小孩，蜷成一团不说，还牢牢地包住了脑袋。乍一看，被子里鼓鼓囊囊的，但是连脸都瞧不见。

他走过去，将蒙在她脸上的被子往下扯了扯。女生贴在额上的冰袋滑落下来，脸上嫣红一片。他伸手试探，一时间也摸不出个究竟，但是看着她难受地揪着被子皱着眉头，只怕烧还没退下去。

这么个烧法，不烧傻了才怪。

他起身，又去搜罗了几块毛巾，还顺带拿了点酒精棉球。

在掀开女生被子的时候，庄遇很是纠结。他知道这不算礼貌，但又不忍心看她受罪。男生每扯一下被子心里都在默念阿弥陀佛，这会儿恨不得把眼睛蒙上，不去看她。

别看庄遇平日里总是一副玩世不恭的模样，但实际上，他还是挺保守传统的。外加这人天生少爷性格，怎么会有伺候别人的时候？但是面对林未汀，他总觉得心里有种说不清道不明的情愫。

被子被他拽了下来，女生好像醒了。林未汀的眸子睁开，眼睛里氤氲着水汽。

这时庄遇才看清楚，林未汀的眸子极黑，此时看去，像是浸在水里的琉璃，居然一时间让他恍了心神。

她迷迷糊糊地说了一句："庄遇？为什么你连我的梦都不肯放过，我到底做错了什么？"

说完之后，林未汀毫无意识地又睡了过去。庄遇又好气又好笑，简直不知道该说什么好。

他将湿毛巾搭在了女生的额头上，林未汀先是挣扎了一下，后来就不再动了。

她的手臂搭在被子外面，庄遇伸手将她的袖子卷上去了一些，拿酒精棉球给她擦了擦手臂。

应该……是这么降温吧？庄遇一边忙活一边想，他也不太清楚，反正看起来像这么回事儿就好。

林未汀还在昏睡，眉头皱得很紧，好像在睡梦中都不甚开心。

忙完之后，庄遇终于有空回头去拆开他抱来的礼盒。那是他在来医院的途中路经花店时看到的枪炮玫瑰，艳丽的颜色相当灼眼，庄遇看到的时候，便挪不开眼了。

他那时候想，反正是探病，就带上一束花吧。而且他半是揣测地想，林未汀没谈过恋爱，不知道有没有收过玫瑰，要是没有的话，也可以让她开心一下。

哪知刚刚来，他还没顾得上邀功，便遇到了这样的事情。庄遇拖来椅子，本来是想着坐上一阵就离开，但抬头看了眼林未汀的吊针瓶，决定还是等她吊针打完了再走。

隔段时间，庄遇便起身为她换块毛巾。也不知道是吊针有效还是冷敷有效，林未汀的脸上再没见如同之前那般难受的神情，他也算是松了口气。

没过一会儿，林未汀醒了过来。她伸手摸了摸自己的脑袋，却摸到了一块儿打湿的毛巾。她四下看去，便看到了自己的左手边垂着一个毛茸茸的脑袋。林未汀吓了一跳，她挣扎着坐了起来，没想到惊动了对方。庄遇抬头，两人四目相对。

林未汀还有些昏昏沉沉，开口说话时语无伦次。她对庄遇说："我刚才好像梦见你了，梦到你站在我的床头要我拉琴。"

庄遇半是好笑地看着她："什么叫你刚才好像梦见我了，你刚才分明就是在质问我，问我为什么不放过你？"

听到这话，林未汀有些茫然。因为生病，她的脑子有些混沌。这会儿她也没掩饰什么，张嘴就说了一句："对啊，我在梦里就是这么说的。"

庄遇简直要被眼前这个人逗笑了。女生不似平日里机警，她放下戒备的模样看起来很是天真，有种小女孩的感觉。

他坐了下来，循循善诱："那你在梦里还梦到了什么？"

"梦到……"她冥思苦想，很艰难地说了一句，"梦到了以前的事情。我依稀记得，我小时候背了一把大提琴，走在路上的时候别人还笑我，说琴比我还大。"

说话的时候，林未汀的表情有些出神。她没有看向任何人，只是呆呆地凝视着墙面。庄遇还想追问，但看到女生一副陷入沉思的表情，也不忍打断她了。

"我还记得我一开始学习空弦音阶，印象最深的一首曲子是《西西里舞曲》……然后，然后就不记得了。我记得我住的城市有海，风很大，和申城不一样。"

说着，林未汀的目光投了过来，她看着庄遇，说："接着我就梦到你了，我梦到你逼着我拉埃尔加的《e小调大提琴协奏曲》。"

听到这里，庄遇基本断定，林未汀曾经是拉过大提琴的，她说的乐曲名称和作曲家，都是他耳熟能详的。

庄遇坐在旁边，一手撑着下巴，心绪有些复杂。他看了看自己的右手，又看了看林未汀的右手。林未汀顺着他的视线看到了自己扎着针的右手，有些疑惑地问："怎么了？"

"看你吊针快打完了，我帮你拔针。"

庄遇借机岔开了话题，不想去回应心底那一抹悸动。他不知道自己突如其来的心跳意欲何为。

"嗯。"林未汀点了点头。

有了之前的经验，林未汀相信庄遇的拔针技术。她随口问了一句：

“你为什么这么会拔针？”

“以前住院的时候打了一段时间的吊针。有时吊针的时间太长，我不想打了，便偷着自己拔了溜走。有时候是觉得喊护士太麻烦了，我也就自己处理了。那时候我觉得自己还是个大提琴手，双手灵活得不得了，拔针这种小事，怎么会难得倒我。”

说话的时候，庄遇唇边有笑。那模样，像是回忆起自己的恶作剧，而发自内心的开心。但这话听到林未汀的耳里，却有种异样的味道。不知为何，她听出了寂寥和自嘲。

一时间，林未汀也不知道该怎么接下去，她搜肠刮肚也想不出什么可以调剂气氛的话。这时，她只恨自己笨嘴拙舌。

庄遇动作轻柔，拔针的时候几乎让林未汀察觉不出来。她摁住针眼，看着庄遇将针头熟练地别在了塑料吊瓶上，心里暗自惊叹。

她想，这人真是可怕，连吊针都可以自己解决，那下一步是不是要自己给自己开药了？

庄遇看了回来，见她的眼睛转来转去，问了一句：“你又在想什么乱七八糟的，刚刚好一点就腹诽我，不怕遭报应？”

听到这话，林未汀愕然，这人是她肚子里的蛔虫吗，为什么她刚刚心念一动，就被猜了个正着？

林未汀不服，她眸光一转，看到了柜子上立着的火红玫瑰。那样娇艳欲滴的颜色，简直比生命还要热烈。她看了看玫瑰，又看了看庄遇，忍不住问：“你买的？”

“要不然呢，你之前流出来的血变成的玫瑰？”庄遇反问。

林未汀一窒，差点没被噎死。她没好气地说了一声：“那谢谢哦。”

“不客气。我想着你没谈过恋爱，自然也没收过玫瑰。看你病得这么重，买束花让你开心一下。”

这人总有把好话说成反话的本事，林未汀很是生气，但又找不出半句理由来反驳。

她愤然说：“你怎么知道我没收过玫瑰，我以前……”

说到这里，林未汀自己愣住了。

她以前……她好像想起了什么很重要的事情。

第三章

记不住与有苦衷

那是一个舞台，她抱着大提琴演奏，后面有钢琴伴奏，那人面目模糊，她怎么也看不清楚对方的脸。

表演结束，她走下台。有人一把抱住了她，笑呵呵地摸着她的脑袋，说：“我的小公主就是厉害！”

接着，那人好像变魔术似的，不知从哪里变出来一朵花。有时是雏菊，有时是玫瑰，有时是郁金香。有时没有花，也会有糖果，反正他总能哄她开心。

林未汀只觉得记忆里的那个人亲切而熟悉，像是自己的长辈，可能是父亲，但也可能是别人，她记不得了。话到嘴边，林未汀改口说：“我收到了，一枝玫瑰！”

见她模样较真，庄遇忍不住笑：“是是是，一枝玫瑰也是玫瑰，蚊子再小也能算一口肉。”

接着，他像想到了什么似的，又问一句：“是同龄人送的吗？”

林未汀气得想扔枕头砸死他，这人为什么句句都命中要害，打人七寸毫不留情。

大概是见她大病未好，庄遇也没再气她。他问：“你明天能回学校吗？”

“只怕还要住上一天观察，明天不烧了，我就可以出院了。”

“明天的课我替你去吧。”庄遇坐在她的床边，伸手摸了摸林未汀乱糟糟的头发，说，“反正你去也不一定听得懂。”

林未汀听完他的话欲哭无泪：“为了我的身体着想，你还是现在就走吧，我想一个人静一静。”

“你要吃点什么吗，我可以帮你去买。”庄遇好心问了一句。

“不用了。”她软弱无力地摆了摆手，已经被气饱了。

隔日清晨，林未汀起了个大早。她不想再吃医院的早餐，梳洗之后，准备出门买点吃的。

走出病房时，林未汀忍不住伸手拨弄了一下竖立在柜子上的玫瑰。过了一夜，玫瑰花瓣上打了些卷，虽然没有之前娇艳，但依旧美丽。林未汀看着那束花，心里竟然生出了一种无端的甜。

眼前的玫瑰很讨喜，虽然送花的人有时没那么讨喜。花的存在，在于给人一种虚荣心，让人误以为自己是被爱被关怀着的。当然，太丑的花不能表达关心，只能让人恶心。

她心情灿烂，眉眼舒展，走出医院时天光大亮。林未汀站在了马路边，无意间看到了对面马路上站着一个熟悉的身影。

说熟悉，其实是因为那人很高，披着鸣澜的篮球服，还背着一个硕大的运动包。

这时，红绿灯刚刚变换。对面的人走了过来，停在了林未汀的面前。

“梁枫？”林未汀忍不住叫出声来。

“很意外吗？”梁枫看到她脸上的惊讶，忍不住有些想笑。

“你……怎么会来？”林未汀问道。

“昨天戴睿逃掉了练习被教练发现，我去问他原因，他说是因为你住院了，他要来看你。”梁枫看着她，说，“据说前几天有救护车开进了医院，不会就是你病倒了吧？”

听到这话，林未汀有些脸红，点了点头，“不好意思，就是我。”

“这么严重？”梁枫有些意外。

“只是高烧，不算严重。”

林未汀不想继续和人探讨这个问题，她岔开话题，问了梁枫一句：“你吃早餐了吗？”

梁枫摇头：“刚刚从运动场下来，还没来得及。”

“这么早？”林未汀有些诧异。

“我每天五点起床，去篮球场训练一个小时，然后洗澡吃饭。今天我训练完洗了澡就赶过来了。在路上的时候我还在想会不会太早，医院会不会让人进去探病。没想到在这里遇到你了。”

林未汀彻底愣了，她忍不住问：“每天都是这样？”

“每天都是。”

梁枫语气平淡，好像这样的事情不值一提。他轻轻推了下林未汀的肩膀：“不是说要吃早餐，我知道这里有一家肠粉做得很好。好在现在时间还早，应该不会排队。”

两人往前走，梁枫特地绕行到外面，走到了与车道相邻的位置。看到他的小动作，林未汀忍不住想到了戴睿。她忍不住为戴睿默哀，大概只要梁枫在的一天，戴睿就不能成为MVP。毕竟很多事情，从细节就能看出端倪。

店铺前门庭若市，早上七点就已经开始排队了。门口的蒸笼上蒸腾着热气，空气里还混杂着食物的香味。两三天没好好吃过东西的林未汀，忍不住咽了下口水。

梁枫看她直勾勾地望着店内，轻声笑了出来。林未汀吐了下舌头，有些不好意思地看了梁枫一眼。那可爱模样，看得他舍不得转开视线。

“你先进去找位置吧，我来排队。哦对了，你有什么不吃的吗？”梁枫问。

“餐具不吃，桌椅不吃，其余的我不挑。”林未汀说。

男生又笑，林未汀简直挪不开眼。梁枫向来表情严肃，说话更像寒风过境。戴睿原来就说：“我们队长啊，可怕极了，用眼神就能将对手冻结。”但是现在看来，看起来冰冷的人，笑起来格外春暖花开。

林未汀眼尖，在角落里找了两张椅子。店里的人越来越多，她灵机一动，将两个板凳叠成了一个，又大刀阔斧横在那里，霸占了两方席位。

她脸臭，摆出的姿势像极了关公。路过找位的人纷纷绕道，即使这里宽阔，也没人想跟神龛里的摆件干上一架。于是，她就在人满为患的店里，坐得非常轻松。

等到梁枫走来的时候，林未汀震惊了。男生几乎将店内所有肠粉的种类全部点过一遍，然后端到了她的面前。

她有些艰难地说：“这么……多吗？”

“很多吗？”他反问，“你可以挑你喜欢的吃，剩下的留给我就好。”

听到这话，林未汀又一次被震撼了。她暗自想着，难道他们篮球队的人食量都是这么大?

梁枫仿佛看出了她的疑惑，解释说：“篮球队的人食量都不算小，毕竟我们运动量大，消耗也大。再说了，我中午一般吃这么大一碗饭。”

说着，梁枫向她比画了，那碗的大小只怕比她的脸还要大，而且深度可观。光是想想，都让她觉得有些不寒而栗。

她挑出了一份牛肉的一份素的，其余的全让给了梁枫。男生吃法豪迈，她吃完两份的工夫，梁枫已经吃完了四份。林未汀偷偷端详过他吃饭的模样，完全不似戴睿那般狼吞虎咽，反倒有种让旁人胃口大开的感觉。

两人吃完，梁枫陪着她往医院走。他们路过一家水果店的时候，梁枫喊住了林未汀："你想吃点水果吗？"

刚刚那一顿早餐已经把她塞得快飞起来了，这会儿又吃？

"我记得探望病人应该送水果。"他一本正经地说，"要是我什么都不送，看起来挺不正式的。"

她摆手："不用客气，我过两天就出院了。"

"那也不行。"

这时，梁枫拿出了队长的气魄，逼着林未汀在水果店里挑挑拣拣拿了好些水果。直到他觉得满意了，这才说了一句："看起来还可以，那就这么多好了。"

看着这满篮子的各色水果，林未汀觉得，这位鸣澜的篮球队队长，除了一意孤行之外，还相当铁腕，命令起人来毫不留情，连表达好意都这么简单粗暴。

梁枫帮着林未汀将水果拎到了病房后，又看了眼手表，说："我要赶回去训练了，你……要是出院需要帮忙，给我打电话，我可以请假。"

虽然林未汀不明白梁枫突如其来的好意是为了什么，但她还是点了头："嗯，谢谢。"

"那我先走了。"

走出病房房门的时候，林未汀还有点揪心，生怕这个一米九的队长一头撞上门框。好在人家虽然个头很高，但身姿同样灵活。

林未汀在病房里休息了一会儿，护士推着车进来给她送药打针。她靠在床上，又迷迷糊糊睡着了。等她再次醒来的时候，是被拔针的动静弄醒的。林未汀睁开眼，发现帮她拔针的人又是庄遇。林未汀吓得一缩，差点让庄遇把针再次扎到她的手背上。林未汀问："你怎么又来了？"

"上完了你们班的宗教美学课就来了。宗教美学的教授不是人，板书写了两大黑板不说，还让我们一人拷了一份 PPT 带走。"

他坐在床上，边说边四下张望。庄遇的目光定格在那一大袋水果上，忽然他又站起身来，走过去拨弄了一下袋子。

"我好像知道是谁来过了。"庄遇笑着看了眼林未汀，接着随手掰了根香蕉吃起来。

林未汀"唉"了一声："那是别人送给我的。"

"我也帮你听了一上午课，吃根香蕉算什么啊，等下我把车厘子都吃了你再叫也不迟。"庄遇抖着腿，一副小人得志的模样。

林未汀气得脸颊都鼓了起来，她也不知道该说什么好，毕竟她还指望庄遇带着她刷过期末考试呢。

"车厘子，苹果，香蕉，小杧果，我哥的爱好还真是一如既往。"

吃完香蕉，庄遇又自顾自拆开了车厘子的包装。

听到庄遇的话，林未汀愣住了，她问了一句："你刚才说什么？"

"我说我哥来过。"庄遇说。

"你哥？刚才来看我的是梁枫。"

"梁枫就是我哥啊。"

此话一出，林未汀兀自瞪大双眼问：“是……表哥？”

“不是，亲哥。”庄遇回答。

她上上下下将庄遇打量过一遍后，发现庄遇有一双和梁枫一模一样的眼睛。两人的眸色极黑，都是双眼皮，而且连眼角处那一粒咖啡色的小痣都在同一处。而且林未汀发现，虽然两人是完全不同的类型，但五官轮廓极其相似，不过因为气质太不相同，所以也没有人仔细将两人对比过。

庄遇拆开了那盒车厘子，举着盒子冲林未汀摇了一下：“吃吗？”

林未汀点头：“吃！”

“那就自己去洗。”

说着，庄遇起身，一把将盒子塞到了林未汀的怀里。林未汀不依，又递回去：“我是病人。你要爱护病患，我好得快也能早点去练琴。”

“我敬你是病人。”他掂了掂手里的车厘子，“要不然我把你打得比车厘子还紫你信不信？”

虽然他总说打她打她，这也仅限于口头威胁，林未汀并不惧怕，反而习惯了他的说话模式。比起他那些言不由衷的话，他那些温柔的举动给林未汀留下了深刻的印象。庄遇的刻薄只是一层虚假的外壳，她隐隐约约从缝隙中窥到了些许端倪。

庄遇无奈，他站起身来：“只有一次，下不为例！”

说着，他伸出一只手指，在林未汀的额头上用力点了一下。林未汀吃痛，捂着额头缩到了病床的角落。

等庄遇洗好车厘子回来，他发现林未汀坐在床角发呆。他毫不客气坐了上来，长腿一横，将她牢牢关进了床脚。

庄遇一边吃着水果一边问：“你在想什么呢，想得那么出神？”

“我在想，为什么你和梁枫是亲兄弟，两人却不同姓？”林未汀问。

“他跟我妈姓，我跟爸爸姓。”庄遇回答。

“那还好那还好。”说着，林未汀抚了抚胸口。

“什么叫还好？”庄遇问她一句。

“你想想，要是他也姓庄，梁枫就得叫装疯，那你估摸就只能叫卖傻了。”说出这话的时候，林未汀的表情格外真挚。

庄遇看到她那模样心里就蹿火，一时间没忍住，拿了三颗车厘子就往她嘴里塞，堵得林未汀直翻白眼，连咽气的余地都没有了。他瞧也不瞧捶胸顿足的林未汀，只是兀自说着：“我跟你说说我们家的事情吧？”

林未汀连连摆手，她说不出话，但下意识还是不太想听，她觉得实在不妥。上一次听过他受伤的原因，林未汀心软便开始拉琴；万一这一次庄遇再说点什么辛酸往事，她难道是要以命相抵吗？这笔交易太不合算，她想拒绝。

但是庄遇怎么会遂了她的心愿，他靠在床头，双眼看着别处，说：“你要是不想听，就把耳朵堵起来，全当我自言自语。”

这怎么可能做得到？林未汀刚刚举起的手又放了下来，她努力嚼着嘴里的车厘子，酸甜的汁水一点一点滑进了喉管，终于没有那么堵得慌了。

“我哥大我两岁……”

庄遇一句话没说完，林未汀便口齿不清地喊了起来：“什么？”

“你激动什么啊？”庄遇很是嫌弃地抽了一张纸巾拍在林未汀的嘴上，“我小学五年级跳级上初中，我哥高中因病休学一年。后来我因为音乐比赛获得名次被学校破格录取，又少读了一年高中，所以和他同级。不过现在轮到我休学，他今年夏天就毕业了。”

说话时，庄遇的表情有些伤感。他稍作停顿，没过一会儿，又开始说起以前的事情。

最开始，两兄弟关系不太好。庄遇的形容是狗咬狗一嘴毛，反正天天都有架打，每天都活在轰轰烈烈的拳头里。到后来，基本上庄遇和梁枫在小区里打遍片儿区无敌手，根本就是一代“枭雄”。

林未汀实在无法想象庄遇和梁枫打架的模样。在她的心目中，两人都算优雅，也不至于到哪儿都先用拳头说话吧？

她忍不住问出了这个问题，对方低下脑袋对着她：“你看我这里，有一道疤。那就是跟我哥打架留下的，他把我脑袋打破了，后来我缝了两针。”说完之后，他还伸手拨开了自己的头发，让林未汀看得更清楚一些。

原来梁枫下手这么狠？林未汀心里嘀咕，怪不得篮球队的人一个个都那么怕他。他凑得近了，林未汀的心跳又忍不住加速。她生怕被他撞破这样大如擂鼓的心跳，只好伸手将他的脑袋推开：“你挪远点，男女授受不亲。”

“哟，你这会儿倒讲究起来了？”他伸手，往林未汀的脸上狠掐了一把。林未汀疼得快要掉出眼泪的时候他又笑了，好像她一生气或者发窘，他就很开心。

林未汀快要被他气死了，这会儿背过身子不想理他。男生探过身子，伸出右手在林未汀的脸上轻轻揉了揉：“我道歉我道歉，刚才对不起。”

“拿开你的手！”林未汀忍不住把他的手甩开，但是这人是个无赖。

他的左手搭在她的肩膀上：“哥们儿别气了，我的话还没说完。”

谁跟你是哥们儿啊！林未汀懊恼地揪着头发，心里无比憋屈。

庄遇说，他们的妈妈是一位非常强势的女性，但同时也是个优秀的大提琴家。他爸爸追上他妈妈是非常不容易的事情，两人结婚之前还约法三章，财产分割得清清楚楚不说，连第一胎跟谁姓都定好了。这种看似玩笑的约定，居然还写到了法律文件里。

庄遇不禁摇了摇头："梁女士真的很可怕，所以我怀疑我哥现在变成这样，她也难辞其咎。"

"变成这样？"林未汀注意到庄遇的措辞，忍不住多问了一句。

庄遇连忙摆手："没什么，我说错话了。"

其实庄遇也是个不擅长说谎的人，他的视线躲闪，怎么都不敢对上林未汀。林未汀心有疑惑，也不知道该从何问起。她想了想，决定还是先按捺住，下次看看能不能从别处问出点什么来。

"我的事情说完了，作为回报，你是不是该说点什么？"庄遇侧过脑袋看向林未汀，眼神澄澈。

"我？"林未汀指着自己，很是疑惑。

"对啊，比如父母什么……"

庄遇正说着，却看到林未汀低下了头。女生的脑袋抵住了膝盖，双手将脑袋和膝盖都圈了起来。她的声音闷闷的："不知道。"

"不知道？"庄遇有些诧异。

"什么都不知道。"林未汀说，"两年前我意外坠海，被救起时已经丧失了大半记忆。刚醒来的时候，我甚至记不起自己的名字。过了半年恢复期，我才依稀记得自己名叫林未汀。但是我又不敢确定，因为真的什么都不记得了。"

这时，庄遇看到她滑落下来的一只手揪住了床单。林未汀的右手用力之大，连指尖都泛着白色。她说："好可笑，我失去的居然都是关于自己的记忆，而那些我曾经学过的东西我都记得。我不知道自己是谁，我也不知道我的父母是谁。但我却知道函数该怎么解，我还能背出古代史。记得这些东西有什么用，又不能证明我还活着！”

她的声音脆弱又沉闷，好像来自另一个星球。一时间，庄遇莫名心慌，他想看看她的表情，确认她是否安好。但是林未汀将自己的脑袋死死埋在他看不见的地方。

庄遇伸出手，轻轻搭在她的头顶：“不记得就不记得吧，再创造记忆就好了。我受伤的那段时间，每个人都劝我要向前看。但是他们哪里知道，我除了拉琴什么也不会。我要向前，我都不知道我的前方在哪里。但即使是这样，我也挺过来了，不是吗？”

搭在她脑袋上的那只手暖暖的，像是要把自己的温暖传递过来。林未汀吸了吸鼻子，悄悄抬起了脑袋，男生另一只空出的手仍旧捞着摆在床头的车厘子。他那满不在乎的神情，哪里像是受过重创的人。好似在所有人眼里，庄遇永远都是那副玩世不恭的模样。他似乎不需要任何努力就可以摘取自己想要的一切。别人对他只有羡慕嫉妒，绝对不会存在“同情”。

但不知道为什么，林未汀听到他轻描淡写地说出那番话，心里也有一种另类的感同身受。

林未汀知道，其实两人在某些方面有种非常相似的感受。那种涅槃重生的经历，一瞬间让两人都能理解对方。

“你是怎么坠海的？”庄遇问了一句。

林未汀摇头：“我想了好久都不知道。林叔叔把我救起来的时候说我是因为游轮遭遇大浪出了事故，所以我落到了海里。但是我的记忆里完全没有这一段回忆。可能是我忘了。”

她又一次陷入了沉思。林未汀按着太阳穴，表情有些痛苦。

“别想了。”庄遇伸手拉下了她的手，“教你一招，遇到不开心的事情先吃甜的。”

说着，他又塞了一颗车厘子到她的嘴里。林未汀刚咬了一口就重重伸手，一巴掌拍在庄遇的腿上：“混蛋，你又骗我，这个车厘子又酸又苦！”

庄遇哈哈大笑，突如其来的笑声冲淡了刚才的沉闷。林未汀气急，作势要跟他打起来。两人拿枕头互抡，最后林未汀力气不够，一把被庄遇摁倒。

“还敢不敢打我？”庄遇问到。

“我……”林未汀被他看得心虚，本来想认输，但又不想太快屈服，很是倔强地说，“你要再骗我……我……我……”

庄遇越凑越近，他本是想要作势威胁她，但当他望进了对方那双深棕色的眸子里，却突然间失了神。

一时间，庄遇情不自禁，居然吻住了林未汀的唇。

一连几天，庄遇和林未汀都没有在对方面前出现过。连出院的时候，林未汀都是一大早，卷了包袱就逃走的。

她回到寝室，本以为自己还有工夫胡思乱想，哪知室友告诉她，选修课人类学教授因为要出国研修，所以提前三周考试。

此消息一出，全校上下都乱了套。每个不幸选中了这门课的学生几乎是拿出了备战高考的劲头来临阵磨枪。林未汀也不例外。

寝室里除了林未汀，还有小染也选了这门课。两人同病相怜，校园网不太好使，导致她们在抢选修课的那天齐齐掉线，等到再挤进学校网页里的时候，就只剩下几门看起来都不太顺眼的科目，其中便包括了这门人类学。

那时她们年少无知，选完之后才被告知原来人类学是全校挂科率最高的选修课。两人眼前一黑，差点没晕过去。

这时的林未汀大病初愈，回来就接到了如此消息，吓得她差点想再回医院去躺两天。

她和小染每天除了吃饭睡觉上课之外，就是捧着人类学的教材看，直到考试那天，她们手挽着手去教室还觉得心慌。

林未汀跟小染打气："别慌，反正我们慌别人也会乱，大家都在一艘船上，要翻一起翻。"

小染说："朋友一生一起走，谁不挂科谁是狗。"

带着这样豪迈的势头，二人踏进了考场。因为这门课选修的人不多，去掉那些连考试都没来的人，一共也就六十多个人。教授花了一周不到的时间就把考卷改完，并且将分数提前公布了。

林未汀不敢上网去查，小染也不敢。寝室里的其他人要她们分别代表查分和不查分，然后石头剪刀布，看最后谁输谁赢。

于是林未汀代表不查，小染代表查分。两人耍了三把石头剪刀布，次次都是林未汀输。她欲哭无泪地看着自己的手，说："我觉得我们这兆头就不好，还是不要查分了吧？"

"愿赌服输，查啊！"季淑在一边喊。

两人只能分头走向各自的书桌，打开电脑，点开网页，输入学号，最后在分数查询的页面上，林未汀犹豫良久。她身后的小染也好不到哪里去。她捂着眼睛大叫："我随便瞎点了啊，没戳到我就不看了啊，就这样！"

哪知名字最甜的童甜甜走到了小染的身边，她轻握住小染的手，咔嚓一下，鼠标点到了“确定”上面。

小染还是不敢看，童甜甜便帮她看了。她说：“恭喜……你下个学期又要多修一门选修课了。人类学五十三分，你挂得轰轰烈烈。”

“既然都这样了，林未汀，查分！”小染一声吼，吼掉了洗手间里不算坚固的白色墙皮，正在洗手间里忙活的季淑说：“你别喊啊，墙上的灰都落了我一脑袋了！”

林未汀不从，小染和童甜甜一边一架，摁着她的手点开了“确定”按钮。

点开之后，三人全傻了眼。林未汀居然杀出了挂科的千军万马，独领风骚地过了这门史上最难过的科目。

整个寝室都尖叫起来了，吓得隔壁寝室的人都纷纷跑来探看情况。她们本来是皱着眉头想来发脾气的，哪知一听林未汀过了人类学，她们也尖叫起来了。

其中小染叫得最大声：“说好一生一起走，结果你先当了狗！我明明和你写的答案都一模一样啊，凭什么你六十八我五十三啊，难道是你的字比较好看吗？我不服！我不服啊！”

林未汀也是一头雾水，她确实和小染的答案相差无几，怎么她就平安顺利渡过这次大劫了呢？

走过路过的同学纷纷都来恭喜了林未汀一番，等到寝室里空下来之后，小染搬着椅子坐到了林未汀的面前。她一脸严肃，看着林未汀，说：“老实交代，你这两天是不是偷着去庙里求菩萨保佑了？”

“我……没有啊。”林未汀战战兢兢地回答。

“那你是不是找什么大师开了光？”小染又问。

“真的……没有啊……”林未汀都快哭了。

“绝对有什么。你看我们同吃同睡那么久，也没见你运气……啊！”说到一半，小染自己先尖叫起来，“我知道了，我知道了！”

童甜甜和季淑同时发问：“你知道什么了？”

“庄！遇！”小染一字一顿地说，“是不是因为你跟庄遇在一起所以你的运气变好了？不对啊，你之前跟他在一起那段时间，也没见你运气有多好，逃课五分钟也能凑巧赶上老师点名。”

连这种事情都能记得一清二楚，不愧是寝室长小染。她上上下下地扫视着林未汀，最后将视线落在了林未汀的嘴唇上，眯起眼睛，笑得格外奸诈：“未汀啊，我问你一个问题，你不许撒谎，不许顾左右而言他，只能说是或者否。”

林未汀点了点头。

“庄遇是不是渡了欧气给你？”小染问。

所谓欧气，是玩抽卡游戏延伸出来的一种说法。大家都习惯性把能抽到好卡的人叫作欧洲人，而抽不到好卡的人则是非洲人。大家都喜欢说“蹭欧气”，也就是指蹭点好运。所以小染说的渡欧气，是怎么回事？林未汀更加不知所措。见她一脸茫然，小染挑眉，非常直白地问了一句：“庄遇是不是亲了你？”

听到这话，林未汀猛然起立，她身下的椅子也被带倒，哐啷一声巨响，先把她自己给吓坏了。

“你……你……你怎么知道？”林未汀有些诧异。

另外三人倒吸了一口冷气。小染说：“我随便一说，哪知真的把你诈出来了。”

童甜甜在一旁没说话，过了半天之后，她说：“马上就是期末了，我感觉我的高数要挂。如果庄遇亲了未汀让她过了人类学，那我亲未汀一口，是不是可以过高数？”

“那我亲未汀是不是体育考试及格？”季淑在一边插嘴。

林未汀吓得倒退几步，她双手遮着自己的嘴，面对三双如狼似虎的眼睛，明显底气不足。

“你们这种玄学太扯淡了，我们要相信科学！”林未汀为自己抗争。

“你看，你被庄遇亲过之后就考过了全校第一难过的选修课。你知道那些过人类学的都是什么级别的学霸吗？据我所知啊，上一个八十分考过人类学的，现在已经去哈佛法学院了。你是学霸吗？你不是，你看你的数理逻辑，每次做作业都要死不活的。所以说，肯定是庄遇渡了欧气给你，这是很有科学依据的。”

季淑的分析真是头头是道，说得林未汀都差点信了。小染还在一边添油加醋：“为了我们整个寝室的幸福，未汀，就靠你渡欧气给我们了。牺牲你一个，幸福全寝室。”

“那你们为什么不去亲庄遇，他才是欧皇啊，你们找他去赐福啊！”

林未汀被她们三人的模样吓到，情急之下，她不顾一切地出卖了庄遇。

“哎，你们说，找庄遇画个考试必过符怎么样？”童甜甜提议。

“我觉得这个可以，至少我们不用亲未汀，又可以蹭到欧气。”小染点头。

“对啊对啊，我也不想亲她。”季淑附和。

听到这些议论，林未汀真是郁闷至极。怎么啊，难道她就只是用来传递好运的容器吗，这群人太没有室友爱了！

她本以为那三个人只是开玩笑，哪知她们居然很认真地在讨论这件事情。最后小染出面和林未汀交谈。她摆出了一副老大的架势，对林未汀说：“未汀，两个选择。A 你去找你亲爱的庄遇给我们求个考试必过符；B 你就牺牲一下自己，送我们三个香吻。你选几？”

“我……我能选 C 吗？”林未汀颤颤道。

“可以啊，C就是，被我们打死，你选吧。”小染又一次撸起了袖子。

林未汀突然想起来，在刚入学的时候，四个人围坐一起自我介绍。小染特别说了一句：“我梦寐以求的男人，是郑伊健。因为我最喜欢的电影，是《古惑仔》。”

当时听来，林未汀觉得有趣，现在想来，林未汀不寒而栗。

“那……那我选 A。”林未汀举起了一根手指。

“很好，我们走。”小染起身，顺手拿了桌上的纸和本子。季淑和童甜甜拉着林未汀往寝室外走。她被扯得东倒西歪的，还一脸莫名其妙。

“走，我们走哪儿去？”林未汀问。

“去庄遇的寝室楼啊，早点乞讨到欧皇的‘逢考必过’符，我们连复习都安心。”小染答得一脸大义凛然。

就这样，林未汀被三人连拖带拽地带到了庄遇的寝室楼下。她还在诧异：“你们怎么知道庄遇住这栋？”

“我们是傻子啊？庄遇欸，他平时喜欢在洗手间哪个站位解决生理问题估计都有人知道，更何况他住在哪里，这随便上学校 BBS 上一查就查到了。”季淑解释。

林未汀张大了嘴，心里想着她果然是才疏学浅，好久没八卦了。这时，小染突然大喊了一声：“庄遇，林未汀来找你了！”

小染人小声大，中气足到让人惊叹。一时间，男生宿舍的走道上出现了不少人。林未汀掩着面，只觉得自己的羞耻心要爆炸了。

哪知有一道熟悉的声音从上面传来："我马上下来。"

庄遇！她要怎么去面对这个人啊！

林未汀摸了摸自己的脸，又突然想起来今天早上她好像没有洗头。她低头一看，只觉得身上的衣服也配得难看。最最可怕的是，她的脚上还趿着一双粉红色的拖鞋。

她鞋也没换衣服也没挑，就这样被三个人拽到了男生寝室楼下，还把庄遇叫了下来。这会儿，林未汀只想转身就跑，但已经来不及了。走道里传出了脚步声，她定睛看去，庄遇已经走出来了。

男生的头发湿嗒嗒的，也没梳理，就那样东倒西歪地耷拉在头上。他身着一件黑色外套，拉链开到胸口，下身一条拳击短裤，脚下踩着一双黑色的板鞋。

两人互看数眼，庄遇仿佛有些不好意思地退了一步，揉了下鼻子。

"有什么事吗？"庄遇问道。

小染轻推了一把林未汀，林未汀差点一脚踩到了自己的拖鞋。她踉跄了两下，最后还是自己站稳了。庄遇刚刚伸出去的手也落了空，他只好摸了摸自己鼻头，假装那只手伸出去不是因为担心她会摔倒。

"嗯……那什么……"说话的时候，林未汀甚至都不敢多看庄遇一眼，她的视线一直往上看着，好像越过了他的头顶，不知看向何处。

"要说那什么之前，你能不能先看看我？"庄遇看着她那一本正经的模样，实在是想笑。

林未汀只得将视线挪了下来，二人视线刚刚交汇，林未汀又忍不住转开了眸子。她的视线继续下挪，一不留神看到了对方的嘴唇。刹那之间，她的脸红了个彻底。林未汀双手掩面，小声说了一句：“我看了，所以，我能说话了吗？”

看到林未汀羞涩得快要埋进土里的模样，庄遇一时间心情大好。不知为什么，这几天他同样郁闷。那天他也不知道自己为什么会突然吻上林未汀，但他可以发誓，那一瞬间，他是真的想要吻她，而不是把她当成了别的谁。

后来几日两人也没有联系。庄遇想去找她，但每次准备发出短信的时候，又停顿下来。至于是为什么，他只觉得可能是自己古怪的心情作祟。哪知今天林未汀突然找上门来，他纠结再三，下了楼。哪知女生同样纠结别扭，甚至一向冷漠的脸上出现了害羞的表情。

这一瞬间，庄遇觉得心情大好，前几日的烦恼突然烟消云散。不是他一个人烦恼就好，庄遇有些开心地想。

“你有什么事情找我？”庄遇问。

林未汀身后的小染戳了她两下，接着递来纸笔。林未汀红着脸将纸笔递给庄遇，说：“那什么……我寝室的朋友想邀请你……嗯……”

“签名吗？可以啊。”说着，庄遇运笔飞速，签上了自己的大名。

“不……不是。是，是想请你画个符。”

林未汀发誓，虽然她没什么记忆，但是她这辈子最结结巴巴的时候就是现在了。这个请求实在是难以启齿啊。

“画个符？”

他从三岁拉琴到现在，求合照的有，求拥抱的有，求签名的也有，要写“我爱你”的这种请求更是不计其数，但是他从没听过有人要他帮忙画个符。

林未汀和庄遇两人面面相觑。小染突然出声：“哎呀，我想起来我的社团有活动，我们应该先走了。”

说着，小染拉着另外两人跑得飞快，完全不留林未汀解释的机会。

原地只剩下林未汀和庄遇。男生宿舍楼上还站着好些看热闹的人，有些人还在后面起哄，言辞露骨得让林未汀只敢埋着脑袋。庄遇不耐烦地往后看了一眼，那几个说话的人便噤了声。

“换个地方说话吧。”庄遇轻轻在她的后腰上推了一下。

林未汀点了点头，便跟着庄遇往前走。

两人坐到了凉亭下，庄遇拿着本子问她：“为什么要画符？”

“我说了你不许笑。”说话时，林未汀的双手几乎要拧成抱成一团的树根。

“你说吧，不是我说不笑就不笑的，尽量吧。”男生做出了最大的保证。

于是林未汀把事情原原本本地告诉了庄遇。庄遇本来只是咬着下嘴唇在憋笑，听到最后，他还是忍不住扑哧一声笑了出来。为了应承林未汀的“不笑”，他只能把手背挡在嘴边，让自己的笑意流露得不要太明显。

“所以，她们想求你画个考试必过符，说是这样大家都安心。要不然我就要牺牲色相。我想了想，还是牺牲你吧。”

林未汀偷偷看了眼快要笑到不成人形的庄遇，有些气闷地说道。

“不过说真的，我一向运气很好。”庄遇笑了笑，“你知道吗，你说你遇到过海难，我也遇到过。”

“你也遇到过？”林未汀一时间忘了窘迫，忍不住看向了他。

“对啊，那是两年前的事情了。”庄遇说。

“我也是两年前……”

“那次我跟我爸爸去澜城度假。前几天还风和日丽，哪知过了几天就刮起了台风。那天我心情不好，去游艇会的沙滩散步。我的戒指弄丢了，后来我找了很久，哪知那天台风要来。我被困在了那里。”

庄遇说话的时候，习惯性摸了摸右耳的耳钉。他垂下脑袋说：“那个戒指，本来是我想送给曾璇的。那时候我觉得那个戒指很重要，所以一定要找到。结果我被困在那里的时候我又想，明明只是一个戒指而已，丢了可以再买，有什么重要的。”

林未汀听到一半，庄遇突然停了下来。正是觉得没头没尾的时候，于是开口问道：“然后呢，你脱困了吗？后来发生了什么事情？”

庄遇深吸了一口气：“后来大浪袭来，我拼了命地抓住船锚才没有被冲走。一波一波的浪让我根本没有办法应付，我用衣服将自己和船锚绑在了一起，接着我就失去了意识。等我醒过来的时候，我就躺在了医院。可能是谁救了我吧，但是我什么都不知道，我爸爸也没有告诉我。只是那个时候我突然醒悟过来，好像自己拼命想抓住的东西也不过如此，在生死面前，很多东西根本就无足轻重。”

林未汀没想到男生突然会聊到如此沉重的话题，她想了半天也不知道该接什么好。

“那是我第二次面对绝望，第一次是我听力受损手指受伤。不知道是不是因为我的才华是有时限的，时间一到，老天爷就要把我的天赋给拿回去了。”

庄遇捏紧了手里的本子，纸张都皱在了一起。他的笑容有些苦涩：“但是谁能告诉我，一个被称为天才的人突然被收回了能力，那他又能做什么呢？”

其实庄遇也不知道为什么自己突然间要说如此沉重的话题。那次海难，他本来谁也不想告诉，只想默默放在心里。但是面对林未汀的时候，庄遇下意识不想说谎，一旦对上女生那双干净到几乎纯粹的眸子，他就什么事情都不想隐瞒了。

他下意识觉得也许只有眼前的女生能够理解他。

林未汀沉吟良久，突然说："大难不死必有后福，人人都说的这句话肯定有道理。嗯……可能我也一样。虽然我忘记了一部分事情，但是我依旧过得还不错。别想那些为什么了，反正想了也没用。有些事情，去做就好。"

听到这话，庄遇几乎有些不可思议地看向林未汀。女生穿着长裤短袖，是最常见的居家睡衣款，她的脚上还踩着一双粉嫩嫩的拖鞋，头发也是随意地束在脑后，整张脸不施粉黛，但那种沉静安然的气质，却是让人无法忽略的。

她垂着眸子不知道看向哪里，只是悠然地说："即使我不知道我为什么还要继续生存，那么先做好我能做的事情。也许有些事情有意义，有些事情没有意义，那也是做了之后才能断定的。就像你非要逼着我拉琴，我本来很讨厌这件事情。但是真正做了之后，我才发现，我以前可能是喜欢大提琴的。"

听到这样的回答，庄遇的表情似有震动。他沉寂了很久，突然问了一句："那你还会拉琴吗？"

"会啊。不过这位师父，希望你不要那么严苛了，我怕我又要进医院了。"林未汀笑着应答。

看着林未汀的模样，庄遇突然感觉到了久违的感动。这世界从来不缺锦上添花的人，但雪中送炭的却没几个。庄遇觉得，前尘里再多的繁花似锦，也比不上这个春末夏初里女生的一个微笑来得价值千金。

一时间，庄遇没头没尾地说了一句："林未汀，我已经不喜欢曾璇了，你以后别瞎猜了。"

林未汀没把这话听进去，她随口应了一声："嗯，知道了。"

"林未汀，我给你画符，你等会儿陪我练琴吧。我们今天选个难度不是那么高的曲子，从九级考试曲里随便挑一首吧。"

"嗯，嗯？"前半句她听着还像人话，怎么后面半句就变了味儿？

她疑惑地看向庄遇，对方站在日光里，灿烂的眉眼被阳光照得更加斑斓，一时间，他的笑容几乎闪花了他的眼睛。

他说："林未汀，是不是有些人生来就会相遇？"

有些人浅薄，有些人金玉其外败絮其中。但总有一天，你会遇到那个如彩虹般绚烂的人，她的存在，举世无双。

第四章

庄师父与林八戒

为了讨到那三张“考试必过符”，林未汀活生生被庄遇按在琴房三个小时。

虽然庄遇听力下降，手指也没有以前那么灵活，但是他依旧比常人多上一份敏感。他对音乐，尤其是对大提琴，似乎有天生的音乐触觉。即使最细微的触弦和快速音符的切换，他都能抓出其中不完美的地方。

林未汀几乎不敢想，全盛时期的庄遇该是多么辉煌。

经过他的指点之后，林未汀的乐曲表现比之前强上很多，简直就是飞一般的进步。

不仅仅是林未汀感到惊讶，庄遇也很诧异。他对林未汀说：“我觉得你的演奏习惯很好，几乎没有什么坏毛病，而且换把的意识很好。只是太久没练习了，可能会有些生疏。”

林未汀看着自己握住琴弓的手，心里也有些诧异。那样自然流畅的动作仿佛天生就藏在她的脑子里，只要她一架起大提琴，好像就能想起很多事情。

庄遇随手翻了个谱子递给林未汀，她拿来一看，居然觉得眼熟。

她想也不想就把乐谱放在了一边，仅凭记忆，居然完整地拉出了海顿《C大调第一号大提琴协奏曲》。

最后一个音符落下，琴房里出现了长久的静默。过了很久之后，庄遇突然鼓起掌来。林未汀抱着提琴，有些不知所措。

那段旋律像是嵌入了她的脑海，只要稍微提点一下，便能自动跃出，那样的行云流水，让林未汀自己都觉得意外。

“我……是怎么会记得这首曲子的？”她低头看着自己仍旧按在把位上的手，忍不住喃喃自语。

“九级曲目，说明你曾经有大提琴造基础，而且不是泛泛之辈。”庄遇稍作停顿后，说，“虽然你的演奏技巧还没跟上，但是我可以很肯定地说，你没有一个音符拉错。这说明什么，这说明了你曾经大量练习过这首曲子。你居然现在都没有忘记。”

“真的……一个音符都没错？”林未汀有些忐忑地问道。

“不会错的，这首曲子我起码拉了几万次，怎么可能记错。”庄遇笑，“看你这样，估计几千次是没跑的。”

说话的时候，庄遇的眼神发亮。他凝视着林未汀的眼神像是在看着一颗未经打磨的钻石。

成千上万次？林未汀有些难以置信，原来曾经的自己对大提琴付出过这样的努力？

等到她讨到符纸回寝室的时候，几乎是腰酸背疼，右手都快要抬不起来了。但是她的心情却是格外轻松的。

她第一次觉察，好像练琴也不是那么讨厌的事情。

回到寝室之后，林未汀忍不住打开电脑，在搜索引擎上敲下了两个字：庄遇。

她真的很想知道，庄遇的过往，到底拥有怎样的成就。

那一天晚上，林未汀戴着耳机听了一晚上庄遇的琴音。她这才知道，原来男生不仅仅在申城出名，在国际上也享有盛名。他曾经被邀请到维也纳演出，还在荷兰举办过大提琴演奏会，并且还出过两张专辑。

被邀请演出的时候，他年仅十六。出专辑的时候，他年仅十八。

年纪轻轻便有如此成就不说，他的音乐也对得起他的盛名。出自庄遇之手的《自由探戈》感染力极强，音乐声一出，林未汀只觉得身上起了一层鸡皮疙瘩，那种撼动灵魂发自内心的悸动几乎让她想要流泪。

其实音乐和人的距离并不遥远，只要用心去感受，也许每个人都能找到音乐中暗藏的语言。每个演奏家都将自己对于乐曲的理解和感情放入了音乐中，仔细去听的时候，好像就在和他们对话。

就像庄遇的音乐，激烈、昂扬，一点都不含蓄。他的生命力热烈而张狂，就像是太阳。谁都会爱上这样一个宛如阿波罗的男人。

直到熄灯的前一秒，林未汀终于将庄遇的大半乐曲存入 iPad 中。她缩到床上，一个人窝在被子里听着庄遇演绎的《爱之忧伤》。

听着听着，林未汀泪如雨下。她哭得一抽一抽的，拼命咬住了嘴唇，生怕自己发出呜咽的声音。

听过他的演奏之后林未汀才知道自己错过了什么，庄遇真的是个天才。他对乐曲的演奏方式独一无二，无人可以复制。但是这样的天才，终究是陨落了。怪不得庄遇对于他之前拉过的那首《杰奎琳之泪》是那么不满意。全盛时期的他，真的堪比另一个类型的杜普蕾。

她终于能够明白，为什么他的乐迷那样爱他。他在音乐里书写的意气风发，真的是很让人着迷。但是曾经有多绚烂，现在就有多残酷。

拉琴，她也要拉琴。虽然她自知不能做到和庄遇比肩，但如果能减轻他眼里的忧伤，那么她也能感到满足。

林未汀的心里充斥着强烈的愿望，如同巨浪撞上了暗礁，那样收敛不住的感情，让她怎么都睡不着。

她忍不住摸出手机，在短信的页面敲敲打打，不知道重写过多少次之后，她终于将短信发给了庄遇。

短信上写道："叫你一声师父你敢应吗？"

没过一会儿，庄遇居然回了短信。

"八戒，这么晚了还不睡，熬夜不能减肥的。"

依旧是庄遇风格的短信，但是这次，林未汀却忍不住会心一笑。她掩住嘴巴，眼泪又不自觉地流了出来。

"我是认真的。"林未汀发去消息。

"我也是认真的。"庄遇回复。

林未汀几乎被他气笑了。她一个字一个字地敲："我是很认真地想要拜你为师，我想好好拉琴。"

过了很久，林未汀都没有收到庄遇的短信。她捧着手机有些失落，心里想着对方是不是睡着了或者手机没电了。她唉声叹气地翻了好几个身，最后捧着手机快要睡着的那一瞬间，手机震了一下。林未汀掀起沉重的眼皮，按开了短信。

"即使拜我为师，也别叫我庄师父，听起来很老。不过八戒，你这个徒弟我要了。"

最后一个小小的笑脸让林未汀忍不住看了良久，她抿起嘴唇，眉眼都弯了起来。

这个夜里，注定有一场好梦。

练过一段时间琴后，林未汀的琴技有了明显地提高。毕竟严师出高徒，外加林未汀基础很好，好到简直让庄遇都有些不可思议。为此，庄遇放松了她的基础练习，要她在技巧上多多加油。

由于庄遇三不五时跟着她去哲学系蹭课，林未汀的学业也开始好了起来。毕竟有些不太能理解的问题她直接问庄遇就好。这人除了在大提琴方面深有造诣，连书也看过不少。为此他给出的解释也是相当有深度。

庄遇说："如果不看书不懂艺术，在音乐方面的造诣也不会出色到哪里去。音乐家和艺术家都是对生活抱有体验和感触的人，如果见识不够，就没办法演绎出动人的作品。若是经历不够，唯一能够补足的就只有书籍了。所以平常多学点东西，就是为了多长点见识。"

听到这话的林未汀，当场就拿了纸笔把那段话给记了下来。她还将那张纸递到庄遇面前让他过目："你看我写得对吗，有错字漏字吗？"

庄遇又好气又好笑，他反问一句："那我要签名吗？"

林未汀说："能得到庄师父的签名也是极好的。"

庄遇忍不住，伸手在她的额头上轻拍了一下。女生努着嘴，露出一副可怜兮兮的模样。

他说："下节课我就不陪你上了，我要回去写转系申请。你下了课之后来琴房找我。"

林未汀点了点头。

下课之后，林未汀抱着书本走去了音乐学院。当她推开琴房的门，庄遇正坐在钢琴前面。他的右手在黑白琴键上翻覆跳跃，左手执笔，在一张空白的谱子上写写画画。当她进来的时候，他放下了手里的笔。

他的侧脸很好看，特别是认真谱曲的时候，有种说不出来的魅力。

林未汀的眼神黏在他的身上，怎么都挪不开。

庄遇转过身来，林未汀清楚地看到他的眉目轻轻挑动了一下。

“怎么了？”林未汀问了一句。

“我刚刚才发现你今天穿的是连衣裙，很好看。”他说。

林未汀不知该怎么回答，这条连衣裙是她上周周末逛街的时候买的。那时她和小染走进服装店，有个女生举起连衣裙在身上比画了一下，跟她的伙伴说：“跟你说，男孩子最喜欢女生穿连衣裙了。”

听到这句话，她心里一动，脑子里居然想到了庄遇。

向来不穿裙子的林未汀居然鬼使神差地买了一条连衣裙，剪裁虽然简单，但是完美地凸显了她的大长腿。

她今天第一次穿，走在路上的时候有不少人回头看。林未汀被人看上一次就会摸摸自己的裙摆，生怕是因为她走得太快，裙子被带飞了起来。

但是听到庄遇的话，林未汀突然觉得这一切都是值得的。她第一次穿上裙子是为了他。而他也没有辜负她的期望，说了句好看。

林未汀又苦涩又甜蜜地想，如果这一切是真的就好了，如果庄遇真的是她的男朋友……就好了。

庄遇明显没有发现女生的小心思。他只是拍了拍琴凳，让林未汀坐过来。

他说：“我给你听听我新写的曲子。”

阳光热烈的午后，庄遇穿着一件胸口有猫头鹰的短袖T恤。琴房里的浮尘随着悄悄潜入的日光变得朦胧，他的手指在琴键上按出一个又一个慵懒且迷人的音符。

曲调还算轻快，但不知为何，林未汀总觉得曲子里有种挥之不去的忧愁感，她听得有些想要流泪，只能侧过脸去，吸了下鼻子。

这时，琴声戛然而止，林未汀有些错愕。她问庄遇："为什么不弹了？"

"我没写完。"他瞟林未汀一眼，"说说看，什么感觉？"

"好听！"林未汀马上摆出一副痴迷的嘴脸来拍他马屁。但其实，她的心里有些说不出来的晦涩。这首曲子给她的感觉像是阳光照不进生满了苔藓的角落，潮湿与阴冷独自存活。

她忍住了叹气的欲望，心里还在琢磨。庄遇之前的音乐分明是昂扬且充满了活力，但是现在的曲风却突然大变，暗藏在其中的感情多出了一份不被人理解的孤独，而且听得让人有些难过。

她忍不住抓过纸笔，在谱子的最上面写下一排英文，对庄遇说道："我刚刚想到的曲名，赠给你《当爱已成往事》。"

如今浮华尽逝，万种风情，留给孤独。如果这半阕曲子一定要有个注释，林未汀想，大概就是这句话了。

他看了眼林未汀拟定的表情，神色有些怅然。男生问她："我的曲子都已经悲伤成这样了？"

"我……理解得不对吗？"林未汀试探性地问道。

"倒也不是对和不对，反正每个人对于音乐的感觉都不尽相同。"庄遇冲她笑了下，"这曲子我随手写的。你不喜欢，我就不写了。"

林未汀连连摆手："不不不，我就是觉得有点难过，但曲子是好听的。"

"你不是觉得很悲伤吗？"庄遇问她。

"大多数被人们记住的小说也是悲剧啊，因为不圆满，所以终究意难平。”林未汀说，“你看，人们喜欢满月那是因为月亮只有一夕成环，其余的时候都是残缺的。如果月亮天天都圆，大家又会喜欢月牙了。”

林未汀为了安慰庄遇，几乎是掏空了自己肚子里的墨水。她还在抓耳挠腮地想安慰的话，庄遇却笑了：“你傻不傻，我只是随口一句话，你居然当了真。”

庄遇看着女生着急的模样，心里居然有点暖暖的。

自从他受伤之后，家人也不知道该如何安慰他，索性放任自流，他想干吗就去干吗。这种互不相碰的方法诚然是个办法，但并没有让他好过多少。

而眼前的林未汀，却用一种笨拙但质朴的方式告诉他，不管他做什么，她都是支持的，而且那种支持是发自内心、无条件的盲从。

“啊？”

林未汀又流露出一副做错了事的表情，庄遇看得好笑。他对林未汀说：“我弹首曲子给你，是一个叫作《撞车》的电影的主题曲。电影缺乏制作资金，所以导演要求他的好友免费帮他写一首歌。这首歌就是。”

“好啊。”

林未汀准备让座，她刚刚起身，却被庄遇拽住了手臂：“坐着吧，你听我唱。”

他的手心温度略高于林未汀的皮肤，暖暖的温度就这样传递了过去。林未汀只觉得心房里好像被人种下了点点火星，只差一把火，就要烧起来了。

林未汀愣了一下，男生挪开了手。

琴声再度响起，轻柔婉转，他的声音低沉，整个琴房居然会因为歌声显得更加沉静。

如果说曾经的庄遇对人生的态度是不屑一顾，那么现在的他更像是看透了世态炎凉。细腻伤感的琴声和干净的男声相融合，居然让林未汀感觉到一种奇异的舒适。她仿佛被音乐带进了另一个世界。在那里林未汀没有喜怒没有哀乐，只是静静地走完半段人生。无论路上有再多的坎坷再多的浮华，那也只是一段即将路过的风景，而不是终点。

谁能说现在有诸多感悟的庄遇比不上从前呢？也许以前他是在靠天赋演出，而现在，他才是真的在释放自己的感情，展现他独一无二的才华。

一曲终了，女生久久不能回神。庄遇喊了她好几次，林未汀才如梦初醒。她看着庄遇，不发一言。

庄遇被她的眼神看得有些发怵，他问："哎，你到底怎么了，是我唱得太难听了吗？"

"其实，现在的你，一样是个天才。"林未汀看着他，很认真地说了一句。

"啊？"庄遇失笑，"你是怕我逼你练琴吗？"

她想了半天该如何组织语言，最后干脆心一横，就照自己所想的说了。

林未汀说："我把你拉过的所有曲目都听过好多遍。以前的你热烈张扬，对谁都不屑一顾，甚至在乐曲上都有自己独特的演绎方式，是个天才，也是个奇才。现在的你多了一份沉稳，对于音乐又有了新的理解。比如你新写的曲子，不再如以前那样热爱炫技，更多的是在感情上和人产生共鸣，多了一份让人回味和思考的余地。不是一味地震撼抢眼。"

她揪着衣摆，垂下脑袋：“我也不知道该怎么说才好，反正就是，你在我心中，还是很厉害的。”

听到这话，庄遇有些震撼。他不是没收到过乐迷的表白，大师的点评也是常有的事情。

但是再多的赞美和指点，居然比不上林未汀这一席最简单的话。她言辞诚恳，那双黑色的眸子里满满都是真诚，看得他几乎不知如何是好。

庄遇胡乱地点了点头，随口说上一句：“那就是不难听吧，我知道了。”

一时间，两人无话。琴房里寂静无声，外面却传来了一阵嘈杂。庄遇为了打破不知该说什么的尴尬，打开了门，听到外面有同学议论纷纷：“今天我们学校篮球队和隔壁鸣澜有练习赛，据说梁枫会出场！”

“梁枫？真的假的，他不是一般都不上练习赛吗？”女生A问。

“是我们篮球队队长强烈要求的，说想感受一下被虐的快感。”女生B回答。

“我超级喜欢梁枫，他打球的时候太帅了！”女生A说话的时候，连音调都不自觉上扬了起来。

庄遇站在门口，他看向林未汀，问了一句：“我们两个学校的篮球队打练习赛，你要去看吗？”

“啊？”林未汀愣了一下。

“走吧，反正今天太阳好温度不高，我们去看看。”

庄遇随手拿起放在地上的背包，然后走到了林未汀的面前，不由分说地抓住了她的手腕，把她带出门去。

两个人都没有说话，庄遇抓着林未汀的手也一直没有松开。外人早就知道这二人是一对情侣，但是两人之间各自的情愫和烦恼，只有他们自己才能明白。

“这样的话，会不会不太好？”庄遇回头看了一眼林未汀。

“什么样？”林未汀反问。

庄遇看了一眼林未汀的手臂：“我这样抓着你是不是不太好？”

林未汀本来想说并没有，但是出于女生的矜持，被这样一问，她也不知道该怎么回答才好。林未汀纠结再三，说了一句：“可能是不太好。”

庄遇点了点说：“我也觉得。”

说完之后，他放开了林未汀的手腕。

那一瞬间，林未汀的心里居然无端生出来一种失落。明明已经到了夏天，她居然觉得打心底里渗出了丝丝凉意。

看什么篮球比赛，不想看了。林未汀突然顿住了脚步，不想再往前一步。

正在这个时候，林未汀只觉得左手被人牵住，她错愕地看向左边，却对上了庄遇一本正经的侧脸。

男生的耳根红了个透，但是这时的语气却格外倔强，他直视前方，装作心不在焉地说：“我觉得这样才比较好，刚才那个模样，哪里像情侣了。别人只怕以为我是在虐待你。”

不知怎么的，林未汀似乎无法控制自己的心跳，那样剧烈，她甚至害怕被身边的庄遇给听到。

两人一直沉默着走向室内体育场，摩肩接踵的人流把林未汀和庄遇越挤越近，他俩几乎是贴在了一起。

“看不出来啊，梁枫的魅力居然如此之大，号召力蛮强的啊。”

庄遇调侃了一句，他尽力将林未汀往怀里揽，生怕她被人挤到。

林未汀躲在他的怀里，抿着唇，生怕被人发现现在的窘态。她暗自想着，这可是她第一次跟男生如此亲密，她几乎连手脚都不知道该往哪里摆。好在庄遇的视线没有落在她的身上，要不然她只怕要紧张到走路同手同脚的地步了。

旁人也看到了庄遇和林未汀。两人身高腿长，私下里被人称为“长腿夫妇”。这时他俩的周围一片窃窃私语，他们都在说：“长腿夫妇来了。”

听到这样的称呼，庄遇忍不住笑了。他看了眼林未汀，突然想到什么似的，从背包里拆开了新买的口罩，抽了一只，挂在她的脸上。

林未汀只觉得脸上被罩了什么，定睛一看，居然是口罩。女生回头看向庄遇，他看着林未汀，说：“人太多了，怕有人感冒传染给你了。你不是抵抗力差吗，我随身备了口罩，应该可以挡一挡。”

因为戴口罩，庄遇松开了她的左手，但是那残留的余温，还在她的手心灼热着。

林未汀心想，喜欢庄遇，真的太理所应当了。他这么好，不喜欢都难。

两队球员在赛场边热身。庄遇拉着林未汀往鸣澜的队伍那边挤。这时梁枫看了过来，他一边戴着护腕一边往庄遇的方向走来。

梁枫的额上有汗，可能是刚刚热身结束。有人冲他抛了个篮球，位置正在他的左手反手处。男生看也不看，伸手回挡，球又飞了回去。

全程一阵惊呼，鸣澜篮球队里的队员个个都是喜形于色，好像只要队长被夸，全队都与有荣焉。

他那个一个反手真是惊艳，连林未汀都忍不住盯着梁枫看。

梁枫走到场边，看到庄遇，表情有些奇怪。

“不是从来不看我的比赛吗？”梁枫问了一句。

“今天心血来潮，还是想来看看的。”庄遇说。

凑得近了，林未汀这才发现，庄遇和梁枫的眉眼确实很相似，而且五官轮廓都是一样的。

林未汀左看看右瞧瞧，那双黑眸忽闪忽闪的。庄遇看得好笑，他用只有三人才能听到的音量问了一句：“怎么，你是在看我们像不像？”

她点头，压低声音说了一句：“真的好像。”

梁枫看了林未汀一眼，又看回庄遇。他问了一句：“林未汀是你的……”

他拖长了音调，却没有说出一个可以定义的关系词来。

庄遇说：“朋友。”

听到这话，林未汀抬了下眸子，之前关于牵手的欣喜统统消失不见。她冷静了一秒钟，抬眸看向梁枫，也很认真地说了一句：“我和庄遇，是朋友。”

其实要认真算起来，两人只怕连朋友都不是吧。她分明是他雇来的保镖，一块钱一天的交情。但是来往久了，她便有些茫然了。

可是现在听到庄遇的话，林未汀又清醒过来。人啊，一定要时时刻刻提醒自己不要痴心妄想，要不然想得太多，受伤的还是自己。

在感情方面，林未汀就像一只蜗牛。她好不容易小心翼翼地探出了脑袋想要看看这个世界，却又被现实一个巴掌给拍了回去。她的脆弱和胆小隐藏得小心翼翼，大概是藏得太好，只要她不表露，谁也看不出来。

女生眼里的依恋又藏了回去，现在的林未汀，又是之前的那个林未汀了。敏感，冷漠，假装不在乎。

这时场上哨声响起，梁枫看了林未汀一眼，说："场边人多，你去休息区，我跟他们说一声。"

说完之后，梁枫回头对庄遇说："你也跟上。"

两个人由梁枫带着，坐到了鸣澜的休息区。林未汀倒不打眼，庄遇往那里落座，便引起了公愤。

申音球队的男生喊了起来："庄遇，你这是嫁鸡随鸡嫁狗随狗啊，你明明是申音的人，怎么好意思坐到鸣澜的队伍里！"

庄遇脸不红心不跳，很是大方地说了一句："你们难道不知道什么叫身在曹营心在汉吗？"

鸣澜这边的人怒不可遏，一个个都狠狠瞪着庄遇。林未汀默默和他挪开了距离，生怕大家一个不爽，就迁怒于她了。

好在比赛正式开始，大家的注意力都放在了球场之上，没什么人再关注庄遇刚刚带来的小插曲了。

开场抢球，鸣澜这边派梁枫上场。作为小前锋的梁枫身高可观，居然和对方的中锋都能抗衡，而且比起申音的中锋，梁枫的气场更大。他走到别人面前的时候，就像是寒流过境，冻得一排人都张不开嘴。

压迫性好强啊，林未汀在心里暗暗说道。果然不出大家所料，鸣澜这边一抢到球之后便开始发起快攻，梁枫落地之后就往申音篮下冲去。他闪过两道防线，队友一个快传，梁枫跳起接球，一个闪身又甩掉了申音的防守队员。

只见申音两名队员冲到篮下想要阻挡梁枫的攻势，但是这会儿已经来不及了。梁枫跃起以后一个灌篮，嘈杂的球场一下子安静下来，只听到那一声暴扣。

球进了。篮球架都有些摇摇晃晃，梁枫落地，站得很稳。篮球在地板上弹跳了一阵，随即滚到了场边。

连记分员都目瞪口呆，甚至忘记往鸣澜的计分板上加分了。

安静的球场瞬间沸腾起来，鸣澜的学生都在齐声高呼梁枫的名字。林未汀的双手紧紧交握，她在心里暗想，梁枫真的是太帅了！

反观梁枫，他一手拎起了球衣擦了把鼻尖上的汗珠，另外一只手空出来压了压。鸣澜的学生都知道，梁枫队长发话了，这是让他们安静下来。

鸣澜这边的声音小了下去，梁枫全程面无表情，好像那个扣篮没什么大不了的。

申音那边自然不服，加油声越来越大。而且申音还是主场，来的人自然多数都是申音的学生，但鸣澜这边丝毫没有被影响。在梁枫的带领下，申音的两次快攻都被打断。甚至连平日总坐冷板凳的戴睿这次也表现强势，他居然还射中了一个三分球。

虽然申音不甘示弱，即使在大比分落后的情况下依然不肯放弃，但梁枫大概是看到对方队长那一脸生无可恋的表情，他主动举手向裁判申请休息。下场之前，他走到申音队长面前，拍了拍对方的肩膀，小声说了句什么。

别人都没听到。但是等梁枫说完之后，本来就生无可恋的申音队长，表情更是面如死灰，好像快要失去斗志了。

梁枫下场，换了个人上去。他看也没看，径直挤到了林未汀的旁边。男生身上的热气一阵一阵地蒸腾过来，熏得她忍不住有些脸红。

林未汀四下看去，随手捞了一瓶矿泉水递给了梁枫。他喘了口气，说了声谢谢，接着拧开水瓶，咕咚咕咚就喝下了一半的水。

有人递来毛巾，喊了他一声梁老大。他随手接了过来，搭在了脑袋上。

场上还是呈现一边倒的趋势，即使梁枫下了场，赛场上的主动权还是被鸣澜拿捏。整个比赛，申音的球队几乎是全程陪跑，让人看得心疼，只希望比赛快点结束。

林未汀纠结半天，她侧过脑袋看向梁枫。梁枫似有感应，也转过脑袋，问了一句："你有事要问我？"

"刚才……你跟申音的队长说了什么啊，他的脸色突然间变得那么难看？"林未汀问。

这时，全程都没说话的庄遇突然开口，他说："梁枫肯定说的是，我下场，放你进两个球拉近比分，别输得太难看了，加油。"

说完之后，庄遇又问梁枫："我说得对吗？"

"差不多。"

梁枫喝空了那瓶矿泉水，他随手一捏，瓶子瘪了下去。林未汀倒吸一口冷气，这人还真是握力强劲啊。

"快点打，我们晚上还有训练，给你们十分钟，把比分拉大一点。"

听到这话，林未汀默默在心里腹诽，庄遇和梁枫这两人何止是在长相上相似啊，其实那种骄傲的秉性，也是一模一样的啊。

听到这话，申音队长黑得不能再黑的脸又暗了一度。林未汀心想，这人快成包公了。

梁枫一发话，场上的气氛又沸腾了。申音那边用尽全力喊着要反超比分，鸣澜这边一直高喊加油。两边势均力敌，互不相让。一时间，场面热闹至极。

比赛结束时，鸣澜以压倒性的优势胜出，常胜冠军队果然名不虚传。

看完一场比赛后的林未汀也是热血沸腾。她有些激动，想和梁枫说上点什么，哪知戴睿跑了过来，一掌拍在了她的肩膀上："你看到我之前的三分球了吗，帅不帅？"

"比起你们队长开场的暴扣，你那是小巫见大巫。"林未汀冷淡回答。

戴睿依旧兴致不减，他四下探看，然后又问林未汀："你说曾茗来了吗，她看到我刚才的三分球了吗？我的三分球可是为她而投的。"

"应该看到了，我刚刚看到曾茗挤到了最前面。"

庄遇的声音从戴睿的身后响起，戴睿吓了一跳。他回头一看，差点摔倒。

"庄遇，你怎么跑到我们这里来了，你是来当奸细的吗？"戴睿指着庄遇，义愤填膺道。

"我早就来了，你这反射弧，比三分球的抛物线还要长啊。"庄遇不冷不热地讽刺了一句之后，伸手将戴睿搭在林未汀肩上的手给扔开了。他还特别刻意地拍了拍戴睿的手之前搭过的位置。

"你那手汗津津的，洗过了之后再碰未汀。"说着，庄遇把林未汀拉到了自己身后，"走了，这里细菌太多，我们早点离场，要不然会变笨的。"

这明显的意有所指让戴睿气得哇哇直叫，林未汀想笑，却又忍了下来。好歹戴睿是她的朋友，这样当面笑出来，不好，还是背地里笑比较好。

林未汀和庄遇随着大流往场馆外面走，这次他们没有牵手。不知道是不是庄遇对梁枫说的那一句话，让林未汀下意识和庄遇保持了距离，但是人潮涌动，两人被越挤越开。林未汀眼睁睁地看着走远，心下越来越失望。

明明是亲密无间地走进来，却要分道扬镳地走出去。也许刚刚的牵手，只是一场镜花水月罢了，别人在做戏，她却动了情。想到这里，林未汀忍不住有些难过起来。

好在接踵而来的考试周让林未汀无暇去细想关于庄遇的问题。她觉得自己有一个最大的优点就是，只要专心致志开始做一件事，便会忘了之前的烦恼。她依稀记得有人说她这种特点是单细胞生物的表现，但是这话是谁说的，林未汀却忘了。

考试周一到，所有人都拿出了破釜沉舟的气势。林未汀的室友除了好好学习之外，每天还有人负责查询星座运势，五行八卦，甚至还占卜命理。整个寝室的人全成了神婆。

人哪，虽然尽了最大的努力，还是会将成功的希望寄托给运气。

最可怕的是，不知道是谁想出的主意，寝室的角落里莫名多出了一张庄遇的照片，她们还买来相框挂了起来，相框下面，每天还点着一盘蚊香。季淑美其名曰："我们这是在参拜考运大神。"

林未汀指着那盘蚊香说："那这是怎么回事？"

小染说："寝室里又不能烧香，我们也不吸烟，所以就只能点个蚊香上供，聊表心意。"

她说得理直气壮。林未汀心里暗想，这真是神一般的聊表心意。

不知道是庄遇的那个"考试必过符"有用，还是寝室里那三人的蚊香供奉有用，反正寝室里真的做到了人人心想事成，彼此最害怕的科目都低分飞过，完全没有被挂科大神的阴影笼罩。

全寝室都震惊了，每个人都将庄遇手写的符纸好好地保存起来，并且每天都点上两盘蚊香，整个寝室里蚊子是没了，人也快被熏死了。

而且最玄乎的还是林未汀，她的数理逻辑居然考了全班第一。得到这个消息的她，都忍不住狠掐了自己一把。

小染说："未汀，你说不定能争取一把这个学年的奖学金，你上个学年就是因为数理逻辑被人家挤掉了。"

林未汀点点头，颇有些感慨地看着自己那八十几分的数理逻辑，忍不住想到了庄遇。

他花了三天时间看完了整本书，又花了一周的时间给她重新梳理知识。其实庄遇本来不必这样做的，但是他却做到了。

林未汀拿起手机，拍了一张电脑上的考试分数表，传给了庄遇。

没过一会儿，庄遇发来消息："全过了？"

"嗯，谢谢你。"林未汀说。

"好啊，学校的事情完结了，来练琴，我替你报了名参加年底的比赛。"

庄遇说得风轻云淡，林未汀一听，吓得直接站了起来，"哐当"一下撞到了床架，疼得龇牙咧嘴。

什么比赛？林未汀当时就蒙了。她立刻发了一条消息过去，庄遇却没有回话。

林未汀抓起钱包和钥匙就往隔壁学校赶了过去。她赶去了琴房，打开门的时候，庄遇还坐在钢琴前编曲。

她突然闯入的动静吓了庄遇一大跳，他搁下笔，看着林未汀："你这模样，有点吓人。"

林未汀随意抓了抓因为疯跑过来而杂乱的发型，她努力平稳了一下呼吸，说："你到底……到底什么……什么比赛？"

因为气喘吁吁，她连说话的时候都有些断断续续。好在庄遇听明白了，他从双肩包里掏出了一张报名表："你看，我已经给你填好了。"

庄遇不知从哪儿捋来了一个比赛消息，说是三个月后申城音乐节有一个弦乐比赛，其中必然是少不了大提琴。庄遇头脑一热，要了张登记表就给填妥了。

正式表格他已经递交了，这一份多的是专门留给林未汀看的。

听到这个消息，林未汀还跟他据理力争："庄遇，你知道那个比赛里都是正统管弦出身的学生吗？你叫我这个三流蹩脚的哲学系学生去拉琴，你到底丢谁的脸呢？"

他脸不红心不跳，还一脸淡然地道："你要相信名师出高徒，你是我教出来的，你的琴技几何我不知道？"

林未汀满怀希望地看着他："你觉得现在琴技几何？"

"参加申城湾区少年组决赛能拿第三吧。"庄遇说。

申城一共有八个区，她能在其中一个区的少年组争第三，林未汀拿什么去相信庄遇不是让她到全国舞台上去丢脸的？但是看着庄遇那张兴致勃勃的脸，林未汀突然又不知道该说什么好了。

她问了一句："你为什么不参加？"

庄遇的脸突然就变得难看起来，他无奈地笑了笑："我去，那是在给人看笑话。"

虽然林未汀被他逼着练习大提琴，但是她也知道，庄遇也在练习。而且庄遇每天的练习量比她还大，有时候林未汀甚至都会担心，他的手到底能不能撑得住如此大强度的训练。

庄遇好像是在跟谁赌气一般，虽然嘴上说着再也不能拉琴，但心里还是不服输，没有什么事情能让他在最爱的大提琴面前认输。

看到他那样努力，林未汀也有些动容了。她有时候也会趁着午休的时候来琴房这边练习。最基本的那些指法她已经烂熟，握把的动作也被庄遇调整得很好。接下来便是大量的练习，找到感觉。

而且前两天她才听过庄遇用大提琴拉他新写的曲子，虽然音乐的质感不能和全盛时候的他同日而语，但基本上也能够上“还不错”那条准线了。但是现在来看，庄遇依旧不满意他如今的水准，依旧觉得他现在的琴技叫丢人。

他看着林未汀，试探性地问：“你要是不想去，就算了吧。”

林未汀看着自己的双手，又看了看庄遇：“没事，我也没什么东西可以失去了。去就去吧，权当报答你给我讲解数理逻辑。练琴这件事，我全听你的。”

当林未汀说出第一句话的时候，庄遇的心里好像被什么碾过一般的疼。但是林未汀却一脸平淡，像是不知道自己说了什么似的。

没什么东西……可以失去了。

其实对于庄遇来说，他也不剩什么了。才华、名声，甚至连爱情都已经失去了，他还有什么？他照样所剩无几。不知道为什么，庄遇总觉得林未汀就像是他的一面镜子。通过林未汀，他越发地看清楚了自己。

他站起身来，默默抽走林未汀手里的报名表。林未汀看着庄遇坐到钢琴前，然后合上了钢琴盖，他拿了支笔，开始往报名表上写着什么。

林未汀十分诧异地看着他：“你在干吗？”

他拿笔盖戳了戳报名表，说：“报名啊，我还能干吗？”

“不是……怕被笑话？”林未汀问。

“如你所说，我也没什么可以失去的了。如果我不去面对，也许真的永远都不能正视我受过伤这个事实。”庄遇一边写一边说。

林未汀太过惊讶，以至于忘了说话。庄遇填完表格之后抬头看了她一眼：“干吗，你张着嘴又不说话，我还以为你在那里假装自己是一株捕蝇草，张着嘴巴在等待猎物。”

听到这话，林未汀狠狠闭了嘴。她站起身走到门口，庄遇喊了一声：“你考试都考完了，你又干吗去啊？”

“拿琴练习，不想跟你说话。”

她一个人拖了两把琴过来。林未汀将 Arpeggio 交给庄遇，自己拿了另一把琴。庄遇突然抬头看着他，说：“你知道吗，你手里的这把琴也是有名字的。我第一次去维也纳表演的时候，就带的它。”

林未汀有些诧异地看着自己手里的这把琴，庄遇解释道：“我从十岁到十六岁，一直用的是它。后来我小有名气之后，我妈妈才舍得把 Arpeggio 交给我。”

说着，庄遇走过来将林未汀手里的琴接了过去：“我用来用去，其实最喜欢的还是这把。虽然不及 Arpeggio 名声响亮，但是毕竟它和我一起获得过不少荣誉。而且，如果你喜欢的话，你比赛的时候就用它。我觉得会有好运的。”

男生轻轻抚摸着琴头，好像在回忆往昔。他指着琴头上一道小小的划痕说：“这是之前磕到的，当时急着上场，我一直担心琴会坏掉。但是它依旧很好，音调很准，琴音醇美。从那天开始，我便觉得它是好运的象征。所以我就给它取了名字，叫 Fortunate。”

庄遇叫林未汀站了过去，她不知所以，还是走到了庄遇面前。他伸手，将提琴递给了她，说：“我把好运交给你了，你要好好对它。这次无论如何，也要进决赛。虽然我不知道别人的水平如何，但你是我庄遇的学生，自然没有输的理由。要不然，你下学期的数理逻辑就自生自灭吧。”

前面的话让人感动，中间的话实在是霸气，结果听到最后，林未汀狠狠抖了一下。她突然觉得，最后一句话才是最有杀伤力的。

林未汀斗胆问了一句：“那……那要是万一我得了前几名，有什么奖励？”

庄遇摸了摸下巴，转眸看向她：“那简单啊，你先拿了名次再说。毕竟我也要参加，你别不把我放在眼里啊。毕竟瘦死的骆驼比马大，我再怎么手残，也比你要厉害。”

听到这话，林未汀只觉得喜忧参半。喜的是，庄遇终于振作起来了；忧的是，她该怎么办啊？

第五章

篮 球 鞋 与 爱 伦 坡

也不知道哲学系今年是出了什么幺蛾子，往年向来是全校最后放假的哲学系今年居然第一个放了假。学生们大呼万岁，收拾了东西就纷纷各回各家，只有林未汀，她一听到放假二字，头都要疼了。

小染和季淑不是本地人，她们本来一早订好了车票，现在又慌慌忙忙地去改签。两人特别没义气，连散伙饭都来不及吃，就那么撒丫子跑了。

童甜甜住在申城，她也回了家。于是住在寝室的就只剩林未汀一人了。其实她也不想住寝室，但是她家离学校太远，每天她都要被庄谌使唤着练琴，所以干脆住在了学校，比较方便。

不过一个人住校的滋味确实有些孤单。她只能早早起床之后往申音赶，至少练琴的时候，不会有一些关于孤独的情绪。

夏天天亮得早，即使是六点起床，天色都是呈现一种淡淡的蓝光。她洗漱完毕，心念一动，突然想要去操场上散步。

等她走到学校的小操场时，却发现那里居然有人跑步。等她走近了，那人正好跑了过来，他们迎头打了个照面。

“梁枫？”喊出他的名字的时候，林未汀突然想了起来，他一般早上五点起床，洗漱之后开始跑步锻炼身体，他以前说过的。

“林未汀？”梁枫在原地跑动，一脸诧异。

“现在开始放暑假了，你不回家吗？”林未汀小跑跟上。

“暑假要出去打比赛，没有休息。”梁枫解释。

这会儿，梁枫很干脆地停下了脚步，对林未汀说：“你还是别跑了，跑步的时候说话你会很累的，外加，你这双鞋不好跑步。”

林未汀讪讪停下了脚步，哪知梁枫也不跑了。他站在林未汀旁边，问：“要不要去打篮球？”

“啊？”林未汀有些诧异。

“带你玩点好玩的。”说着，梁枫大步朝前走去，林未汀也不知道为什么，就这么跟了上去。

梁枫带了运动场器材室的钥匙，他掏出钥匙开门，走进去拿了颗篮球出来。他习惯性将篮球顶在右手食指上转圈，甚至连看都不看一眼，球也不会落下，而且还能转速飞快，简直就像是独门绝活。

林未汀有些好奇，伸手向梁枫讨了球过来，也想学学转球的技巧。梁枫把球给她，林未汀将篮球顶在食指指尖，刚一放上去，球就落了下来，骨碌碌地滚远了。

她不服输，又这么来回弄了几次，篮球怎么都不好好听话，总是到处乱滚。其中好几次，都砸到了她的脸。

梁枫一向冷脸，但是现在看到林未汀这笨手笨脚的模样，也忍不住笑了。他接过篮球，对林未汀说：“你看好，这是有技巧的。”

他将篮球掂量了几下，抛起后随意用食指顶了起来。这一连串的动作相当帅气，让林未汀忍不住心生艳羡。梁枫看向林未汀，说：“球不要抛高，用手腕的力量让球转起来，旋转的时候手指要找到篮球的重心，不要使用蛮力，要用巧劲。”

说着，他又演示了一遍，接着将篮球递给了林未汀。这一次比前面几次都要好，不过篮球最后的归宿，还是她的脸。林未汀哭丧着一张脸，说：“不好玩，这一点都不好玩。”

梁枫拼命忍笑，最后还是绷不住，扑哧一声笑了出来。

这时候太阳在天边探出了半张脸，薄薄的微光照耀过来。梁枫的笑容被这一层光芒镀得格外温暖。

“你笑起来真好看。”林未汀忍不住说。

听到这话，梁枫有些诧异，他有些不好意思地侧过脸去：“是吗，谢谢。”

“你平常要是多笑笑就好了。”林未汀小声说。

“我是队长。要是平日里我笑得多了，他们就会觉得我好商量好说话。在我们队里，一般都是副队长笑得比较多，我都是扮黑脸的。因为他们觉得我不说话的时候，就已经很可怕了。”

听到这话，林未汀感同身受。他们一边走向篮球场，林未汀一边说着发生在自己身上关于“臭脸”的事情。

梁枫一路听一路笑，两个冷脸的人在这一刻找到了共鸣。

“明明我们什么都没做，别人偏偏要说我们看起来一点都不好相处，简直就是冤枉。”林未汀说。

“不过也好，省去了一堆麻烦。”梁枫随手理了下头发，“毕竟我不会跟庄遇一样被堵，我只要往那里一站不说话，人都会给我让开，这一点我觉得还算是优点。”

说到庄遇，林未汀想到两人初次见面的遭遇，也忍不住笑了。

“林未汀，你来防守，我来进攻。你要是从我手里抢到了球就算你赢。要不要试试？”

梁枫站在篮筐下，对林未汀说。

“那我肯定赢不了，我怎么可能从你的手上抢到球？”林未汀忍不住反问。

“你听我说完，如果你在我走动四步之内抢到篮球算你赢，如果你逼着我走了第五步我没成功上篮算你赢，如何？”

听到这个提议，林未汀觉得不错。她点了点头：“那我们来试试。”

林未汀先试了两把，梁枫倒也没有为了特地照顾她放水，只是稍稍留神了动作，不会把她无意间打到。所以她越发可以放开手脚去抢球。

就这么一来一去之间，林未汀越玩越开心。她跑得满头大汗，束起来的头发也有些凌乱。但是她不在乎，只是随手将头发重新绾了一次，接着又投入了抢球的状态。

抢了几次，林未汀发现梁枫不仅手上灵活，下盘同样相当稳健。她本想趁他不注意去捞他的反手球，但是这人左右手配合得相当好，一旦发现林未汀的小动作，就立即传球转身，接着跨步上篮。

一系列的动作完美无缺，看得她只想拍巴掌叫好。

梁枫发现女生动作越来越迟缓，说了一句：“最后一把，等下我请你吃早餐，可以吗？”

林未汀虽然身体累极，但依旧兴致高昂。不知道为什么，她就是想让梁枫输一次，虽然她知道可能性不大。

最后一场下来，林未汀依旧没有抢到球。她好久没有这么剧烈地运动过，这会儿只觉得膝盖一软，快要摔倒在地。

好在梁枫眼疾手快，迅速扶住了女生，林未汀便直接栽倒在他的怀里。

一瞬间，两人的拥抱几乎是毫无空隙。林未汀一瞬间红了脸，她想要推开男生的怀抱，但也没了力气。

“那……那什么，我能申请在地上躺一会儿吗，我实在太累了。”说这话的时候，林未汀明显觉得自己底气不足。

“那你还有力气走路吗？”梁枫问。

“没了。”林未汀答得理直气壮。

这时，梁枫扶着林未汀站好，他蹲下身，背对着她，说：“躺在地上容易生病，你要是不嫌弃我身上有汗，我把你背回去吧？”

背……回去？林未汀有些震惊。她连忙说：“我坐一会儿就好，我的体力马上就恢复了，不用你背的，太麻烦了。”

“没事，上来吧。”

梁枫坚持，他蹲在地上一动不动。林未汀也不知如何是好，她想走，可是太累走不动；她想坐，又怕被梁枫一把扯起来。

纠结再三，她咬了咬牙：“我很重的，庄遇说我是八戒，你还是别背我了吧，我怕压坏了鸣澜国宝级的人物。”

梁枫笑得腿软，左手撑在地上谨防自己摔倒。他回头看了林未汀一眼：“上来吧，别啰唆了，再说我就直接抱你回寝室了。你可以看看到底是哪种吸引的目光更多。”

被他一吓，林未汀马上趴上了他的肩膀。男生托着她的腿起了身。

梁枫的后背是湿的，她的前胸后背也是湿的。两人汗津津的衣服贴在一起，竟然也没嫌弃对方。而且梁枫的身上汗味并不重，衣服上还有股洗衣液的香味，闻起来倒也还好。

更让林未汀诧异的是，梁枫跑了步，又陪她玩了一阵，现在背起她的步伐依旧轻快稳健，让人心生佩服。

“那个……我是不是很重，我休息好了，我自己可以下来走。”林未汀心虚又不好意思地说。

“没事，你一点都不重，还有几步路就到了，我马上就放你下来。”他的声音始终淡淡的，好像这件事情不值一提。等他走到她的宿舍楼下时，梁枫小心翼翼地蹲下，生怕摔着了她。等林未汀站稳，男生才起来，他的刘海被汗水打湿黏在了额前。梁枫低头的那一瞬间，简直像极了庄遇。

林未汀怔怔地看着梁枫，居然发起了呆，甚至连谢谢都忘记说了。虽然现在已经是暑假了，但并不是所有人都回了家。零零散散走在路上的人看到梁枫和林未汀站在一起的时候，都有些震惊。

她看了下左右，忍不住有些难为情。林未汀对梁枫说：“今天太谢谢你了，改天我请你吃饭吧？”

梁枫一笑：“小事，你别放在心上。哦对了，等下我洗完澡要出去吃早餐。如果你真的不介意，一个小时后我们后街大门那里见面，可以吧？”

梁枫的客气和不客气都恰到好处。林未汀和他相处的时候不会感觉到半点不自在。她突然心生感慨，怪不得喜欢梁枫的女生那么多，他也真的是个很值得去喜欢的人啊。

林未汀洗完澡后，脑袋上包了块干发巾，她刚刚准备找出电吹风去楼梯间吹头发的时候，梁枫的电话来了。

“我在你宿舍楼下，你慢慢来，我在这里等你。”梁枫说。

林未汀举着电话和电吹风走到走廊上，她伸出脑袋往下看了眼，梁枫正好抬起头来。他冲林未汀挥了挥手。

难得今天梁枫没有穿鸣澜的队服，而是换上了一身休闲装。她冲电话里的人说："你等我一下，我吹个头发，马上下来。"

"好，不着急。"梁枫应。

虽然他说让她别着急，但是林未汀还是不好意思让他久等。她匆匆忙忙将头发吹到半干，便随便拧了个麻花辫甩在脑后，换了一件黑色的短袖和一条短牛仔裤，踩了双运动鞋拿着钱包和钥匙就跑了下去。

女生脂粉未施，脸上因为刚刚洗完澡而粉扑扑的。他低头一看，女生脚上居然跟他穿了双一样的篮球鞋。

AJ5，独立日配色，《灌篮高手》中流川枫同款。

见他低头，林未汀也低下脑袋看了一眼。不看倒也还好，一看林未汀倒是闹了个大红脸。

鞋子是同款，裤子都是同色系的牛仔裤，连上衣都是黑色的，这走出去简直就像是情侣装。

这绝对是刚才看了他一眼之后产生了惯性思维，她绝对不是故意穿成和梁枫一样的！林未汀手足无措，最后只挤出一句："好巧哦……"

"挺巧的。"梁枫点了点头，"我们去稍微远一点的地方喝早茶吧，我知道有个地方还不错。"

上次林未汀跟着梁枫吃了肠粉之后便觉得这人在吃的上面挺有研究的。这次梁枫一开口，林未汀忙不迭地点了头。

"那里有点远。"说着，梁枫甩了甩手里的车钥匙，"摩托车，可以吗？"

林未汀点了点头。

两人往男生宿舍那边走去，梁枫在车棚取了车。白色的摩托车呈流线型，好看得让人眼前一亮。她还没看够，梁枫突然扔来一个头盔，林未汀没个防备，手忙脚乱地接住了。梁枫轻抿了下嘴唇，脸上显出了一个小小的酒窝，对林未汀说："反应不错，下次能抢到球了。"

林未汀很是得意地扬了下下巴："那当然。"

梁枫冲她招手："上车吧，去晚了就要排队了。"

她小跑两步走到了车前，这才看清楚了摩托车的品牌，居然是杜卡迪。

其实她对摩托车没有什么了解，但是林叔叔却对各种冒险类的运动有着别样的爱好。他曾经和一群朋友骑着摩托车，从申城开始，途径星城，最后北上至珑城。一路骑行两千多公里。林叔叔骑的，就是一辆杜卡迪 1199S。

林未汀小声感慨了一句："这辆车，不便宜吧。"

"还好。"梁枫说，"你应该问问庄遇，他的那台车多少钱。"

听到这句话，林未汀有些诧异地看着梁枫，有些悲愤地说："我没见过他开车。有一次我和他去乐器店买琴弓，他打车还要我给钱呢。"

何止打的士要她给钱，有时候她去自动贩卖机买个酸奶，庄遇都会蹭上一瓶。这么想来，林未汀觉得自己好亏啊，亏得抓心挠肝。

梁枫咳了一下，长腿一迈，就上了车。他戴上头盔，转过脑袋对林未汀说："头盔戴好，坐上来。"

林未汀叹了口气，戴好头盔后也跨上了车。她刚一上去，梁枫便说了一句："坐稳之后，搂着我的腰，免得摔下去了。"

搂……搂住他的腰？听到这个要求，林未汀突然就愣住了。

大概是见她半天没有动静，梁枫伸手往后探了探，握她的左手之后，直接把她的手往腰上一搭。隔着衣服，林未汀貌似是摸到了男生的腹肌。

梁枫的腹肌啊！林未汀心神有些荡漾。这时她还暗自有些庆幸，幸好现在是暑假期间，要不然两校女生知道她偷摸了男神的腹肌，只怕是要被剁手的。

梁枫的手还搭在她的手背上。他的声音被头盔遮住了一些，听起来有些闷闷的："你抓稳了。"

她还来不及心跳加速，就听到油门轰鸣，车就那么开出去了。

夏日的晨风是热的，刮在身上暖洋洋的。林未汀满脑子都在胡思乱想，鼻息里全是梁枫身上传来的淡淡香味。她仔细嗅了嗅，男生好像是用了香水。

一瞬间，她的脑子里突然想到了一句话：水殿风来暗香满。他身上的味道，真的好好闻啊。

杜卡迪行驶上快速通道，一路在车流中穿行。虽然梁枫骑车的速度不慢，但相当稳健，不会让人觉得害怕。飒爽的风呼啸而过，林未汀只觉得自己的心跳都被吹得鼓噪起来，从身体里生出了一种莫名的自由感。

梁枫将车开到了市中心，他停下车，对林未汀说："到了。"

林未汀仰头看去，右手边有一座古色古香的建筑，二楼的匾额上写着三个字：药石家。

这家店的早茶远近闻名，据说常年排队，连不是饭点的时候，都会大摆长龙。林未汀担心地看了一眼，果不其然，门口又在排队。

待梁枫停好了车走过来，林未汀指着那塞满了人的店说："要不然我们换家店吃吧，这里人太多了。"

梁枫睨了她一眼："谁跟你说要走正门了，咱们走后门去。"说着，他拎着头盔就走到了前头，林未汀亦步亦趋地跟在他的身后。

男生说走后门，就是真的往后门走。后门虽然没有正门富丽堂皇，但也算得上玲珑别致。后门处有保安守着，梁枫刚往前走上一步，人家便伸了手。梁枫从口袋里掏出钱包，接着拿出一张卡，对方马上收回了手，毕恭毕敬地开了门。

林未汀连忙跟着梁枫一起走进去。她心里暗想，跟着梁枫才是吃香的喝辣的，跟着庄遇……什么也不说了，吃的全是苦头。她真想为自己掬一把辛酸泪。

搭上电梯的时候，梁枫突然问了一句："你知道萧伯伦吗？"

她想了想，小染好像提到过这个名字，总说经济系大四的学长萧伯伦怎么怎么样。林未汀有些犹疑，但还是说："听过，经济系大四的学长对吗？"

梁枫点了点头："这店他家开的。上次我来吃饭遇到过他一次，然后他帮我办了张会员卡，说是下次来走后门，就不用排队了。"

"你和他很熟吗？"林未汀问。

"他也玩摩托车，有时候假期约着出去溜车，一来二去就认得了。"梁枫说。

"哦。"林未汀不知道再接什么话，只得点了点头。

两人寻了个小位置坐下，梁枫这次就没有再问她要吃什么了。毕竟他对林未汀的回答印象深刻，除了桌椅餐具，其余什么都吃。

梁枫点了餐之后，将头盔放在了一边。林未汀看到了男生白色的头盔上绘着一只小小的黑猫，下面还写了个 Eldorado。

一时间，林未汀激动了。她指着梁枫的头盔说："你喜欢爱伦坡是不是？"

《黑猫》是爱伦坡的小说，Eldorado 意为黄金城，是爱伦坡的诗歌。

女生很少高兴成这样，梁枫也有些诧异。他不知所措地点了点头：“对，我确实很喜欢爱伦坡。”

“我也是！”说话时，女生眼睛里亮闪闪的，头顶上的灯光好似坠入了她的眼中。

梁枫心想，林未汀总说他笑起来好看，其实她笑起来更甜，惹得旁人都不自觉想展开笑颜。

食物还未上桌，梁枫和林未汀已经聊了好些关于爱伦坡的话题，他们越说越投机，梁枫问了一句：“上个周末在市中心的书店里举办了一个关于爱伦坡的读书沙龙，你去了吗？”

上个周末？林未汀眨了眨眼睛，她上个周末好像在练习巴赫。

看她一脸茫然，梁枫了然：“下次有活动我再叫你。”

林未汀点了点头。

梁枫问她：“那你平时还有什么爱好？”

林未汀想了想：“无聊的时候还会玩玩桌游。”

“你也喜欢？”梁枫反问一句。

她点头。二人再次找到共同爱好，这时食物上桌，他们边吃边聊。

大概是爱好相近，林未汀也比平时放得开些。这时，她有些口无遮拦地问了一句：“不是很多人都说搞体育的人头脑简单四肢发达吗，为什么我觉得你头脑好四肢也发达？”

梁枫刚刚咬了一口虾饺，听到这话，他差点被那口吃的给噎死。

虽然他明白女生的话里有赞扬之意，但是这句话听起来就不太像一句好话。

他想了想，非常艰难地解释了一句：“可能……我运气比较好，脑子刚好够用。”

吃完早餐，林未汀坚持请客，男生也不阻拦，只说他下次再请回来就好。

两人走出药石家，林未汀的手机响起，她接了起来，电话那边的低气压几乎要把她吓到。

庄遇咬牙切齿："林未汀，现在已经十点半了，你还打算来练琴吗？"

"来来来！我马上回来！"林未汀立刻回答。

梁枫在旁边问了一句："谁啊，庄遇吗？"

电话里的庄遇听到了梁枫的声音，他问林未汀："你和谁在一起？"

一时间场面有点混乱，林未汀不知道先回答谁的问题比较好。梁枫伸手，直接抽过了林未汀手里的电话，他说了几句之后，便挂断了。

"走，我送你回学校，不过我们走另一条远路。刚刚我跟庄遇说好了，我们会晚点回去，他不会怪你的。"梁枫说。

梁枫骑车载她往沿海公路上走。她侧着脑袋看向海面，心里一片畅然。借着呼啸的风，她很大声地对着梁枫喊道："梁枫！"

梁枫"啊"了一声。

"谢谢！"

林未汀依稀记得，她的脑子里也有一片海。宁静，纯粹，蔚蓝。

曾经的她，好像很喜欢海。

那天林未汀和梁枫吃过早茶回来练琴之后，庄遇看向她的眼神就有些古怪了。有时候她在拉琴，也能感受到一道目光的注视。等她停下手来，那道目光又撤了回去。

整个琴房就林未汀和庄遇两个人。林未汀被他看得毛骨悚然，她忍不住停下手将琴弓放在了一边，说："庄遇，我到底怎么你了，你每天这样看着我，好像我身上还藏了第二个人一样。”

等她说完这句话，庄遇还是一言不发地瞧着她。林未汀掩着心口，左右看了看肩膀处。她战战兢兢：“庄遇，你说话啊，我身上真的有什么看不见的朋友吗？”

庄遇表情深沉，他摩挲着下巴，上上下下又打量了一遍林未汀。过了很久之后，他才说：“八戒，你知道吗，我哥自从买了那辆摩托车，就没见谁坐过后座。当然我妈是不屑，但是其他人是不能。”说完之后，庄遇围着林未汀转了一圈，很是感慨地说，“你这是何德何能啊……”

林未汀抱着大提琴，正不知如何是好的时候，庄遇突然蹲在了她的面前。她吓了一大跳。

“你这发型……多少年没换了？”庄遇突然发问。

林未汀低下头看了看自己的长发，想了想说：“有记忆的这两年是没换的。”

“你从来不化妆吗？”庄遇又问。

“有记忆的这两年是没化的。”林未汀如实回答。

庄遇很艰难地点了点头，他说：“你知道吗，我哥最喜欢的女明星是杰西卡·阿尔芭，你嘛……”

不知道为什么，说这句话的时候，庄遇的心里有种又恶毒又痛快的感觉。当时他给林未汀打电话，其实已经在电话里听到梁枫的声音，他不敢确定，但梁枫却把电话接了起来。他对庄遇说：“我带林未汀兜个风，马上回来。”

谁不知道他哥梁枫一向低调，虽然有台拉风的摩托车，但是他从来没载过任何一个异性。这次却让林未汀坐上了后座，简直是不可思议。听到这个消息的庄遇心里有些犯别扭，但是他也不知道自己哪里不对。

反正就觉得浑身都不对劲。想到这里，庄遇掏出手机，搜出图片之后递给了林未汀。

林未汀看着他手机上的图片，那是一个棕发及肩，笑容甜美的漂亮女生。她抬眸，对庄遇说："嗯，很漂亮啊，你喜欢啊？"

"我呸。"庄遇白了她一眼，"这是我哥的前女友，人家是个模特。"

说到最后六个字的时候，庄遇特地加重了语气，说："还是她先追我哥的。"

"哦。"林未汀点头，"你还有什么事吗，没有我先练琴了。"

她也不傻，她察觉出来庄遇话语里那一丝微妙的口吻，好像是刻薄，又像是不屑。

林未汀清楚自己的长相，美算不上，撑死了算清秀。虽然有人说她耐看，但是耐看的意思谁不知道，不就是乍一看上去就那样，看久了就丑顺眼了？

但是庄遇的这种表达，却让她觉得有点难受。当初是谁拍着她的脑袋说她最好看的，现在又是谁举着别人的照片说："人家是个模特"？

她垂下头，看着自己白色的球鞋，一颗不怎么昂扬的心，沉得更深了些。对啊，她不美，还不小鸟依人，甚至也没什么值得夸奖的优点。活该连自己喜欢的人，都会当着自己的面去夸别人。

那天，她拉了一下午的巴赫组曲，潜意识里总是浮现出一句话：不开心的时候听巴赫，头疼的时候听巴赫，阴天的时候更要听罗斯特罗波维奇演奏的巴赫。

她发泄一般地练习着，甚至连一刻也不想停。她知道，如果手腕停下来，庄遇一定会找借口和她说话。但是这个时候，她不想听到庄遇的声音。

大提琴醇厚浓烈的声音安抚了她，林未汀躁动的心情被那些音符治愈，浑身的戾气都融化了。

她的汗水凝在额头都没时间去擦，在一首首巴赫里，林未汀突然觉得，她以前一定很爱大提琴，爱到即使空滞了两年，现在也能找回身体里的那份悸动。

这时，林未汀意识到一件事。生而为人必须要有个爱好，千万不要把全部的感情寄托在一个人身上，因为人是最不靠谱的。他们总会在最出其不意的时候辜负别人的期望，哪怕那不是他们的本意。

还好，她找回了音乐和大提琴。

直到手臂酸疼到抬也抬不起来的时候，林未汀这才终止了练习。她罢了手，庄遇才找到了说话的机会。他刚准备开口，林未汀就站了起来，拿了松脂在琴弦上抹，抹过之后，又把大提琴放在琴盒里面，连招呼都没打一个，径直往外走。

庄遇皱起了眉头，看着她离去的背影，忍不住问了一句："你怎么了？"

"累了，我回去休息。"林未汀回答。

她确实该觉得累了，三个小时没放下过琴弓，这是林未汀从来没有过的事情。而且她今天表现的巴赫带了一丝难以言喻的怆然感，像是惊弓之鸟一般惶恐。

巴赫不应该被这样解读。

庄遇想了又想，最后得出了一个结论：他可能把林未汀惹生气了。在他的印象里，林未汀很少真的生气。她肚量大，随便庄遇怎么说，她也只是笑笑，过一会儿就忘了。但是这一次有些不对劲。

最后，庄遇总结原因，可能是因为他说梁枫的前女友是个模特还比她长得好看，所以她才不开心了。想到这里，庄遇只觉得自己的手也开始发酸，连琴弓都握不住。他有些烦躁地将提琴摆在一边，自己在小琴房里走来走去，心里还不断地想着。

难道林未汀是真的喜欢他哥哥，还是他哥哥会不开眼看上林未汀。他哥哥当初跟那位模特小姐分手的时候是怎么说的，他是嫌弃模特小姐不够聪明。

林未汀也不聪明啊，她怎么就会被梁枫看中呢？一瞬间，庄遇近乎恶毒地想，为什么林未汀不能再蠢一点再不起眼一点，这样的话，除他之外，就没有人会注意到她了。

当这个念头一闪而过的时候，庄遇自己都被吓了一大跳。他急匆匆收拾了东西飞一般地逃离了琴房。

他几乎不敢细想下去，藏在这个念头背后的感情，到底是什么。

自从那次在操场上遇到梁枫之后，林未汀便习惯早起。虽然梁枫五点就起了，但是她实在做不到。林未汀顶多六点起床，洗漱完毕后，换上了运动衣和新买的跑鞋，心情愉悦地跑去了操场。

整个操场上，只有一个人的身影。她想也不用想，必然是梁枫。

她伸长了手用力摇晃了两下，远处的人加快了步伐。他跑到林未汀的面前："你也开始晨练了吗？"

"不知道为什么，感觉早起之后，仿佛拥有了全世界。"林未汀笑着回答。

"是啊，早起的时候总觉得一天的时间特别多。如果我哪天睡到中午才起，我就觉得那天已经不剩多少了。"梁枫附和。

"你也有睡到中午的时候？"听到这话，林未汀很是诧异。

"比赛后的一天，我一般都会放纵自己睡觉。比赛太消耗体力了。"

他拨弄了一下汗湿的头发，好似想起了什么，对林未汀说："对了，你周日有空吗？那天我休息，我们队里凑了个狼人局，你要不要来？"

狼人和天黑请闭眼无异，都是比较经典的桌游。听到这话，林未汀的眼睛亮了："好啊，什么时候，几点？"

"在我家你来不来？"梁枫又问。

听到这话，她停顿了一下。梁枫的家，不就是庄遇家吗？她要是请假一天去玩桌游，最后两人在家里相遇，这该多尴尬啊。

大概梁枫读懂了林未汀的沉默是什么意思。他说："没关系的，庄遇不会在家。一般我在家的时候他不在，他在家的时候我不会回去。所以你去我家，遇不上他，他也不会怪你不练琴的。"

"你怎么知道我练琴？"林未汀有些诧异。

"我妈妈也知道啊，她之前问庄遇在忙什么，他说收了个徒弟，在忙着练琴，准备参加年底的比赛。"梁枫顿了一下，"你不要介意，我妈特别偏爱庄遇，所以他的一举一动她都要过问。她问过不算，还要跟我们全家说上一遍。我不是故意打听的。"

"哦……"

怪不得梁枫从未误会她和庄遇的关系，原来他早早就做过解释了。

两人一边跑步一边说话，梁枫和她确定了时间，说好周日下午一点去他家玩桌游。林未汀本想问他家地址，哪知梁枫先了一步："你还是待在学校吗，我来接你吧？"

他的态度永远得体，让林未汀不觉得有半分不适。她点了点头："那辛苦你了。"

"没事，反正我每天都要溜车，接你也是完成了我的任务。"

梁枫眉眼弯弯，笑起来的时候显得五官格外俊朗，分外好看。

林未汀跑完步回去洗澡，洗完澡照旧和梁枫一起去吃早餐。两人走在后街上有说有笑，经过申音后门的时候，梁枫突然顿住了脚步。

见他停了下来，林未汀站定。她有些不得其解，问了一句："你看到熟人了吗？"

梁枫不说话，伸手指着不远处的一个女生："你和庄遇关系不错，你认得她吗？"

林未汀循着他的手指方向看去，一时间，竟然不知道说什么才好。

她居然看到了那个只出现在庄遇手机里的人——曾璇。

林未汀犹豫半天，不知道该不该说出曾璇的名字。梁枫看了她一眼，说："看你的模样就知道了，你肯定认得她。你太不擅长撒谎了。"

她分明什么都没说，就被梁枫看透了。林未汀暗自感慨，怪不得在球场上别人的假动作也逃不过他的眼睛。

"那个人，是曾璇吧。"林未汀小声说。

"不知道她怎么还有脸来这里。"

说这话的梁枫，表情冷漠，口吻也变得有些刻薄起来。

林未汀原以为庄遇和梁枫之间的感情不算很好，现在想来，可能是两兄弟年纪相仿，性格又都比较傲娇，所以即使关心，也会用很别扭的方式表现出来。

但看梁枫的眼神，他是真的很讨厌曾璇啊。她正想着，梁枫大步走了过去。他径直站到了曾璇的面前，正埋头走路的女生突然被来人吓了一跳。曾璇停住了脚步，抬头看着梁枫。

大概是认出了眼前人，曾璇吓得后退了一步。林未汀往前走几步，恰好站到了梁枫的身边。她听到梁枫冷冰冰的声音："不是说再也不出现在庄遇的面前吗？”

“我……”听到梁枫的话，曾璇面色难堪，她垂下脑袋，小声说，“我找他有点事情。”

“随便你找他有什么。”梁枫说。

“那……那要是不行的话，你能帮我传话给他吗？我就是……就是帮他找到了一份……一份工作。”

不知道是不是梁枫的冷脸太吓人，曾璇说话的时候结结巴巴的，一张漂亮的脸战战兢兢，怎么都不敢抬起头来。

“他要的不是工作，而是一双健康的手，你能还给他吗？”对于曾璇，梁枫向来是没什么好脸色的。

听到梁枫毫不留情的话，曾璇的脸又白了几分。她仍不肯走，还是留在这里，好像非要等到庄遇。

梁枫冷笑一声，“你俩之间的事情不该我管，不过我就说一句，希望你这次找他，不要再给他带来什么厄运。我们家已经承受不住第二次打击了。”

说完之后，男生转头离去。林未汀跟在梁枫身后，一起离开了。

因为曾璇的缘故，梁枫连吃早餐的时候都全程低气压。他臭着脸的模样比林未汀的面无表情还要可怕。从二人踏进早餐店的那一刻开始，热闹的小店倏然沉默，每个人都安安静静地吃着东西，连吃面喝汤的时候，都不敢发出声音。别人倒还好，坐在梁枫正对面的林未汀感到了无比的压力。

两人沉默地吃完早餐，沉默地走在路上，梁枫特地挑了一条远路绕行，免得回去又看到碍眼的曾璇。

两人踏入学校，梁枫突然转过头看了眼林未汀，说：“你知道我高中休学过一段时间吗？”

林未汀点头：“庄遇提到过。”

“那你知道我为什么休学吗？”梁枫又问。

“庄遇说是因病休学。”她老实回答。

梁枫嗤笑，肩膀轻轻耸动了一下。他指着指不远处的长凳，说：“你赶时间吗，不赶时间我们就坐在那边说会儿话吧。”

“好啊。”

两人走到长凳前坐下，梁枫双手搁在两只腿上，十指交叉，面朝前方。他沉默了一会儿，说：“其实那段时间我得了很严重的精神疾病，至于是什么病，我私下里称作‘庄遇综合征’。”

她有些诧异：“是因为庄遇和你在家里的待遇很不一样吗？”

“你很聪明。”梁枫点了点头，说，“何止是很不一样，那是太不一样了。在他出生之后，我一直以为我是捡来的，他才是亲生的。”

听到这话，林未汀突然觉得有点难过。身边这个人高马大的男生分明那样出色，这样的人都会被区别对待，真的难以置信。

他一直保持着那样的坐姿。孤独，又傲然。就像一个骁勇的武士，从不因为任何困难而退后，但是这样的人却告诉她，他曾经有很严重的精神疾病。

“你不知道那时候我的情绪糟糕到什么程度。”他的语调刻意上扬了几分，显得自己说话的语气没那么苦，“我根本不敢看庄遇的脸，我听到他的声音都会吐。你有想过吗，当你有一天面对自己的亲人居然是这样的表现，你会不会觉得自己的嫉妒心太强？你会不会觉得自己很可笑？”

说话的时候，梁枫直起了身子，他依旧不敢看过来。

梁枫告诉她，其实隐患很早就埋下了。母亲醉心于自己的大提琴事业，当时她就想培养梁枫去拉大提琴，不过他在音乐方面实在没什么天赋，不管他再怎么努力，母亲都没有笑脸。梁枫学琴三年，始终不见进步，母亲盛怒之下，要他再也不用学琴了。

后来梁枫找到了自己的爱好——篮球。虽然他从小就被选入篮球队，甚至还参加过申城青少年篮球比赛获得冠军，但是母亲从未观看过他的任何一场比赛，也不关心他的成就几何，甚至有时在家中还会冷嘲热讽说上两句。

一个十几岁的小孩想努力讨家人的欢心，但是他无论怎么努力，他的母亲都不满意。

说到这里的时候，梁枫停顿了下来，从侧面看去，林未汀看到了他咬紧的牙关，和脖子上因为用力过度暴出的青筋。

她看得出来，男生努力压制自己的情绪。即使他想表现得风轻云淡，时隔多年，仍旧不行。林未汀忍不住想，梁枫的那段回忆，应该相当痛苦吧？

庄遇一直不乐于学琴，母亲在梁枫身上得到了挫败感，所以不想在庄遇身上再失望一次。哪知莫名其妙的，庄遇自觉自愿地学起了大提琴，而且让人惊讶的是，他的天赋好到让人嫉妒。他的双手灵活，对音符有很强的敏感度，甚至对乐曲都有自己的一套解读方式。

更可怕的是，他的骄傲并没有给他添麻烦，反倒成了庄遇的一种特色。很快，他的演奏便开始走红，一时间，申城居然不少人知道庄遇的名字。

其中最高兴的，当属两人的母亲。她开始倾尽全力培养庄遇。

梁枫本来就一直被家人冷落，到这个时候，他更遭冷遇。甚至有一天他在家中休息，无意间听到了父母对话。母亲说：“梁枫这孩子太差劲了，以后估计没什么发展空间。他实在不如庄遇。你看庄遇，有天赋又勤奋，这才像是我的孩子。”

事到如今，梁枫居然还可以一字不漏地重复他母亲的话。他自己都觉得有些好笑。

“起初是不想和他说话，后来变成了不想看到他的脸。再后来越演越烈，我甚至当着他的面吐了出来。我看到庄遇就会情绪失控，暴躁，流泪，大哭大闹。那段时间我把自己反锁在屋子里，只要脑子里出现了奇怪的念头就掐自己。”

说着，梁枫将胳膊伸了过来，他手心向上，展示了一下自己的手臂内侧。

林未汀清楚地看到男生手上很多伤痕，深深浅浅，形状不一。如果她没看错的话，她似乎是看到了……刀痕。

大概是林未汀目光呆滞地盯着他的手臂看了很久，男生扯了下嘴角，将右手收了回来。他还故作轻松地说了一句：“没什么，都过去了。”

“那你……是怎么好转的呢？”林未汀忍不住问。

“有一次我将自己误伤，当时没注意，后来意识到的时候已经失血过多开始头晕了。后来我很久没出房间，庄遇有些担心，他敲门我也没说话。不知道是不是兄弟间有种奇妙的感应，他把门砸开了，就看到倒在地上的我。”

其实有很多细节梁枫不敢细说。当时倒在血泊里的他还有意识，他眼看着从不流泪的庄遇哭得像个孩子。而且那时候，梁枫看着他，说：“我讨厌你，要是你不是我弟弟该多好。或者我死了也好。”

听完这句话后，庄遇几乎是傻了。过了半晌他才找回了神智。庄遇一边打急救电话一边抹眼泪，最后将梁枫送入医院后，庄遇便消失了好长一段时间。

在他住院的时候，父母终于开始重视起梁枫的精神问题。但是母亲却从不承认自己的心是偏的，她并不觉得自己给梁枫的重视不够，只觉得梁枫自己太脆弱了。

后来梁枫住进了精神病院疗养了一段时间。再出院时，他发现家里少了庄遇，问父亲，父亲说庄遇要闭关练琴，所以住到了别处，但梁枫知道，庄遇是故意避开了他。

等到他们都升入大学，庄遇和他之间便产生了一种无言的默契。只要庄遇在家，他便出去；若是他在家，庄遇就出去。父亲隐隐知道了这是怎么回事，但是母亲依旧我行我素，更加偏爱庄遇，和庄遇带来的荣耀。

再后来庄遇遇上了曾璇，他发生了意外。得到消息的一家人都傻了，母亲当场就晕了过去，梁枫很是自责。

梁枫一直在想如果不是他把弟弟赶出了门外，也许庄遇就不会遇上曾璇，也许庄遇的手就不会受伤，也许……但是世界上哪有如果的机会，梁枫知道没有后悔药，所以他更加难受，也更加讨厌曾璇。

明明是藏在心底里不想和任何人倾吐的话，梁枫却一股脑倾倒给了林未汀。藏了好几年的秘密，他原本以为此生都不会再回首的过往，却如此轻易地跟另一个人提了起来。

说来也怪，他和林未汀明明没有几面之缘，两人相交不深，甚至也没有几次交谈，算起来其实只能说是点头之交。但是说不上来为什么，他对林未汀就是有种莫名的信任感。而且他对她还有种说不上来的好感。

女生不算特别好看，但是她的眼睛却美得异常。她每次抬眸看他时，梁枫总恍然以为，她的眼里只容得下他一人。和他说话时，林未汀认真的神态也格外吸引人，就是那种独一无二的感觉，他从不曾在任何人身上感觉到这种重视，但是在林未汀身上，却找到了。

梁枫对林未汀说："听过这些之后，你应该觉得我是个很自私的人吧？"

她摇头："人都自私，心脏都是长在左边的，就别说什么公平了。"

绝对的公平，就是不爱任何人。只要爱人，便会有所倾斜。这是所有人都避免不了的。

梁枫抿唇，过了好半天才说话："浪费你这么长时间，真是不好意思。"

林未汀有些意外，她问了一句："你这么客气干吗，我们不是朋友吗？"

被林未汀这么一问，梁枫反倒愣住了。他怔怔地看着林未汀，心里千头万绪。

朋友……吗？梁枫轻笑一声："那你和庄遇呢？庄遇对妈妈说你是他的徒弟，戴睿跟我说庄遇是你的男朋友，而庄遇对我说，你们只是朋友。你说我和你是朋友，那你和庄遇是什么关系？"

他轻而易举问出的话，却是林未汀不敢思量也不敢回答的问题。她的双手纠缠在一起，脑袋也垂了下去。两人间出现了沉默的空白。就在梁枫以为林未汀不会回答这个问题的时候，她才缓缓出声："我和他没有关系。"

梁枫诧异于林未汀说出的话，他看向女生，女生一脸平静。

“他随意地定性我和他的关系，就说明他根本不知道我和他之间是什么关系。所以有什么关系呢，只能是——没有关系。”

中文的意思博大精深，梁枫听出了她的话里有话。他摇了摇头，心里有点失落。其实他也清楚，庄遇那么优秀，谁会不喜欢他呢？但是失落之后，梁枫又察觉到一个讯息。林未汀说不定对庄遇已经死心了。

想到这里他又自顾自振作起来。既然她说他们是朋友，那就先从朋友做起好了。

梁枫见她兴致不高，也知道关于庄遇的事情只怕是让她不开心了。他转了话头，成功让林未汀转移了注意力。好在他刻意讨好人的时候还是很有一套的，不一会儿，女生的脸上又洋溢起了笑容。

林未汀笑起来很好看，那样的表情像只小猫眯起了眼睛，梁枫都想伸手在她的脑袋上揉上一揉，但是不行。梁枫忍住了自己发痒的手心，他转过头去，却看到了不远处正在往这边走来的庄遇。

“林未汀。”说话的时候，梁枫站了起来，挡住了女生的视线。这样，她抬头的时候便不会看到庄遇，而只能看到眼前的他。

“嗯？”林未汀抬头看他。

“有个不情之请。”男生说。

“什么？”

“你站起来一下，我想看看你和我之间身高差距到底有多少。”梁枫说。

这算什么不情之请，不过只是站起来而已。林未汀丝毫没有怀疑，她站起身后挺起脊背，乍一看去，竟然不比梁枫矮上多少。

正在这个时候，梁枫突然伸手环住了林未汀的腰，他使出巧劲，手腕偷偷用力，林未汀猝不及防，直接扑入了他的怀中。两人的距离很近，面孔几乎都要贴在一起了。

林未汀愣了，梁枫却笑了。他伸手在林未汀的脑袋上比画了一下，然后将展开的手掌抵到了自己的额头上，接着往后退了两步，拉开了两人间的距离。

“你看，你到我这里。”梁枫对林未汀说道。

他语气如常，表情也如常，但林未汀却迷糊了。原来刚才那么一带，只是让她贴近距离比身高，而没有什么别的意思。是她自己想多了。她点了点头，看着梁枫，脸上的表情有点木愣。梁枫心里暗暗发笑，表面上却还是一派平静。

“我先去训练了，明天有空再见。”他摆了摆手，便头也不回地跑走了。

等到梁枫走开之后，林未汀突然看到了站在一边的庄遇。庄遇脸色难看，他看向林未汀的时候，嘴边还噙着一抹很是刻薄的嘲笑。

林未汀有些愕然，她往前走了几步，庄遇站着不动，就那样看着她。

“你怎么来了？”林未汀问。

明明只是再简单不过的问句，却突然间点燃了庄遇心里那一簇莫名的火苗。他忍不住冷笑：“我为什么不能来，你怕我看到你和梁枫抱在一起吗？”

说话时，他的黑眸里泛着冷冷的光芒，尖刻冷漠，直刺她的心房。

林未汀被他的话噎了一下，她启唇：“不……”

话还没说完，庄遇便粗暴地打断了：“你想解释什么，你还有什么需要解释的吗？上一次迟到是因为和梁枫去吃早茶，这一次不到也是因为和我哥在一起。你喜欢他你就直说啊，我又没拦着你！”

庄遇突如其来的怒气让林未汀莫名其妙。男生说话的声音很大，连脖子上的青筋都暴了出来，甚至连眼球都有些隐隐充血。

他说完之后，犹自生气。林未汀看到他的胸膛剧烈起伏，好像是在压抑着什么。

林未汀被吼得莫名其妙，但她没有失掉理性，反而心平气和地对庄遇说：“我和梁枫在一起我就是喜欢他，我和你在一起呢？我就喜欢你吗？”

“你……”

庄遇听到这话，心里更堵得慌。他不知道该如何反驳，但是打心底里又想去反驳这句话。纷繁芜杂的情绪像是一团荆棘，刺得他的心都有些绞痛。他咬着嘴唇，一眨不眨地瞪着林未汀。女生的黑眸里依旧水光潋滟，看进去的时候，只有他一人的身影。

可是这样一双眸子，曾经也有别人的身影照进过。想到这里，庄遇总觉得心里莫名有种焦灼感。那种烦乱不受控制，从心脏处四下流窜。

那种奇怪的难受感钻到脑子里之后，他的情绪便不受控制了。

其实他本不该这样的。庄遇曾经偷偷发誓，这辈子绝对不会再跟梁枫去争什么。梁枫在家他就避让，梁枫喜欢什么他就远离。虽然两人现在还是能够好好说话，但是他们的客气就像点头之交的同学，有谁能看得出两人曾经是肩并肩一起去打架的兄弟呢？

可是今天他又在计较什么呢？他为什么要冲着林未汀发脾气呢？庄遇觉得自己非常莫名其妙，而且将事情越搞越糟。

林未汀看着还在发愣的庄遇，说：“你自己说过，我们之间是雇佣关系，一天一块钱为证。我好好练习，你教我技巧，除此之外，我们还有什么关系吗？我们的关系好到你来干涉我的交友吗？”

说出这话的林未汀，也不是不伤心的。她多么想听到庄遇的反驳，但是眼前的人只是看着她。本来很是生气的庄遇突然偃旗息鼓，就像被针扎破的气球一般失去了力气。

他看着林未汀，也不知道该说什么好。对啊，他们的关系好到他可以随意去干涉林未汀的交友吗？林未汀和梁枫在一起，他为什么要生气，他明明应该感到开心才对啊？但是他偏偏骗不了自己，他实在开心不起来。

林未汀见他不说话，叹了口气，又转了话题："今天早上我和梁枫经过后街，看到曾璇了。曾璇说她找你有事，你见到她了吗？"

听到这话，庄遇的眼神更加迷茫。他怔怔地看着林未汀，仿佛不认识她一般。他暗自想着，林未汀真的是一点都不喜欢他吗？要不然为什么他这么生气她也不愿意出言安慰，还要提到别人的名字？

庄遇昨天没住校，而是直接回了家。上个月他买了两张纪念巴赫诞辰两百五十五周年音乐会的票寄到了家里，他昨天回家取了票，想着今天晚上带林未汀去听音乐会。

那天梁枫带她去海边兜风，林未汀回来的时候眼里还有掩饰不住的兴奋。虽然她什么都没说，但是庄遇在无意间提到梁枫的时候，就听到她附和了一句："没想到梁枫骑摩托车的时候那么帅！"

庄遇心里有些别扭，这次他特地回家把自己的车开了过来。他可不服，自己的车好歹是他赚钱买回来的，梁枫的车是梁枫自己攒钱攒出来的，意义完全不同，而且他自己也很帅啊！

他今天直接开车到鸣澜，本来想开到女生宿舍楼下给她一个惊喜，哪知他在楼下等了又等，就是没见到林未汀出来。

庄遇偷偷摸摸混上楼去，敲了半天门后，却发现没人应门。再等他穿过操场往后街方向走去，却看到了梁枫和林未汀站在一起。接着，他便看到梁枫抱住了林未汀。

那一瞬间，他只觉得自己好像被雷劈中，若不是意志力还在，他只怕当场就要冲上去将两人拉开。而且这个时候，林未汀也不打算解释什么，她竟然岔开了话题。

庄遇愤然转身，背着她说："没看到，也不需要看到。反正她说了这辈子不会见我，那就不要再见了。"

说着，男生长腿一迈，就走开了。

第六章

狼人杀与洋葱圈

到最后，庄遇都没有把那张票给送出去。林未汀也没有来琴房。他一个人从早上十点半等到了晚上六点。

那场音乐会，庄遇是一个人去的。他占了一个座位，书包占了个座位。这人还把书包当心肝宝贝一样摆好，庄遇左挪右调，上下看了半天，终于把那包放在了最正的位置。末了，他还轻轻拍了下书包的顶端，说了句："爸爸给你选的这个座位不错吧？"

书包不能说话，它委委屈屈地被庄遇拍得瘪了一点。庄遇看着它，就像看到了屈服在他淫威之下被迫点头的林未汀。

想到这里，他本来沮丧的心情突然好转了不少。他买的座位极好，视听效果俱佳。这会儿偏偏还多了个空位，真是让一些人眼红。有人走来问他能不能换票，庄遇假装听不见。大概是他的不高兴表现得太明显，周围人也默默收了声。

灯光渐渐暗了下去，帘幕拉开，庄遇调整坐姿收敛心神，开始看音乐会了。等到那首巴赫无伴奏大提琴组曲响起的时候，庄遇的眼神就变了。他的目光随着大多数观众一样，落在了那位大提琴手的身上。

庄遇暗自感慨，几年前，他就是在这个舞台上，受到观众的注视。

不过事到如今，什么都变了。他无心再听下去。庄遇垂下了视线，兀自看着自己的双手。虽然现在的他很懊恼，但是他一点也不后悔自己救了曾璇。

如果那件事情重来，他依旧会去救人。但是庄遇也是现在才认清，原来有些东西，是要在失去之后，才发现自己已经真正爱上了它。

曾经他以为大提琴不过是一条捷径，以后会不会继续拉琴都难说。现在他听到台上那并不如他的琴声还能收到如此热烈的掌声时，庄遇轻声叹息。

这时，他听到身后有人小声议论："听说这个乐团本来有意邀请庄遇参与这一次的表演，但据说庄遇受伤了，所以没办法再拉琴。"

另一个人小声惊呼："真的吗？怪不得我好久都没见庄遇在台上活跃了，差不多有三四年了吧。"

"何止啊……"那人很是感叹地说了一句，"我已经不记得他长什么样了。据说他长得还挺好看的。如果他发展得好啊，说不定能兴起一段时间的大提琴热呢，现在小女孩不是挺看脸的吗？"

"可惜了……"

"是啊，可惜了。"

台上一曲终了，掌声此起彼伏，大提琴手起身致意，庄遇看得眼热。他习惯性地向身边看去，不知道为什么，他总觉得侧过脑袋，就能看到那一束温暖人心的目光。女生会抿起唇，然后告诉他，他依旧是天才，他的音乐依旧独一无二。

不过很可惜，这次庄遇的希望落空了，他的身边只有一只书包孤零零地坐在那里。

庄遇苦笑，伸手按在了书包顶部，小声呢喃：“对啊，可惜了。我居然没在琴拉得最好的时候遇上林未汀，真是可惜了。”

庄遇忍不住想，如果当时遇到的是林未汀而不是曾璇，也许所有的事情都不一样了。但是他转念一想，那个时候的他真的会留意林未汀吗?

想到这里他又困惑了。

音乐会刚刚进行了一半，庄遇却走了神。他再也听不进去台上的音乐，只是一味地陷入了属于自己的深思。

林未汀一连几天都没有来琴房，庄遇每天都捏着手机走神，想要给她打电话，又别扭得不知道该说什么好。明明那天是自己大发雷霆率先离开，以往林未汀都会率先投降服软，但是这一次，她却杳无音讯。

庄遇第一次感到心慌意乱。其实林未汀倒不是因为生气所以好几天没有来练琴，她是被林叔叔绊住了脚步。她很了解庄遇，也知道男生只是一时之气，生完气后，他肯定又后悔了。只是男生爬得太高又下不来台，所以林未汀只能帮他搭个梯子请他下台阶。

这种事情她做多了，自然也觉得没什么。虽然庄遇那含糊的态度让林未汀颇有微词，但是她从来不会跟庄遇去计较什么。在他面前，林未汀永远都只会扮演弱者。并不是因为她不能胜过庄遇，每一次落败，都是她情愿输的。

胜利有什么了不起的呢？其实人最需要去珍惜的，往往是那些心甘情愿去输的人。他们愿意拱手将王冠相让，俯首只做你一人的不二臣。

不过这次梯子没及时搭，林叔叔回国，林未汀赶回家和林叔叔相聚。

林未汀本想发短信或是打电话跟庄遇解释一下，哪知她给庄遇打电话的时候对方关了手机，发消息过去死活也没有回应。林未汀以为他还在生气，便没有再联系了。

她在家一连住了好几天，直到林叔叔被朋友叫出去聚会的时候，她才重返学校，顺路去看看庄遇。

刚走到申音校园的时候，林未汀还有些忐忑。直到她走上楼梯一步步接近琴房的时候，林未汀悬着的心才慢慢放了下来。她刚刚走到琴房门口，就听到里面传来的钢琴声和欢笑声。

庄遇很少笑得那么爽朗，至少林未汀是没见过那样的庄遇。但是今天他的笑声这么大，琴房隔音效果不差，但她仍旧听得一清二楚。

未汀想要推开门的手顿住了，她趴在那条玻璃窗上往里看去，看到了坐在钢琴边的庄遇，还有另一个被他挡了一半的人。

单凭手来判断，那个人应该是个女生。林未汀想看得更仔细些，她用力趴在门上往里瞧着。哪知大门没有锁上，她的体重往上覆盖，竟然又一次将门推开了。这一次她没有滚落在地，倒是往后退了两步稳住了自己的重心。

大门被推开，林未汀便暴露在两人的视线中。她定睛看去，原来坐在钢琴凳上的另一个人是曾璇。

凑得近了，林未汀将曾璇的五官看得更清楚了。她长得真是好看，连眼角上的那粒小痣都长得恰到好处。

但是现在不是研究曾璇长得有多好看的时候。林未汀甩了下脑袋，深吸口气，说：“那个……打扰了，我先走了。”

遇到这个场面的林未汀虽然心里有种莫名的烦闷，但更多的还是觉得尴尬。若不是亲眼所见，她之前臆想中的两人其实也没有这么般配。可是今天她看到两人同坐在一张琴凳上弹琴，他们举手投足间长久积累下来的那种默契，却让敏感的林未汀察觉到了什么。

林未汀走出琴房，一直往楼下走去。她心里默默祈祷庄遇会追上来向她解释什么，但直到她踏出了教学楼，庄遇也没有出现。

好吧，权当是她自作多情了。她本以为自己在庄遇的心中还是应该有点分量的，哪知连这一点点希望，庄遇都不屑留给她。

中午十一点多，太阳正烈。校园里三三两两的学生不是躲在树荫下，就是打着伞急速行走。只有林未汀一人迎着太阳，一步一步走得很慢。

太阳晒得她皮肤发红，但林未汀好像没有察觉到一样，等到她走到女生宿舍楼下，脸颊都被晒伤了。

回到寝室的时候，林未汀找了毛巾洗了把脸，又准备收拾收拾东西，回家去住。

反正大提琴不练又不会死。她以前练得再厉害又如何，她什么都不记得了，重不重要也无所谓了。

她自暴自弃地想着，左手却忍不住摆出了按弦的动作。林未汀随意地哼出巴赫无伴奏大提琴组曲，心里的浮躁慢慢平息了下来。

再生气，也不要冤枉自己喜欢的音乐啊。林未汀深深叹气，她暗自想着，算了，回去之后自己买把大提琴练习。反正她该捡起来的东西也差不多了，接下来只要保证每天练习就好，有没有庄遇无所谓。

虽然这种无所谓的想法，是她自己强加给自己的。她正在胡思乱想，手机却突然响了起来。林未汀拿起一看，是梁枫的电话。

“你在学校吗？”电话里除了传来说话的声音，还有呼啸而过的风声。那样的肆意，她隔着话筒都感觉到了一阵凉爽。

“在啊。”林未汀回答。

“我马上来，你等我一阵。”梁枫说。

“好，我等你。”说完这话，林未汀才突然想起今天好像是梁枫约她一起玩桌游的日子。

梁枫说的一阵，其实也不到十五分钟。林未汀听到楼下传来一阵轰鸣声的时候，就走出了宿舍。

她锁好门走到楼下，梁枫拿出了另一个头盔给她。林未汀刚准备戴上头盔的时候，梁枫皱了皱眉。他指着女生的脸说：“怎么晒伤了？”

“忘记打伞了。”林未汀笑了笑，便坐上了后座。

摩托车又是一阵呼啸，带着两人冲出了校园。路过申音的时候，梁枫再次看到了曾璇和庄遇。两人肩并肩走在路边，梁枫心里哂笑，他故意慢下车速，又制造出引擎的噪音。

庄遇转过头看向声音的来源，一眼便瞧见了梁枫的摩托，还有揽着梁枫的腰的人——林未汀。

庄遇还没来得及说上什么，梁枫便松了刹车。车辆飞驰而出，他只能怒目而视。

梁枫肯定是故意的，庄遇在心里暗想。他哥哥的套路他还不清楚吗，毕竟是亲兄弟，相互踩痛脚的时候也是一踩一个准。

身边的曾璇忍不住问了一句：“那个女生是梁枫的女朋友吗？那次我也见到她了。”

庄遇轻哧了一声，非常肯定地反驳道：“才不是。”

曾璇听懂了他话里有些泛酸的语气，她低下脑袋，脸上虽然展现出笑的模样，但是笑容里的苦涩，只有她自己才明白。

“你还有事吗？”庄遇突然问了曾璇一句。

“啊？”曾璇诧异抬头。

“如果你没有别的事我就先走了，作曲的事情我还要考虑，有空再联系。”说着，庄遇伸手拦下了一辆空车，“你要去哪里，我可以送你。”

曾璇摇头：“不用了，如果你有事就先走吧。”

“那你自己路上小心。”说完之后，庄遇坐进了车里，对司机说，“望海路玫瑰苑。”

他早就听妈妈说过，这个周末梁枫要在家里招待球队的朋友，这会儿梁枫来学校，只怕就是接林未汀去他们家的。

虽然庄遇决定此生再也不会跟梁枫争什么，但是林未汀不是什么。对他来说，林未汀很重要，不是能够随便拱手相让的东西。

梁枫和庄遇，几乎是同时到家的。不过梁枫的摩托可以直接驶入小区，但庄遇只能从大门口走进来。

从大门到他家还要走上好长一段时间，庄遇只觉得换了物业之后不让外来车辆出入的这个规矩真是变态至极，他们没有想过每一栋屋子之间隔了多远的距离吗？

等他气喘吁吁走到家里的时候，屋子里已经很热闹了。庄遇推开院门走进去，打开房门的时候，看到客厅里坐满了篮球队的主力。

篮球经理是个剪着短发的女生，她叫秦灵，在队里人气挺高的。不过庄遇对这人没什么好感，因为他觉得秦灵对他哥哥的企图太强，而且实在太吵了。

此刻秦灵满屋子忙活，像个女主人一样。

庄遇四下看去，林未汀站在一边，她不往人群里走，只是站在走廊边，瞧着摆满了照片的柜子，嘴角噙着一抹若有若无的微笑。

她的头发乖巧地束在身后，牛仔短裤和白色的上衣相得益彰。她每次都能把最简单的衣服穿得很好看，想来可能是身材和气质的原因。

有些人像太阳，初见时就被其光芒吸引；有些人像璞玉，看得久了才能发现绝世风光。虽然已经不是初见，但在庄遇眼里，站在人群中的林未汀，依旧独自美丽。

他进屋很久，居然没有一个人发现他的存在。庄遇忍不住咳了很大一声，竟然也被屋子里的嘈杂给淹没了。庄遇有点悲愤，他怎么样也不会不起眼到这种地步吧？

这时，只有林未汀看了过来。两人四目相对，林未汀莫名就转过了眼。她在心里暗想，梁枫不是说过庄遇不会回来的吗？之前在学校后街遇上就已经够尴尬了，现在还要迎面对峙，那不是更加尴尬吗？

林未汀转身就往梁枫的方向走去。哪知庄遇也大步向前，不过在柜子前停留了一阵。他顺着之前林未汀的目光看去，发现她之前应该是在看他们的全家福。

照片上的他才十四岁，背景是爱乐之友协会音乐厅。他的神色一贯骄傲，难得的是照片里的梁枫也一脸笑意。庄遇忍不住想，这可能是他们最后一张笑得如此开心的合照了，从那之后，兄弟俩莫名就有了隔阂。

“好了好了，我们牌也准备好了，吃的喝的也准备好了，大家坐下来吧！”秦灵站在正中间向所有人发号施令。

林未汀见大家都挤到秦灵的身边坐下，她一人默默捡了最旁边的座位，刚刚坐定，梁枫拍了拍她的肩膀：“把凳子往旁边拖一点，我坐你左边。”

哪知这时候庄遇也带了个椅子过来往林未汀右边一坐：“你别往这边来了，我坐下了。”

林未汀有些不知所措地看向庄遇，她本以为自己会很生气，但是一对上他那双含笑的眼睛，她在心里建立了好久的壁垒就这样垮塌了。

林未汀怔怔地看着他，眼圈有点发红。庄遇轻拍了下她的肩膀："你傻啦，前两天的事情是我不对，今天的事情，我等会儿跟你解释。"

他笑得那么好看，即使做了再过分的事情，林未汀也觉得自己会原谅他。而且最可怕的是，庄遇居然认了错。庄遇啊，他什么时候认过错。林未汀一度以为这人就是死鸭子嘴硬的标杆人物。

但是今天他却当着这么多人的面，认了错。林未汀都不知道自己该怎么计较了。而且他干吗笑那么好看啊，他这是犯规啊！

林未汀忍不住吸了吸鼻子，想让自己眼前的酸意分散开来，但是男生紧接而来的一句话又差点把她弄哭："所以你别生气了，你让我怎么道歉都行。"

篮球队那边的人听到动静看了过来。戴睿不在，只怕又是溜号跑去哪里堵曾茗了。还有两个眼熟林未汀的男生忍不住叫了起来："天哪有人虐狗，庄遇居然还会说出这样的话！"

庄遇看着那人，很是无所谓地说了一句："错了就要认，不能让误会更大。"

说完之后，他还特地看了梁枫一眼。梁枫不知道在想什么，垂着脑袋看着茶几上的东西。

这时秦灵发话了，她本就不太满意场面上居然不是她做主角，这会儿她又和梁枫坐得太远，心里更是不开心。她对身边的人说："你让让，我要和梁枫坐在一起，我不是很会玩桌游，我要梁枫带。"

她平日里本来就是这样霸道，好在队里都是男生，也就容忍她了。女生如愿以偿换到了梁枫身边，她还是不满，非要挤在梁枫和林未汀中间。等到她把两人隔开之后，心里终于舒坦了。

游戏开始，在第一轮的时候，庄遇和梁枫两人居然同时抽到了狼人牌。当主持人问到他们想要杀掉谁时，兄弟俩先后投票，杀掉了秦灵。

不是别的，兄弟俩都觉得她实在太烦人了，秦灵就这样被“杀”了。

一轮下来，狼人所向披靡杀光一切。庄遇和梁枫胜得毫无悬念就算了，兄弟俩连一点胜利的喜悦之情都没有表露。好像这种事情非常理所应当，根本不值一提。

跟这种人玩游戏，真的是一点乐趣都没有！虽然篮球队里没人敢吭声，但是大家的心里都是这样想的。

第二轮轮到了林未汀当狼人，和她合作的是篮球队里的一个男生。每个人各自陈情，轮到庄遇的时候，庄遇看向了林未汀。

她被庄遇那种揣度的眼神看得心头一凛。明明她没表现出什么异样的状况，但就是被庄遇的目光搅得无比心虚。

这时听到庄遇说：“林未汀你把手给我，让我感受一下你话里的真实性。”

林未汀假装镇定地伸手放在庄遇的手上，庄遇也假装高深莫测地握了一下，最后说：“我觉得林未汀不是狼人，梁枫才是。”

梁枫看懂了那个眼神，不禁暗想庄遇这个暴民，分明就是不想好好玩游戏想跟他挑事。

于是这场没有硝烟的战役就在桌游场上拉开，两人自从第一把后便再也没有抽到相同的身份。但是不管怎么样，他俩一定会明里暗里坑害对方。而且两人你追我赶的势头也没有人劝得住，倒是加大了游戏的难度。

庄遇每一盘都要杀梁枫，梁枫得到机会就要杀庄遇。最狠的两把是梁枫和庄遇分别抽到了小女孩和狼人的牌。轮到狼人的时候，梁枫一抬头就盯着庄遇。好在庄遇没睁眼便没被捉到，但梁枫依旧决定杀他。哪知守卫先保护了庄遇，于是庄遇躲过一盘，在天亮之后的公投，梁枫就被投死了。

庄遇大获全胜。

在接下来的一局，梁枫顺利翻盘，将庄遇一把弄死。篮球队的队员明显看到，庄遇被投死之后，自家队长的嘴角上挂着一抹无法解释的微笑。

一群人就被这两人的仇恨控制，玩游戏玩得是苦不堪言。但是谁敢说呢？

梁枫是篮球队老大，庄遇又是个不得理都不饶人的主。众人也只能被他们牵制，等到其中一个人玩腻了，他们就可以解脱了。

哪知最先生气的，居然是林未汀。她成为预言家之后，第一件事就是控诉庄遇："你这个刁民，好好当你的平民不好吗，不要老想着搞事！"

虽被训了，庄遇反倒笑起来，不依不饶道："这不是给游戏增加难度吗？大家平常都是干体力活的，脑子偶尔也要动一动，不能只长个子不长脑子啊。"

一句话说完，虽然没带一个脏字，偏偏将篮球队里的人骂了个遍。其实庄遇也是故意的，谁叫他回来的时候被众人忽略，连招呼都不跟他打一个。

"庄遇！"

篮球队的主力们有机会甩掉了手里的牌，他们纷纷凑过来假模假样地揍了庄遇两拳，终于可以逃离这个噩梦一般的游戏了。

庄遇护着脸，其实嘴角还有笑意。他在心里偷偷算过，五盘下来，他胜了三次，他目前还算领先。这是第六盘，而且他快输了。现在游戏中断，庄遇还是领先，梁枫还是落败了。

只要在林未汀面前，庄遇就不想输。即使一盘小小的桌游，也不例外。

桌游结束之后，男生们又发现了客厅里的家用游戏机。他们眼巴巴地看着梁枫，神态中流露出来的渴求实在让人乐不可支。几个二十岁的男生，齐齐化作只有两岁的小孩。除了嗷嗷叫外，便不知道该用何种语言表达自己的诉求了。

梁枫含笑点了点头，庄遇还补充了一句："我房间还有新游戏碟，等我上去拿给你们。"

听到这话，梁枫有些诧异地看向庄遇。平日里他特别宝贝那些游戏，碰都不让人碰。这会儿怎么转了性？

庄遇上楼把游戏拿给他们，梁枫看着他，嘴巴微微张开，含糊不清地说了声谢谢。

"谢什么，反正给他们玩一两次又不会玩坏。"

"你以前都舍不得给我玩。"梁枫好像想到了什么似的，嘴角带笑。

"嫉妒嘛，因为你游戏打得比我好。以前玩游戏，你总是偷偷把我玩不过去的存档给覆盖了。"

想起以前的事情，庄遇也觉得好笑。

"那时候看你通宵不睡，又不来求助我，我只能等你睡着之后偷偷盖档，让你接着玩。"梁枫说。

"什么让我接着玩，你真的不是在挑衅我吗？"庄遇问。

"要挑衅你，我就当着你的面玩过去。"梁枫说。

家人间的感情很奇怪。前一秒气到恨不得与对方同归于尽，后一秒只要有人开口说话，又忍不住上前搭腔。虽然几个小时前庄遇被梁枫气得恨不得踹他两脚，但是现在，又因为刚刚看到的那张全家福软了心肠。

对于家人和朋友，庄遇向来都没什么底线。如果认错能够解决问题，他想也不想就会认错；如果从梁枫面前消失能让梁枫好受，庄遇就选择消失。他的嘴硬和狂妄，全都是针对外人的。

“曾璇的事情……”庄遇有些迟疑，还是开了口，“她被经纪公司签了下来，虽然不是什么很大牌的公司，不过也算是不错了。她来找我，就是想要我和她合作制作一张专辑。”

听到曾璇的名字，梁枫一秒冷下脸来。他轻哧一声：“不过就是看在自己的名声不够想回头找上你，你和她的事情我不会管。你知道利弊，我不会多话。”

“是，是。”庄遇点头，“我只是想告诉你一声，免得你担心。”

梁枫沉默了一阵，说：“如果你再回头去找她，妈会疯的。她不会怪你，她只会怪我。”

“不会再发生那种事，我会处理好的。”庄遇说。

“希望你真的能处理好。”

庄遇很想同家里人好好解释一下曾璇的事情，那次他意外受伤真的是他自愿上前的，而不是因为曾璇要他去保护。而且在吊灯掉落的时候，曾璇第一反应是推开了他。她比谁都更希望庄遇能够平安无虞。

但是他作为一个男人，怎么忍心看着自己的女朋友被吊灯砸?

他受到重创，曾璇只是轻伤。在那种情况下，受轻伤的曾璇当然受到了更多责难。而且庄遇还是一名出色的大提琴手，那段时间，不少人都在指责曾璇，质问她为什么会让庄遇受伤，是不是因为嫉妒他的名声和才华。

圈内各种声音纷至沓来，曾璇被逼到几乎崩溃。那件意外，所有人都是受害者，没有一个人该受到指责。现在人都很奇怪，喜欢用个人价值去评估一个人该不该牺牲。好像一个人的生存和死亡都不是由自己去决定的，而是由世俗口碑决断。

庄遇救曾璇就是不值得不划算的事情，但如果是曾璇为庄遇牺牲了，那才是世人认定的"正确"。可是从来没有人去在意当事人的想法。庄遇从没想过该不该的问题，他也从不为自己的决定后悔。

就像那个很出名的问题一样。有六个小孩在铁轨上玩耍，一个小孩在一条废旧的铁道上玩耍，另五个小孩在另一条铁路上。这时候一辆高速的火车驶来，火车刹车失灵，无法停止。如果不改变火车运行的方向，五个小孩就会被撞死；如果改道，那一个小孩就会被撞死。改道扳手掌握在你的手上，你该如何选择？

大多数人自然会选择救多不救少，那一个小孩就被牺牲了。但如果再加上一个条件，那个小孩是你的亲人，你又该如何选择？

这些事情根本无法去论断对错。所谓是非，就是一会儿是，很快就会变成非。这种论角度的问题，又有什么好去争论的呢？更何况，庄遇是知道后果才去救的。他也清楚自己的人生只和自己有关，但是太多人都想参与进来，便搅乱了一件本该简单的事。而且那些人只着眼于他在大提琴上的功勋，却从未认真而全面地审视一个叫"庄遇"的人。

他遇到第一个全面审视他的人，居然还是在他受伤之后。想到这里，庄遇放眼在客厅寻找林未汀的身影，他看了几圈之后，发现女生端着一盘不知道是什么的东西从厨房走了出来。

林未汀刚刚走出来，跟在后面的秦灵便喊："大家来尝尝我炸的洋葱圈，第一次做，不好吃不要见怪啊。"

庄遇听到这话忍不住嗤了一声，而这时梁枫走到庄遇身边，说："你不准备去尝尝？"

"什么意思？"听到梁枫的话，庄遇有些意外。他看着自己的哥哥，但是梁枫也没明说，只是径直走过去拿了一个洋葱圈来吃。

庄遇看到林未汀很紧张地盯着梁枫看，等他吃完后，林未汀小声问了一句："好吃吗？"

梁枫点了点头，说："你做的吧，挺好吃的。"

林未汀终于松了口气，她有些不好意思用手背蹭了下鼻子，腼腆地笑了。

看到这里，庄遇明白过来。那洋葱圈不是秦灵做的，是林未汀做的。梁枫大概知道秦灵不会做菜，他也不揭穿，只是走过去抢先当了好人。庄遇不服，这人明明就是仗着自己知道得多实力碾压他这种毫不知情的群众！

图表现！假好人！不要脸！想到这里，庄遇一个健步走上去，他长手一伸，连着盘子都给端了起来，圈到了自己的怀里。

有人喊了起来："庄遇你干什么！"

"这第一盘食物怎么都是应该孝敬我的啊，反正秦灵会做啊，你要她再炸一盘啊。"说着，庄遇喊了林未汀一声，"我们上楼，我有事跟你说。"

接着，众人就看到庄遇一手端着盘子一手拉着林未汀上了楼。声称会炸洋葱圈的秦灵愣在原地，好像石化了一般。

看到庄遇那样肆意妄为的举动，梁枫苦笑一下。庄遇永远都是那样出格跳脱，别人与他何干，他也从不给人留情面和后路。其实这一点，梁枫很羡慕。他羡慕庄遇不用在意别人的目光，也不会畏首畏尾。庄遇的敢想敢做，是让梁枫最嫉妒的地方。

看着已经消失在楼梯上的庄遇，他有些无奈地摇了摇头。算了，让他一次，毕竟他也让了自己这么多回了。梁枫刚一转头，就对上了泫然欲泣的秦灵，她拽着梁枫的衣角，可怜巴巴地看着他："队长，救命！"

暗藏的后话不言而喻。救什么命，自然是救她厨艺不精还要打肿脸充主厨的命。

"冰箱上有外卖电话，问问看他们想吃什么吧。"算了，谁叫他是梁枫呢。

庄遇把林未汀拉到了他的房间。他自己先抱着盘子坐在了懒人沙发上，一口一个洋葱圈往嘴里送。其实庄遇不喜欢吃洋葱，但就是下意识觉得自己不能把这事儿让别人占了便宜。他不喜欢吃又怎么样，不喜欢吃也不能让别人吃。

他吃到发腻，最后在屋子的角落里捞了一只利乐包装的柠檬茶来喝才缓解了嘴里的不适。林未汀就看着男生一边皱着眉头一边吃，她看得心惊胆战的。

等他吃完，林未汀忍不住问了一句："有这么难吃吗？"

男生摆手："好吃啊，我从来不吃洋葱的人把这一盘都吃完了，怎么会不好吃呢？"

"庄遇，你的表情出卖了你。"林未汀冷飕飕地反驳。

"哦……"庄遇抹了下嘴，说，"下次你炸点别的吧，我是真的不喜欢吃洋葱。”

“主要是你们家没别的，就洋葱和奶酪，我就随便做了点东西。”林未汀解释。

“我们不纠结洋葱这件事，曾璇的事情，我跟你解释一下。”

庄遇向林未汀解释了曾璇找上门来的原因，林未汀听罢之后，心里有些别扭。她不知道该往哪里看，只觉得自己的视线落在哪里都是错的。

“你觉得我该不该答应？”庄遇试探性地问了一句。

“不该”二字第一时间在林未汀的脑子里反复盘旋，她连嘴型都凹好了，临到发声的时候，却突然软弱下去。

这是她可以说该和不该就能干涉的事情吗？庄遇一向都有主见，即使她说了不，能改变庄遇的决定吗？当这个念头冒出来的时候，林未汀自己都觉得有些可笑。她自认还没有重要到可以影响庄遇的决定。

见她久未开口，庄遇拖着懒人沙发坐到了她的前方。他抬头看着林未汀，那样的眼神，让她忍不住心软。

“这一次，你替我做决定。”庄遇看着她，很认真地说。

“为什么？”林未汀不解。

“因为我帮你做决定的次数太多，违你心意的事情做得太多，这次，我想还回来。”

林未汀抿了下唇：“如果我说不答应你会放弃吗？”

说这话的时候，林未汀自己都觉得底气不足。

“那就不答应。”这五个字回答得斩钉截铁，没有一丝犹豫。

虽然庄遇拒绝了曾璇的请求，但是曾璇仍旧锲而不舍，她对庄遇说："既然一张专辑不行，那么合作一首曲子总行吧？"

庄遇再三跟她说明了自己的难处，但是女生依旧执拗。她退了又退，最后说："那不合作，你可以帮我写一首曲子吗，我填词，你作曲。就像以前你总是为我改编那些歌曲一样。可以吗？"

见曾璇一而再再而三地让步，庄遇也不好意思再拒绝，便应了下来。当他向林未汀解释的时候，林未汀倒也能理解。

理解归理解，别扭也还是真的别扭。但是林未汀转念一想，自己又不是他的谁，再去得寸进尺地干涉，有点过头了。人就是这么奇怪，既想征服宇宙，又想拥有大海，到头来，却连自己的心都无法把控。

暑假过半，梁枫和球队外出比赛，林未汀被林叔叔叫回家住。自那天去过庄遇家后，林未汀这才发现，原来两人家住得不远，只隔着一条街的距离。她住在他们家小区大门口的街对面。

两人住得这么近，却一次也没有相遇，这也算得上是奇迹了。

这样一来，庄遇也懒得约她到琴房见面练习，反正庄遇家里也有琴房，他邀请林未汀到家里更方便一些。

梁妈妈得知林未汀会拉琴，便兴冲冲地跑去琴房听了一曲。听完之后，梁妈妈非常惊诧，她拉着林未汀不松手："你学过多久的琴，你的手给我看看。"

林未汀的手指上长出了新茧，梁妈妈摸了又摸，最后有些疑惑地皱着眉头："你学琴学了多久？"

"不知道。"林未汀遗憾地摇了摇头。

梁妈妈忍不住说："你的功底和技巧都很好，而且是非常学院派的技法，应该是师出名门。"

"对不起，我真的不知道。"林未汀再一次摇头，脸上有些愧疚的神色。

最近不知道是不是因为生活顺遂的原因，她再也没有梦到过零碎的片段和从前的事情。即使她将写满了记忆的小本子重新翻出来看，也没有任何头绪。

有时候林未汀甚至在想，是不是抹掉了一个人的记忆，那个人存在的痕迹也不复存在了。如果她的亲人都认定她已经死了，那她是不是就真的死了？所以现在活着的她，到底是谁？每次想到这种问题的时候，林未汀都不得其解。最后她只能用看书或是练习大提琴来减轻心中的烦闷。

林未汀想，人如果不去考虑吃饱穿暖转而考虑这种哲学性的问题，好像比考虑生存问题更痛苦。前者是肉体上的折磨，后者却让人怀疑自己是不是真的存在。

为了排解这种突然而至的负面情绪，林未汀每天早上都在望海路上跑步。不过医生建议她慢跑为宜，如果跑得太远太久大汗淋漓，反倒更容易感冒发烧。

让她感到惊讶的是，她居然总会遇到庄遇。而且最让她大感意外的是，庄遇突然改变了自己的发型。他将自己搭在额前的刘海，尽数抹到了脑后，露出了光洁饱满的额头。

其实庄遇还是挺喜欢自己以前的发型。不过那天篮球队在他们家玩桌游的时候，林未汀偶然提到了一句："我不太喜欢有刘海的男生。"

在场的男生大多没什么反应，只有庄遇和梁枫两人第一时间摸了摸自己额前的刘海。兄弟俩还相互对视了一眼，庄遇挑眉，眼神里意味十足。等林未汀走后，庄遇状似无心地对梁枫说了一句："有本事你去剪个寸头啊。"

隔天之后，兄弟俩首度同时出现在家里。他们在走道里遇见，两人看到对方的时候愣了一下。因为梁枫和庄遇都不约而同地将头发用发蜡固定，抹到了脑后。

好在梁枫要带队出去打比赛，庄遇有一次出门买早餐的时候遇到了跑步的林未汀。女生塞着耳机在人行道上跑过，她穿着黑色的运动背心和橘黄色的运动短裤。路人都忍不住看向林未汀。

短裤显得她的腿愈发修长，而且林未汀个子高，跑起来的模样更是阳光健康，看得让人挪不开眼。

庄遇拎着豆浆和肠粉默默跟了她半路，每次有男人看向她，庄遇便龇牙咧嘴地瞪向那人。瞪还不够，庄遇还空出一只手指了林未汀，然后又指了指自己。

看到庄遇的臭脸，不少人便收敛了目光。直到林未汀跑进小区，庄遇这才安了心。其实他也不太懂自己在别扭些什么，只不过伸手比画告诉别人林未汀是他的人时，庄遇的心里莫名有种骄傲感油然而生。

从那天起，庄遇每天早上都会早起，去望海路上假装偶遇林未汀。

某日两人一同跑完步后，庄遇邀林未汀一起吃早餐。他们面对面坐着，林未汀搁在桌子上手机突然一震，屏幕亮起。林未汀看了眼推送的消息，诧异地抓起手机说："港城从今天开始有为期三天的拍卖会展览，我想去看看。有我喜欢的画家的作品在拍卖！"

看着林未汀的模样，庄遇有些感慨。这几天庄遇发现她一直闷闷不乐，连节奏昂扬激烈的《自由探戈》都被她拉得要死不活。

林未汀拉琴最大的特点便是容易泄露情绪。她心情好起来的时候，一首哀婉的曲子能被她拉得快要跳起舞来。要是她心情不好，再激烈的曲子，她都拉得如泣如诉。

莫说庄遇在演奏上任性，比起林未汀，他还会注重曲子原有的感情。但是林未汀却不，她拉琴的时候过分投射了自己的感情。

庄遇也觉得奇怪。林未汀平日里能屈能伸，为什么到了拉琴这件事情上就这么任性。虽然他再三纠正林未汀这个毛病，但是林未汀依旧不自觉。不过这种事情，也不是她想改就能改正的。

一旦林未汀情绪对了，她的功力又实在让人惊讶。有一次庄遇无意间听到她在拉《查尔达斯舞曲》，明明是一个降调慢速版，但是她的手速惊人，整个舞曲被她驾驭得非常漂亮动听。庄遇心脏狂跳，身上止不住泛出鸡皮疙瘩。

他是第一次听到同龄人的音乐也能如此惊人。听完整曲演奏的他，忍不住有些感慨地看向了自己的手。如果他没有受伤，这样的手速一定不是问题。庄遇咬紧牙关，林未汀，他一定要好好把握。这个女生的身上，一定会出现奇迹。

想到这里，庄遇觉得还是有必要拯救一下女生低落的情绪。他一手撑着下巴，一手拿着筷子指着她的手机："去吗，反正只是一个关口的距离。而且今天人应该不算多，我们可以开车去，港城的路我熟得很。"

上次庄遇没能够在林未汀面前秀一把自己的爱车心里还挺膈应，这一次他终于找准了机会。想到这里，庄遇还有些郁闷，怎么连炫富也要找机会，上次错过了，这次绝对不能再错过，且炫且珍惜。

"真的吗？"林未汀睁大了眼睛，脸上的神色有些犹疑。

"等会儿门口见。"

庄遇根本不给她犹豫的机会，直接替她做了决定。

等林未汀换了衣服拿了证件走到小区门口的时候，被庄遇的那辆红色超跑给吓到了。为了方便她认出他来，庄遇还特地打开了顶盖。

林未汀看到他的车上挂了港城的牌照，忍不住有些感慨。她坐进低矮的车中，小声感慨了一句："怪不得梁枫要我看看你的车，你的车可比他的贵多了。"

说话时，林未汀好奇地伸手摸向中控台，内心的激动怎么都抑制不住，当然，随之而来的还有小小的虚荣心。她在心里暗自感慨，庄遇真是会哄女生开心。

银色跃马标志，流线型车身，标准法拉利红，折叠式硬顶，458 spider。

"能一样吗？"庄遇瞥了她一眼，"我的车是自己买的。演出费用加上出专辑赚的钱。外加我每年攒下来的积蓄，等了好久才买上这么一辆车。"

说话的时候，庄遇的口气里有掩饰不住的骄傲。

林未汀也忍不住笑："行行行，庄师父您最厉害了。"

跑车一路风驰电掣开到出入境处，庄遇和林未汀一路上不知道收获了多少目光。好在排队过关的时候也没多少车辆，不一会儿他们便顺利过去了。

庄调汼意到林未汀的证件上名字和她实际名字不符，过关之后，庄遇状似无心地问了一句："林音是谁？"

"是现在收养我的人的女儿。"林未汀答道。

"那你为什么用她的名字？"庄遇不解。

"我遇到海难后不记得自己叫什么，林叔叔的妻女在一场空难中丧生。他一直没有注销两人的身份，我也不知道自己的身份。所以他干脆让我顶替了林音的身份。最好笑的是我连自己的年龄都不记得了。

后来还是医生帮我检测出来的年龄。”

说话的时候，林未汀脸上有种和话语不相符的事不关己。好像这些事情再也不是她的伤疤，而是生活中平淡无奇的一道划痕。

发动机的噪音巨大，随着风声卷入耳里的时候好像悄悄潜入了心脏，震得庄遇有点心疼。

他不敢想，如果自己遭遇了林未汀的经历，那该是何等的打击。

好在林未汀被港城的景色吸引了注意力，她没有继续在这个话题上停留。过桥的时候，林未汀忍不住伸手去感受疾驰而过的流风。

有些潮湿的海风在指缝间蜿蜒而去，林未汀忍不住笑了起来。庄遇偷空看了她一眼，自己也抿出了浅浅的笑意。

车子开到市内，林未汀被路边卖冰淇淋的小车吸引了注意。她叫停了庄遇，自己翻身下车跑去街对面买冰淇淋。女生连车门都没开，长腿一迈便跨了出去。

庄遇在车里看得咋舌，他恨不得下去揪着林未汀的衣领教训一番，哪有女孩子这样的，女生难道不该秀秀气气地开车门走下去吗？

还没等他想完，林未汀举着冰淇淋走了过来。她递给庄遇一只，自己靠在他那边的车门上，脸上还挂着盈盈的笑。庄遇问她：“吃个冰都能开心成这样？”

“医生限制我吃冰，一个月能吃上一次就算多了。天气这么热，我忍了两个多月，好容易找到机会，肯定要吃。”

说话的时候，林未汀的口吻像个撒娇的小女孩。说者无心，听者却无端软了心肠。

“其实我很喜欢吃甜食。运气坏的时候那么多，遇事之前先吃甜品让自己振作，多好。”林未汀自言自语地说着。

吃完之后，林未汀坐回车里。这次庄遇没让她一脚跨进来，林未汀只好老老实实开了车门坐进来。

林未汀指路，庄遇开车，两人一路平安到达展馆。港城的车车速都很快，庄遇的车速居然也不慢，即使是找路的时候，这人也能当机立断不犹豫。这一点，林未汀真是由衷地佩服。

庄遇停好车后，两人往展厅大门走去。他们刚刚走进，便有两三个保镖簇拥着一个全身黑衣的男人走过去。那人一身潮牌，穿得像男巫师一般。好在港城各栋大楼冷气都开得很足，要不然穿得一身黑的男巫会在夏日的烈焰下给晒化了。

旁边有人小声议论：“你看你看，那个是不是蓝安然？”

“应该是他，明天晚上有他的钢琴独奏会。”

“蓝安然啊。”庄遇听到这人的名字，了然地点了点头。

“你认得他？”林未汀问。

“一个比我小还比我臭屁的男生，一直在海外学习钢琴，现在好像在茱莉亚音乐学院吧。以前做过我的钢琴伴奏。当时演出方打出两个天才的合作，哪知我们都看不惯对方，合作了一首曲子之后再也合作不下去了。不过我不行了，他倒是风头正盛。据说还是少女心目中的偶像呢。”庄遇颇有些感慨地说道。

“你不也是？”林未汀反问。

“你掉了两个字，曾经。”庄遇意味深长地说道。

林未汀小心翼翼地看着庄遇的表情，哪知他看了过来：“你怕我难过？”

“不敢。”林未汀说。

“我不难过。”庄遇看着她的眼睛，很认真地说道。

男巫在一群人的簇拥下横行霸道地入了场，林未汀忍不住往蓝安然的方向看了一眼，戴着墨镜的蓝安然正好也看了过来。

那人本来是轻描淡写地看一眼，哪知看过之后，又迅速转过头来盯牢了林未汀看。林未汀被那两片黑镜片看得心里发毛。

她心里暗想，这人要看也应该是盯着庄遇看啊，盯着她看干吗？难道他和庄遇之间有什么不得不说的关系，所以才会这么仇视她？

林未汀正在胡思乱想，蓝安然拨开保镖向她走了过来。他走到林未汀面前摘下墨镜，微微颔首，疑惑地问了一句：“Are you waiting?”

蓝安然一脸期待地看着她，眸子里掩饰不住的光辉简直比头顶的灯光还要耀眼。她有些错愕地点了点头。

哪知这位小钢琴家在大庭广众之下做出了一件让人错愕的事情。他伸出双手，狠狠地抱住了林未汀，咬字不清的中文还是让林未汀听出了大意。他说：“我好想你，未汀。”

林未汀生生咽下一口口水，只觉得自己快要被这个和她一样高的小男生给勒死在他的怀抱中了。

见到林未汀的蓝安然格外激动，他拽着林未汀的胳膊便往外走去。庄遇被几个人高马大的保镖隔开。林未汀被拽得莫名其妙，她喊了一声：“蓝安然。”

蓝安然回过头来，眼神中带着孩子的稚气。他有些气恼地说：“你以前不是这么叫我的。”

她愣住了，一时间心跳猛然加速。林未汀想，难道这人以前认得自己？那她的事情他会不会都知道？林未汀试探性地问：“我以前叫你什么？”

“小安子。”男生理所当然地回答。

男生长得很是清俊，一双眼睛更是熠熠生辉。而且他浑身上下都透出了又自大又聪明的气质，怎么看，也不像是愿意认可“小安子”这个外号的人。但蓝安然偏偏说得理直气壮，好像这个外号不是调侃，而是赏赐。

林未汀忍不住暗想，看来这以前的自己不像什么好人，连外号都取得有点欺负人啊。

蓝安然连拖带拽把她塞上车，上车的时候林未汀还在跟蓝安然说：“庄遇庄遇！别把我……我朋友落下了！”

哪知蓝安然一听到这个名字便不高兴起来，他几乎要当着林未汀的面翻出一个大大的白眼，有些冷淡地回应：“那好吧，让他和保镖坐一台车，我们先回酒店。”

等到庄遇刚刚追出大门，蓝安然便冷漠地让司机关上了车门。林未汀眼睁睁地看着庄遇追到门外，却只能目送他们先走一步。

蓝安然把她带到下榻酒店，看着林未汀说：“未汀，你记得我们多久没见了吗？”

看到蓝安然那模样，有点像看到主人回家的小狗。林未汀心想，如果这人长了尾巴，估计这会儿尾巴能摇到天上去。林未汀很抱歉地说：“对不起，我不记得了。”

蓝安然又失望又难过，他转过头，语气有些愤愤不平：“我就知道你当时不会把我的话放在心上，但是我做到了啊，你怎么还是不记得呢！”

听到这话，林未汀叹了口气，她对蓝安然说：“那个……是这样的……”

面对蓝安然突如其来的怒气，林未汀只能再解释了一遍自己失忆的事情。她一边感慨，想必失忆之前的自己一定特别强势，要不然为什么能降服这样一个骄傲的小男生。说完之后，林未汀连忙问他：“所以你认得我吗，那你知道我家人的事情吗？或者随便什么都好，我真的一点都不记得了。”

蓝安然本来气愤，后来又转向失落，最后他莫名觉得难受起来。他明明看到眼前这个人就是自己心心念念的林未汀，但她的眼神又和曾经的林未汀相去甚远。

“你不是她，我不会告诉你她和我之间的事情。”

蓝安然突然发作，他一把挥倒了放在桌上的玻璃杯。杯中的水洒了林未汀一身。

这时庄遇正好进来，他看到蓝安然突然动手，忍不住问了一句：“怎么搞的？”

听到庄遇的声音，林未汀转过头去，她摇了摇头：“不知道。”

“林未汀不会什么都不知道，她不可能不记得我！”蓝安然冲林未汀吼道。

“事实上，我真的什么都不记得了。”林未汀看向蓝安然，摊开双手，一脸无辜。

蓝安然看到林未汀的动作，突然间就愣住了。

以前林未汀也是这样，她摊开双手，说：“你自己都不想自救，就别指望别人可以救你了。”想到这里，他有些丧气地坐在沙发上，双手抵着太阳穴，深深叹气。

庄遇走到林未汀身边，指了指蓝安然，又对着林未汀小声问了一句：

"你以前把他怎么了，辜负过他？他这么小，你下得了手吗？"

说话时，庄遇自己都没注意，话里染上了一丝醋意。哪知蓝安然却抬了头，他的眼神如芒刺一般扎向庄遇："我和未汀的关系不是你想的那样，我发过誓的，我这辈子都不会给除了未汀以外的人做钢琴伴奏。你！就是你！"

说着，蓝安然站起身来，他走到庄遇面前，伸出的手指差点戳到了对方的鼻尖："就是你！你凭什么让我伴奏，你有什么资格！"

蓝安然的骄傲与生俱来，他眯起眼睛打量庄遇的时候，眼神里饱含不屑。

庄遇被他的话激得有点血脉沸腾，他一直告诫自己不要跟小孩计较，但是这个时候，他何止是想跟蓝安然计较，他真想打人。

这时，林未汀突然出声："蓝安然，你觉得我不是林未汀，我也不认为我认得你这么没教养的人。怪不得你要带保镖，你这样讲话，出去会被别人打的。如果我是庄遇，我绝对一巴掌甩到你脸上。"

听到这话，庄遇有些意外，他很少看到这样强势的林未汀。在他面前，林未汀的骨气撑不过三秒钟。哪知现在，他却发现女生还有如此强悍的一面。

蓝安然看向林未汀，他咬着嘴唇，嘴角还隐隐有些抽搐。他愣愣得看了她好一会儿后，终于垮了肩膀，不甘心地说："好吧，我认得的未汀失忆了，她不记得我了。"他走回沙发前坐下，又恢复到撑着额头的坐姿。蓝安然一连做了几次深呼吸后，终于将情绪平复了下来。

他对林未汀说："你想知道什么，我把我知道的都告诉你。"

第七章

遇故人与喜欢你

蓝安然认识林未汀的时候年纪尚小，但在钢琴方面已经开始崭露头角。他被父亲带着多次出入一些青少年的比赛，凭借他的天赋，竟然斩获不少桂冠。而后，他的父亲听说位于星城的钢琴家陈飞扬非常出名，其座下弟子各个不俗，并且每一位都能考入世界著名的音乐学院。抱着试一试的想法，蓝安然便被父亲带到了那位钢琴家的面前。

等他们去过之后才知道，那位钢琴家染上了恶疾，身体不好，早就不收徒弟了。但是蓝安然的父亲求了很久，钢琴家终于首肯，让蓝安然弹奏一曲。

蓝安然也没辜负这次机会，居然用一首气势恢宏的《出埃及记》将陈飞扬所征服。蓝安然小小年纪却有如此表现力，着实难得。

于是男生便寄宿在陈飞扬家中学琴。陈飞扬向蓝安然介绍了林未汀。蓝安然以为林未汀也是来学琴的，心下忍不住把她当对手比较。哪知接触过一段时日之后他才发现，林未汀并不是来学琴的，她平日里无所事事，只是监督陈飞扬按时吃药。无聊的时候，她会拉上一段大提琴。

而且女生拉大提琴也不正经。她的大多数演奏都是属于玩票性质，更多时候演奏的也不是古典音乐，而是一些他没听过的曲子。

蓝安然性格孤僻，但平日里却总爱装出一副唯我独尊的模样。他虽然觉得林未汀拉的曲子很好听，但又不好意思当面去说点什么。只能听过一遍之后，借用自己超强的记忆力复制下来，再用钢琴弹奏一遍，来引起林未汀的注意。

一次两次不行，蓝安然就弹个三次四次。时间久了，林未汀自然注意到他了。

她比蓝安然坦率，不摆架子，就是有点臭脸。有一次蓝安然发现林未汀正在听他弹奏，小男生故意耍了个心眼，弹错了几个音符。

果然，林未汀眉头一皱，说了一句："你弹错了。"

就是这样，蓝安然如愿以偿和林未汀说上了话。虽然蓝安然性格不好，但林未汀比他大上几岁，自然不会计较小孩子的把戏，而且蓝安然莫名有些依赖林未汀。

在林未汀的带领下，两人"玩"了几天音乐。林未汀喜欢爵士乐，经常拉着蓝安然合奏一切很有趣的曲子。蓝安然觉得新鲜好玩，一时间也学了不少曲子。

两人玩得很开心，蓝安然从没弹过这么有趣的曲子，第一次觉得音乐也是能够吸引自己的。陈飞扬也觉得这样的消遣娱乐不错，便也没阻止。

这时，蓝安然的父亲来星城探望蓝安然，顺便接他回家住了几天。等到蓝安然再来陈家的时候，林未汀发现他脸上有伤。接着，林未汀检查了他的手臂，发现蓝安然手臂上也有伤。不仅仅是手臂，甚至连后背都有，青紫色的伤痕在蓝安然的皮肤上看起来真是触目惊心。

林未汀急切地问蓝安然是怎么回事，他半天不吭声。最后林未汀作势要去找他的父亲，蓝安然惶恐不安，这才透露了实情。这次他回家后，父亲问他学了什么曲子。蓝安然老实弹奏了一遍，最后忍不住弹了几首流行歌曲改编的曲目。蓝父刚听完，就突然生气了。

他大声质问蓝安然在哪里学的这些乱七八糟的曲子，蓝安然不说，蓝父便毒打了他一顿。

蓝安然的父亲从小待他非常严厉。自从发现他的天赋之后，一直让他学习和演奏高难度的曲目。他父亲的想法很简单，蓝安然的演奏不需要感情，只需要天花乱坠的高超技巧就可以了。催人泪下的事情交给别人，蓝安然只需要成为一台演奏机器就好。

而蓝安然也没有反抗的余地，反抗的下场就是挨打。他的父亲已经打走了他的母亲，现在便轮到他了。

听到这里，林未汀相当生气。她拽上蓝安然就要去找他的爸爸理论。蓝安然平日里的骄傲也变成了惊慌。他哭着求林未汀不要去，因为这样他的父亲只会更生气。

面对蓝安然的恳求，林未汀没有动摇自己的想法。她不知从哪里找到了蓝安然母亲的消息，又不知道用什么办法说动了她的母亲回来。

林未汀带着蓝安然去验伤，蓝安然不肯。于是林未汀便说了那番让蓝安然至今都记忆犹新的话。

“你自己都不想自救，就别指望别人可以救你了。”

蓝安然纠结许久后，还是听从了林未汀的话。还好最后结果是好的，蓝安然的父母终于成功离婚，母亲带着蓝安然前往国外生活。

临走之前，蓝安然最舍不得的人便是陈飞扬和林未汀。他对林未汀说：“即使我以后变得有名了，我也只做你一个人的钢琴伴奏。所以，你绝对不要忘了我啊！”

哪知林未汀还是忘了他，而且忘得一干二净。虽然她也有苦衷，可是蓝安然还是很不高兴。

等蓝安然说完，林未汀马上询问：“那陈飞扬还在星城吗？”

蓝安然摇头：“陈老师去年去世了。”

林未汀一颗昂扬的心又沉了下去，她抱着试一试的想法问了一句：“陈老师还有亲眷吗？”

“没有，他无亲无故。当时只有你在他身边照顾他，我也不知道为什么。而且我除了知道你的名字和年龄之外，其余的同样一无所知。”

林未汀抱着脑袋想，心里还在思索那些没头没尾的线索。不过想到后来，她突然觉得原来的自己还挺强势的，不晓得如果原来的自己遇到庄遇，两个人会撞出怎么样的火花。

想到这里，本来闷闷不乐的她突然笑了出来。两个男生一脸莫名其妙地看向她，不知道她在笑什么。

庄遇忍不住叹了口气：“你这算什么，苦中作乐吗？”

“我无数次遇到这种事情了，要是心态再不好点，早就被我自己的处境给逼死了。毕竟我已经捡回了一条命，还有林叔叔这么好的人愿意收养我。后来又遇到了那些朋友，我有什么不能开心的？”林未汀反问。

她这么一笑，坐在一边的蓝安然倒是看出了几分属于曾经的林未汀的风采。

“不过他说你原来喜欢爵士？真的看不出来。”庄遇有些不可置信地摇了摇头，“你的音乐风格那么学院派，那么注重形式，不像是特别有个人风格的人啊？”

“哪有，未汀的音乐可迷人了！”

蓝安然不服，他站起身，立刻拽过林未汀和庄遇往不远处的钢琴走去。他坐在琴凳上，揭开琴盖，郑重其事地看着林未汀，说：“未汀，这是你教我的第一首曲子。”

话音落下，男生将手轻轻搁在琴键上，弹奏了一首《蓝色狂想曲》。

听到这首曲子的时候，林未汀心头一动。她的鼻子忍不住一酸，像是想起了什么。

上次听到蓝安然演奏的时候，庄遇并没觉得他的音乐有多动人。但是这次听到他的乐曲，庄遇这才知道眼前的男生果然厉害。他的音符像是活的，跳跃却不突兀，仿佛拥有满满的生命力，听起来确实有十七岁的活力和自信。

很有趣的曲子，很生动的演绎。

等蓝安然弹完，他满怀期待地看着林未汀，问：“你还记得这首曲子吗？”

林未汀缓慢而沉重地点头：“格什温的代表作，将交响乐和爵士乐结合起来。为了体现戏剧性，乐曲中大量运用小号。当时我为了除掉曲子里的小号又不减少风味，还想了很久该怎么改编。而且我隐约记得，我找了好几个人和我合作这首曲子都不行。只有你，我一教就会，而且技巧部分处理得非常完美。”

在林未汀模糊的记忆里，她只知道对方好像是个少年，而且小男生总是一副趾高气扬的模样，所以她坏心眼儿地叫他小安子，想打压打压他那种气焰嚣张的势头。

她抚着额头，感情复杂地问了一句：“所以，你就是小安子对吗？”

说来还真是好笑，她记不住人脸，居然记住了音乐。最扯的是，当曲子的第一个音符响起的时候，她回忆起了当时自己一边拉琴一边改编曲子的模样。

蓝安然的脸上露出了隐隐的兴奋，他一把抓住了林未汀的手："我就知道你不可能忘记我的，我就知道！"

他的兴奋没有感染林未汀半分，女生深深叹气："可是就知道这种信息，也没什么用啊。"

"有用有用，未汀，明天晚上你来我的独奏会上做神秘嘉宾吧？我们再合奏一次《蓝色狂想曲》，而且独奏会结束之后还有记者专访。要是你和我一起登上新闻，说不定认得你的人就会找来了呢？"

蓝安然越说越兴奋，他拉着林未汀的手摇个不停："这真是一个好主意啊！"

在一边久未出声的庄遇冷眼旁观。他心里虽然觉得蓝安然的想法是个好主意，但是看着两人握得紧紧的双手，他总觉得有那么点不舒服。

这画面，真是太刺眼了。庄遇心想。

虽然这是个好主意，但林未汀仍旧摇了摇头："你的独奏会流程早就排好号了，突然因为我的原因加了个节目，有点不符合规矩。谢谢你。"

林未汀诚挚谢过，蓝安然面露沮丧，小声嘟囔："我只是想帮你。"

"以前我也有刊登过报纸寻人，一连打了一周的广告，也没有任何消息，倒是接到了一大堆骗子的电话。虽然我很想恢复记忆，但也不想再给旁人带来不必要的麻烦了。我会自己努力的，你的好意，我记住了。"林未汀很认真地说。

蓝安然不情不愿地点了点头。他突然想起了什么似的，走到一边拿起了一本小册子递给了林未汀。他指着画册其中一页给林未汀看："你当年说过，很想要一把好的大提琴。前两天我来港城，发现拍卖会上有一把提琴待拍。它曾经的拥有者曾经是柯密叶，就是那个很出名的德裔大提琴家。后来这把琴辗转流落到收藏家手里，现在拿出来拍卖了。看到拍卖画册的时候，我就在猜你会不会来。抱着赌一把的心态，果真遇到你了。"

画册上的大提琴泛着古意的光泽，林未汀只消看上一眼，就知道这把琴确实不错。虽然她也不知道是打哪儿来的直觉。但她就是对这把名叫 Lizzy Abelard 的琴心存好感。

反正说不上什么借口的时候，统统将这种莫名的感觉归为缘分就好了。系出名门的 Lizzy Abelard 真的很漂亮，连庄遇都有点动心了。不过林未汀还是摇了摇头："喜欢是喜欢，看看就够了。"

"你不想要吗？我可以送给你。"蓝安然的口气一派自然，好像这起拍价十几万港币的大提琴是挥之即来的玩意。站在一边的庄遇忍不住皱了眉头，他不喜欢蓝安然的口吻。

林未汀摇了摇头："不用了。看看就好，不是所有的东西我都想占为己有的。"

蓝安然有些气馁地哦了一声。他今天本来就是冲着那台大提琴去的，哪知半路遇到了自己惦念很久的人。结果他心心念念的人并不想要那台大提琴。他都不知道该怎么讨好她了。

"虽然不想要，但我们还是去看看吧？"看到蓝安然面露不悦，林未汀也猜到了原因。她想了想，决定还是邀请他再去展厅。

蓝安然又重新高兴了起来。林未汀看着他，忍不住伸手摸了摸他的脑袋。蓝安然都这么大了还这么单纯，真像个长不大的小孩。

一行三人重新回到展厅，这次蓝安然看在林未汀的面子上没有将庄遇扔下，而是颇为“大度”地让他上了保姆车。

说真的，在遇到蓝安然之前，庄遇一直都挺唯我独尊的。但是让他想不到的是，居然有人为了林未汀让他吃瘪，而且还不是一次，是两次。

坐在车上的时候，庄遇想了很久。其实他很明白藏在心底那隐隐的悸动是什么，但他就是不肯承认也不敢细想，其实他是喜欢林未汀的。

喜欢这个词对于他来说并不陌生，但是喜欢林未汀，就很新鲜了。

在庄遇的印象里，他喜欢的女生只有一种类型，就是像曾璇那样的，外表出众，实力出众，备受追捧。他喜欢被人注视，所以女朋友也要找能够吸引目光的。但是林未汀便不同了。打从一开始，他便没有在林未汀身上考虑过“喜欢”这个词。

林未汀对他而言是保镖，是一双手，是朋友，可是这些身份，跟恋人都隔得太过遥远。他怎么都不会想到自己有朝一日会喜欢上林未汀。再说了，那次亲吻对他来说也不过是个意外，可是现在想起来的时候，庄遇却觉得莫名心虚。

真的只是意外吗？这种想法，连他自己都骗不过去。他到底是从哪一刻开始对林未汀产生除了朋友之外的好感呢？是看到她对自己投来不知所措的目光？是他出声维护林未汀时她那双含泪的眼睛？是林未汀缩在被子里痛苦皱眉的模样？

仔细想来，他居然有这么多的机会喜欢上她，而且每一样都和她的大提琴技艺无关。庄遇第一次知道，原来喜欢是一件这么简单的事情。无关风花雪月，无关特长技艺。所有的权衡利弊都是痴人说梦，因为喜欢这种事情，根本不由理智操控。

他曾经设想过的条条框框全部被推翻，即使庄遇又努力给自己找了一万个不应该喜欢林未汀的理由，但是每一个看似无比正确的理由，都绑不住那颗心。

特别是今天，女生的一颦一笑都牵动着他的神经。她抿起嘴唇的时候他牵动嘴角，她轻尝冰淇淋时他也觉得甜。

庄遇浑浑噩噩跟着两人去看了琴，Lizzy Abelard 确实漂亮。但是庄遇的心思不在任何展品上。他只是兀自发着呆，几番走走停停下来，连林未汀都发现了他的异常。

林未汀忍不住问："庄遇，你是不舒服吗？"

他摇头，甚至不敢直视林未汀的眼睛。他说："你让我坐一会儿，我想休息一下。"

林未汀看得很开心，庄遇的目光一直追随着她的背影。他的左手紧紧地握着，心脏怦怦直跳。这时候，庄遇终于认了，他是真的喜欢林未汀。

认清这个事实后的庄遇，突然变得不是那么理直气壮起来。他平日里的潇洒统统消失不见，甚至连骄傲都褪去了一半。他还想到一件事情：如果梁枫也喜欢林未汀，他该怎么办？

太多的问题萦绕在心头，庄遇突然而至的冷漠让三人的气氛变得有些尴尬。好在蓝安然从来不知道什么叫尴尬。他缠着林未汀要了她的联系方式，这才心满意足地放她走了。

庄遇的低落一直不减，回程的时候他的车速很快。林未汀甚至连大气都不敢出。直到庄遇将车开到她家小区门口的时候，他才开口说了这两个小时里唯一的一句话。

他问林未汀："对于梁枫，你怎么看？"

梁枫？林未汀皱着眉头有些不解地看着庄遇。他的思维也太跳跃了吧，莫名其妙就提到了梁枫。

“没怎么看啊，就朋友。”林未汀照实回答。说完之后，她解下安全带，又是一大步跨了出去。庄遇哭笑不得地看着随性的女生，忍不住叹了口气。

“今天谢谢你了，我好累，想回去睡觉了。”林未汀冲他摆了摆手，脸上挂出了笑容。

庄遇点了点头：“明天下午来练琴吧，上午你就多睡会儿。”

对于练琴方面，庄遇是一刻也不敢放松的。特别是听说她以前的事迹之后，他坚定地认为，女生身上一定还有待开发的潜力。她一定不会让他失望。

“那我先走了。”说完这句话的林未汀像个小孩似的揉了揉眼睛，她的左手挡在嘴前，打了一个大大的呵欠。

庄遇一直坐在车里，目送她回到小区之后，他才离开。

那天夜里睡觉的时候，林未汀一直都在做梦。她在梦里和一个中年男人大声地争吵。她不停地冲那个人吼道：“凭什么你们要我学的时候我就得学，但当我真正喜欢上大提琴的时候你们却要我放弃？我小时候获得的那些荣誉对你们来说是什么，是炫耀的工具？”

那个男人很是无奈，他说：“不是的。大提琴可以作为爱好继续学习，进入警校多好，以后还能包分配，工作又稳定。你拉琴最后能做什么？混得最好不过就是进入一个乐团。乐团里又要几个提琴手呢？你啊，没上社会，不知道社会有多艰辛。梦想什么的，很容易就破灭了。”

“当初是你们说我可以成为大提琴家的，现在又是你们说要让我考警校。那你们早说啊，就别要我学琴啊！”林未汀冲那个男人大吼。

不一会儿，又走来一个中年女人。她叹了口气，说：“爸爸妈妈还不是想为你好。女孩子生活要稳定，进一个事业单位多好。”

林未汀按着太阳穴，说：“我不想听这些。我这一辈子就不能做点我自己想做的事情吗？”

“是想做的事情重要，还是吃饱穿暖活下来更重要？”中年男人问她。

林未汀被气到说不出话，她拼命地深呼吸，用力压抑自己几乎快要喷涌而出的怒火。

梦里的林未汀看不清二人的脸，但能感觉二人阻拦她学大提琴的决心。她当时卷了行李和自己的存款就坐着火车北下，一路去到陈飞扬的家中。

离家出走的她在陈飞扬家中每天都过得很开心。陈飞扬对她说：“未汀，我觉得你应该学大提琴，你的天赋和努力让很多人都难以企及。很多人说有些音乐家是天才，但是天才，也是需要努力的。而努力，恰恰也是一种天分。专注力和持之以恒的精神，不是每个人都有的。”

林未汀点了点头，对陈飞扬说：“我回去再做一次努力。要是这次也失败了，那我就真的没办法了。”

陈飞扬笑：“未汀，你不是这么容易放弃的人。”

林未汀耸肩：“那我也没办法去违抗我的父母，毕竟他们是我的父母。”

自梦中醒来，林未汀突然想起来很多事情。虽然梦里的人面容模糊，但是那些零碎的记忆像是被一条看不见的线穿了起来，有很多事情都能顺理成章地解释清楚了。

林未汀记得自己从五岁开始学琴，一直到高中时候被父母劝改志愿。小时候她参加比赛获得了不少荣誉，初中之后学业开始繁忙，她只能在课余挤出时间拉琴。后来她在比赛中认得了作为评委的陈飞扬，两人算得上忘年交。

小时候林未汀不喜欢大提琴，初中的时候母亲怕她成绩考不上重点高中坚持逼她拉琴，说是艺术特长可以在中考的时候加上几分。好像大提琴一直都是作为一种获得荣誉的手段，从这个乐器里，林未汀享受不到半点乐趣。每天枯燥无味的练习，翻来覆去永远都是那几首考试曲目，实在没意思。

在遇到陈飞扬之前，大提琴在林未汀的心目中，一直都算不得什么美好的回忆。但遇上陈飞扬之后，林未汀对大提琴的印象便改观了。

他介绍了很多耐听且有趣的音乐给她，并且不忘介绍作曲家的年代背景和他们的生平。有了这些故事，林未汀自然能够更好地理解那些作曲家创作出来的曲目，乐曲里的感情也更容易让她去理解和演绎。

两人在一起合奏过不少曲目。林未汀对曲目的理解和自由发挥在这个时候并不会遭受责难，而受到了不少表扬。

音乐本来就有千面，每个人对曲子也有不同的理解。陈飞扬并不会限制林未汀的自我发挥，相反还鼓励她开创自己的演奏方式。

因为得到的肯定大过于否定，林未汀对大提琴也越来越有信心了。总之，在大提琴这条路上，陈飞扬给她的影响是巨大的，且功不可没。

但最后，林未汀还是向父母妥协了。她并没有如愿进入音乐学院，而是听从父母的安排一心学习考上了警校。至于中间发生了什么，林未汀想不起来。可能是因为痛苦，也可能是因为她根本不想回忆起来。

高考结束的那年暑假，林未汀遇到海难。她依稀记得，好像是为了救谁才落水，被救的人好像是个男生。

这就是她迄今为止能恢复的全部记忆。

父母的脸记不清，那个她救起的男生是谁她也不知道。她印象最深的居然是和陈飞扬练琴的日子。两人合奏的《一步之遥》可谓是精彩绝伦，她自己都觉得那算是感情和技巧的完美结合。

其实很多她以为很重要的事情并不重要，倒是那些零碎而微小的幸福占据了她大半的记忆。人生里很多自以为重要的东西在丢失之后，才发现并没有那么严重的后果。但是少了那些细枝末节，却会觉得整个人生平淡无味。

林未汀在记起一部分事情之后，突然觉得很好笑。她一直在想，如果她的父母得知她失忆之后忘记了他们的脸和姓名，却没忘记自己会拉大提琴，他们会做何感想。她转念一想，心里突然产生了一个怪异的念头：也许受伤失忆并不是什么坏事，而是老天爷给了她一个重新开始的机会呢？

因为失去过，才知道该如何珍惜。从她想明白的那一瞬间开始，林未汀便格外庆幸，自己还能跟大提琴再次相遇。

她每天认真练琴，连庄遇都发现林未汀态度的转变。虽然他并不清楚林未汀是为什么突然认真起来，但怎么说，这都是一件好事。

不过现在最让庄遇烦恼的是另一件事，他第一次纠结要不要去向林未汀表白。

面对曾璇的时候，庄遇从来没想过这个问题。他自诩优秀，只有他拒绝别人的机会，别人是不太会拒绝他的。但是庄遇一想到自己要跟林未汀表白，却突然像掉了半只胆一样失魂落魄。

庄遇生平第一次知道，曾经以为的无往不利，是因为没有遇到喜欢的人。爱一个人，在一开始交锋的时候，便举手投降了。

难得一个休息日，林未汀有事没来，庄遇本想打打游戏。哪知他一想到这件事情，居然在家里什么也没做，就这么活生生地纠结了一个下午。

晚上的时候，庄遇从房间里走了出来。他在走廊尽头看到了梁枫。梁枫站在楼梯那里像个石像一般，连动也没动一下。庄遇刚准备绕开他下楼，却被梁枫一把揪住了衣领。

庄遇只觉得脖子突然被勒住，喉头一紧。他连个防备也没有，差点这么栽倒。好在梁枫伸出一只手托住了他的后背，他这才没摔下去。

这时，庄遇听到楼下传来激烈的争吵声。

"你才回来多长时间，现在又要出门。为什么要去澜城，你每年都要去一次澜城，那里是有你什么人吗？"梁女士的声音惊天动地，他们在三楼都听得清清楚楚。庄遇摸着自己被勒得有点发疼的脖子，疑惑地看了梁枫一眼。

"我回来的时候爸爸正好也回了，妈脸色不对，我便先上来了。刚上来不久，两人就吵起来了。"梁枫压低声音说。

庄遇了然地点了点头。他们的父亲本来就忙，一年在家的日子屈指可数。母亲一直颇有怨言，两人为这件根本不可能协调的事情大大小小吵了起码几百次。兄弟俩早就习以为常了。但是这次，梁女士却突然提到了澜城。

"你每天是不是在家里太闲了，都在想些什么？"庄父忍不住辩解了一句。

"那要不然为什么你这两年来都要往澜城跑，你在澜城又没有业务。”梁女士嚷道。

“没有要不然，是你想太多了。”

“你今天不跟我把话说清楚你就别想走，你要是走出了这个家门你就别回来！”梁女士的嗓音尖利，庄遇和梁枫二人互望一眼。庄遇叹了口气，妈妈什么都好，就是有时候太以自我为中心了，而且从不服输，讲话也不例外。

庄遇抱臂，心里暗想：这种事情有什么好争的？若是真想一探究竟，跟着爸爸一起去一趟澜城就好了，何必撂下这些狠话，假装自己有理有据。

梁枫一言不发，他皱着眉头，双手搁在栏杆上。庄遇小声问：“怎么，你也怀疑爸？”

“没有。”梁枫一口否认，“但是妈说得也对，为什么爸这两年每年这个时候都要往澜城跑，确实有些奇怪。”

楼下的争执还没停止。

“我晚上的飞机，你让我上去收拾行李，你在楼梯口这里拦着干吗？”庄父的无奈透过话语传了出来。

“我就是想让你把话说清楚，你不说清楚，咱们没完！”梁女士喊道。

梁女士话音落下，屋子里突然就沉寂下来。庄遇和梁枫只听到一声瓷器坠落的声音。“啪”的一响，在空气中突兀得有些尖锐，像是打碎了什么平衡。

“你真想知道？”庄父的声音很沉重。

“你说啊，你是不是在外面有人了！”

梁女士的偏执让两个儿子无声地叹气。庄遇忍不住苦笑，原来最亲密的夫妻关系，也抵不过心里那些根本毫无缘由的猜疑。

“我能有什么人，一切都跟你那宝贝儿子有关系！”

庄父浑厚的声音突然拔高，重重吼出那几个字之后，梁女士半天没出声。

整个屋子里透出一种诡谲的气氛，梁枫和庄遇面面相觑。他们心里都清楚，梁女士的宝贝儿子，只有庄遇。

此时，庄遇的心里隐隐浮现出一个答案。好像在两年前的这个时候，他去澜城度假。当时他起了个大早去游艇会的私人海滩散步，却遇上大浪。他死里逃生，捡回了一条性命。然而这件事情，跟父亲每年都要去澜城有什么关系？

“什么我宝贝儿子，庄遇做了什么，你糊弄不过去了就开始瞎扯！”梁女士大概是回过神了，现在又开始嚷了起来。

“我瞎扯什么？庄遇受伤之后是谁天天在家里念叨他再也拉不好琴了，又是谁要我带他去澜城度假。台风登陆的那一天他跑去游艇会，全市都戒严了，根本没人敢往海边去。我求了一圈关系，老脸都丢尽了，终于求到人带队去救他。”

说到这里，庄父的声音戛然而止。

这段经过庄遇不太清楚，他只知道自己被救了，并不知道事情的经过是什么。

梁女士也不说话了。过了很久之后，庄父才继续说：“为了救他，警队里一个警员的女儿冒险下了海滩。当时那个女生明明可以不救距离太远的庄遇，但她松了自己的安全绳，拼了命去救庄遇，结果被大浪卷走。那也是一条命，我们儿子的命就比别人的命更金贵吗？而且人家家中就一个独女，中年丧女是个什么样的感受，我都不敢去想。”

听到这里，庄遇已经忍不住伸手扶住了栏杆，他的身形摇摇欲坠，几乎要不堪重负地坐倒在地。

他的心里隐隐有个名字，但这个念头太可怕，他几乎都不敢去确认。可是这件事情太巧了，时间吻合，地点也吻合。那样的直觉快要把他逼疯。庄遇不管不顾地冲下楼去，差点一脚踩在碎瓷片上，好在庄父一手把他给拦住了。

庄遇脸上的惶然却是无论如何都无法掩盖的。他张嘴想要说话，却发现自己几乎都忘了该怎么发声。

他平复了一会儿，再次开口时，连说话的语调都有些走音。庄遇急切地问："爸爸，那个救我的女生叫什么名字？"

庄父看着他，深深地叹了口气。即使只有几秒钟的停顿，庄遇也觉得自己的心像是被热油浇过，他只想求一个答案。

庄父说："她叫林未汀。"

爸爸说话的声音不大，但庄遇听到"林未汀"这三个字的时候居然有些耳鸣。他虽然扶着墙壁，却依旧因为膝盖发软而跪了下去。

庄遇满眼都是泪，他痛苦地咬着嘴唇，拼了命地不让自己呜咽出声。

那天夜里，庄遇彻底失眠了。他躺在床上一眨不眨地盯着惨白的天花板，脑子里一片空白。

和父母长谈之后，他一言不发走回房间，将自己摔在柔软的大床上，抱着枕头躺在那里一动不动。当初他受伤入院，出院之后一直精神不振，梁女士很担心他的情况。那时候恰逢庄遇的父亲去澜城找老友相聚，梁女士便建议让庄遇出门散散心。

庄遇跟着父亲一起去了澜城。前几日他在城里四处走动，觉得也没有什么好吸引他的。唯一的优点，大概就是没什么人认得他，也没有人会提及他在大提琴方面的成就。没有人托他签名和合影，他很是自在。

出事那天早上，庄遇接到了曾璇的电话。女生在电话里一直在哭，庄遇不管怎么安慰，都没有一点效果。

她哭着对庄遇说："如果我们从来都不认识就好了，这样就不会发生这些事情。你不用受难，我不用被责备。我好后悔。"

听到最后四个字的时候，庄遇仅剩的借口也坍塌了。

那时候的他，全凭着一口气在假装无畏。那口气就是——我做的事情，我不后悔。

庄遇以为，曾璇跟他想的一样，所以两人一直在联系，一直在坚持，但女生现在告诉他，她好后悔。

听到这样的话，庄遇备受打击。他的脑袋重重垂下，好似不堪重负。庄遇攥紧了刚买不久的戒指，那是他在逛商场的时候看中的。庄遇觉得很好看，很适合曾璇。

但是现在呢，女生后悔了，那他的抵死坚持，又有什么意义呢？庄遇失魂落魄地走到海边，他站了好久好久，最后决定将戒指扔掉。

男生鼓足勇气将戒指扔向大海，但扔出去的那一瞬间，庄遇后悔了。他疯一般地冲向海里，企图将那枚戒指找回来。庄遇在水里泡了好久好久，久到自己都快不知道要找的东西是什么了。

这时，本来难看的天色变得越发狰狞。等他察觉到的时候，那浪头骇人到几乎可以吞没一切。庄遇想逃，但根本逃不走。他打电话求救，哪知电话刚接通之后没说两句就挂断了。原来手机泡了水，电池烧了。

那时候的庄遇，才真的感受到什么叫绝望。生死一线时，庄遇这才懂得，原来很多事情都不值一提，有些执着更是不堪一击。

为了不被大浪冲走，他脱掉外套将自己和船锚牢牢相连。

该做的事情他都做了，剩下的就只能听天由命了。再等他醒来的时候，庄遇依稀记得自己躺在医院里打点滴，身体上只有轻微擦伤。

庄遇一直以为自己是运气好才获救，哪知道这样的“运气”背后，竟然是林未汀如此大的牺牲。

他还记得自己看到林未汀的病历时有多么惊诧。肺部破裂，脾脏破裂，轻微脑震荡，颅瘀血，身上多处受伤。

就是这样，她都坚强地活了下来。虽然林未汀失忆了，但她却比谁都想得开。她的乐观，让庄遇觉得自己的失落和遭遇颇有些无病呻吟的意味。

如果不是他，林未汀何至如此受罪。因为他，林未汀的人生洗牌甚至于颠覆了一次。庄遇有些失落，原来林未汀有那么多理由可以怨他恨他，他却一而再再而三地欺压她。

他放在床头柜上的手机一直在震，明明是一伸手就能触及的距离，但是他却连手都不想伸。庄遇只是徒劳地揪着手里的枕头，手攥紧了又松开，松开了又攥紧，就这样几个无意识地来回，蓝色的枕套都被他给揪破了。

房间里没开灯，本来昏黄的光线慢慢变得暗沉。他就这样躺着，直到整个房间被黑暗吞噬后，庄遇才深深地叹了口气。全天下需要巧合的人那么多，为什么老天爷独爱在他的身上开玩笑？明明他前不久才知道如何和失去天赋的自己相处，明明他刚学会要正视自己的感情，明明所有的事情都在往好的方面发展……但是为什么偏偏两人间横亘着这样的意外？

庄遇苦恼地揪着手里的枕头，如果他把这件事情告诉林未汀，林未汀会不会恨死他，从此以后再也不会见他？他躺在床上辗转反侧，只要想到说出口的后果就不知道该如何是好。

其实他在心里阴暗地想过，如果他不说，林未汀也不知实情，但是他不说，梁枫会不说吗？爸爸妈妈会不说吗？而且林未汀常常和他往来，这样的事情，怎么可能藏得住？

他想来想去，那些荒诞的念头一个接一个冒出来，简直连他自己都要发笑。庄遇忍不住想，平日里也没见自己蠢成这样，为什么到现在反而智商离家出走了？

其实庄遇最怕的还是明日万一林未汀上门来练琴，他该用什么样的表情去面对她。

整整一夜，庄遇都没睡着。等到第二天黎明破晓，屋内重新被光线填满，庄遇这才起身活动了一下自己的筋骨。他拿起桌面的手机，上面有五六个未接来电。

两个是他朋友的，他们发来消息，叫他出去玩；两个是曾璇的，曾璇见他没接电话，便发了条短信来问他曲子写好没，什么时候有空可以见上一面；还有一个，是林未汀的。

看到林未汀的电话，庄遇的手忍不住抖了一下，他立刻登录通讯软件去查看消息，发现林未汀给他留言了。

“我在医院，这几天不能去练琴了。出院了再去找你。”

大概是林未汀怕他以为自己是在骗他，她还特地要别人拍了一张她坐在病床上的照片过来。

照片里的林未汀和平日里的她看起来没什么区别。她的嘴边带着浅浅的笑意，手背上还贴着胶布，又在打吊针。虽然精神很差，但她努力表现出若无其事的模样。

看到这张照片，庄遇用力吸了吸鼻子，想要压抑住突然从喉头翻涌到鼻腔里的酸意。

他本以为自己最对不起的人除了自己就是曾璇，哪知道，林未汀才是让他亏欠最多的人。

庄遇犹豫再三，最后下定决心，他要去医院，要把一切都告诉林未汀。是去是留，是骂是罚，所有的决断，应该由林未汀去决定。

想到这里，庄遇再也坐不住了。他疾步走到房门口，拧开房门带上门之后便准备往外走。经过走廊的时候，他看了一眼镜子里的自己。曾几何时，庄遇会狼狈到满眼血丝？他的衣服皱成一团，头发也乱七八糟。但是他的心跳却怎么都慢不下来。

他换好鞋子夺门而出，跑到小区门口之后拦下了一辆的士，径直往医院赶去。

等到庄遇赶去医院病房的时候，住院部的探望时间还没到。庄遇在门口软磨硬泡，说了半天，值班护士就是不让他上楼。这时他看到一个眼熟的护士路过，飞速跑过去，像是看到救命稻草一般激动。

“你……你还记得我吗？”庄遇指着自己的脸对那个护士说道。

对方一时间有些错愕，不一会儿，又点了点头：“你是未汀的男朋友对吗？”

听到“男朋友”三个字，庄遇像是被针刺了一下。他双手紧握，低垂着脑袋，有些不敢直视对方的眼睛。最后他还是点了点头，说：“是的。”

“你要找未汀是吗？”

庄遇很急切地点头说是。

“嗯，那我带你上去吧。”

说着，两人踏上了职工电梯，庄遇一直在那个护士身后道谢。

两人走到病房，护士一路都在嘱咐庄遇：“这一次她情况有点不好，被送来的时候和上次一样，好像是昏迷了。不过打过两针之后情况好多了，但是现在怎么样，我也不清楚。”

庄遇攒成拳头的左手一直没有放松过。他的心跳一直悬在半空中无处安放。因为他清楚，林未汀现在每受的一次磨难，都跟他脱不了干系。

两人走到病房门口，护士停下了脚步：“你进去吧，我就不去了。”

庄遇点头，他的心脏狂跳，这会儿居然连谢谢都不会说了。

男生小心翼翼打开房门，木质房门发出吱呀一声的动静，他推开之前，还用力闭了闭眼。

等他走进病房的时候，庄遇心跳差点骤停。他看到林未汀摔在地上，手里还握着一个碎了一半的玻璃杯，好在水瓶还在桌上，要不然后果真是不堪设想。

庄遇的脑子仿佛停止了转动，他夺门而出，跑到护士值班室的时候只知道用力呼吸，半天都说不出一句话来。

他拽着那个眼熟的护士往病房跑去，护士看到之后也是一声惊呼。她一个箭步上前按响了床头的按钮，马上蹲下身检查林未汀的情况。

病房突然异常忙碌，庄遇不知如何是好。他站在一边看着往来的医生护士检查林未汀的病情，又有人劝他在外面等候。不一会儿，林未汀被推了出来，庄遇立刻跟在护士身后。他的双眼一直没有离开林未汀那张惨白的脸。

这一瞬间，庄遇觉得自己没用极了。既不能为她承担痛苦，也不能为她分担忧愁。每次都是他一股脑将想说的牢骚抛给她，她的心声，他一次都没有用心去听过。他还有好多话要跟她说，还有好多事情没有跟她解释清楚。

站在检查室关闭的大门前，庄遇死死盯着那扇阻隔了他和林未汀的那扇大门。他生平第一次双手合十，却不是因为祈求关于自己的事情。

庄遇从不相信上有神明。但如果有的话，他只想祈求林未汀平安无虞，即使代价是他的生命，他也甘之如饴。

第八章

男朋友与真心话

等到林未汀醒来的时候，她第一眼看到的又是庄遇。她卷着被子遮住脸，只露出一双眼睛瞧着庄遇。她不知道庄遇在这里睡了多久，只是看到男生露出来的那半边脸上还有睡着时候的压痕。那道深邃的压痕一点都不浅，看样子是睡了很久之后才形成的痕迹。

男生伏在床边，细碎的刘海遮住了眉毛，双手将脑袋圈住，像个小孩一般。

林未汀忍不住伸手，在庄遇的脑袋上轻轻摸了两把。很意外的，男生的头发居然格外柔软，简直和他恶劣的性格成反比。

摸了一把之后，林未汀越发肆无忌惮。她的指尖顺着男生额头下来，挑开了那几缕刘海。她伸手摸了摸男生脸上的压痕。不知道为什么，有种酥酥麻麻的感觉从她的指尖传来，微小而准确地传递到她的心里。

那种微妙的感觉像是一道电流，激得她的心都跳快了一拍。

这是林未汀第一次看到如此乖顺的庄遇。大多数时候，庄遇的表情一向横眉竖眼，要不然刻薄冷酷。庄遇面对她的时候总没什么好脸色，也不知道是他天生如此，还是只是面对她的时候才这么恶劣。

她的手指一直停留在男生的脸上，这时，庄遇的脑袋轻轻动了一下，好像是因为痒的关系。林未汀赶紧将手指抽回，庄遇揉了揉眼睛，居然就迷迷糊糊醒了过来。

女生吓得连忙将脑袋埋进了被子，过了半晌之后发现什么动静，这才战战兢兢将脑袋探了出来。林未汀的模样像极了做贼的老鼠，那畏畏缩缩的模样，居然还有点可爱。

哪知她刚刚探出脑袋，就对上了庄遇的双眼。那双又黑又亮的眼睛看得她发虚，女生伸出左手挥了挥，特别没底气地说了一句："嗨。"

庄遇也没计较她的小把戏。他伸手探上她的额头，又仔细瞧了瞧她的脸色，这才松了口气，绷紧的弦终于松懈下来。

"你知道你晕过去了吗？"庄遇开腔，声音里还带着刚睡醒时特有的嘶哑。他怕林未汀没听清楚，特地又清了清嗓子，重新说了一遍。

"我又晕过去了？"林未汀喃喃自语。

不过被庄遇这么一说，林未汀这才觉得自己的左手有些疼，她又摸了摸自己的后脑，总觉得里面传来一阵一阵的刺痛。

刚醒的时候不觉得，现在被他一提，倒真是有些说不出的难受。好像全身的软组织都被人拿矬子给挫过一次，从上到下都发酸发软。

"我怎么了？"林未汀忍不住问。

"之前……"刚刚说完两个字后，庄遇便顿住了，他哽了一下，这才说，"之前你受伤的时候，脑子里的血块没散开。那时候你状态不好不能做手术，医生商量用药物治疗。哪知这次你突然晕厥过去，医生为你做过全身检查之后发现，那块瘀血是导致你晕厥的原因，好像是压迫了什么神经还是怎么，我没听太懂。"

"很严重吗？"林未汀忍不住问。

其实这两年来，她的身体总是出些大大小小的毛病。林未汀很清楚，经过那样的一场意外，她的身体也不可能有多好。左不过混一日是一日，混到哪一天混不下去便顺其自然。

其实林未汀对生死之间的事情想得很开，同样也并不执着。她没有强烈的求生欲望，不会因为害怕受到伤害变不去做自己喜欢的事情。

人活一世，痛快就好。活着是为了要完成一些事，而不是为了活着而活下去。

庄遇沉默良久，终于开腔："不知道，医生们还在讨论，不知道是准备采用什么治疗方法。他们还要考虑你的身体情况。"

其实还有后话庄遇没说。医生们虽然说林未汀身体恢复得不错，但是后遗症却不能小觑。所以对于林未汀来说，她的生命随时都有危险，并没有什么可以保证的成功率。

对于林未汀的手术，只有两个字可以解释：未知。

庄遇听得心惊胆战，其间他的父母和梁枫也来了医院。他们得知那些情况之后，比庄遇还要震惊。好歹庄遇有心理准备知道林未汀的身体状况，而庄父和梁女士两人听到的只是"危险系数很大""危险系数相当大""失败率很高"之类的字眼。好像在她身上，没有一点希望的痕迹。庄遇一家，都有些不知所措。

但林未汀却好像对于这样的事情已经习惯了。她缩在被子里释然地笑了："庄遇，你这是在安慰我吧？从我入院到现在，从来就没听到任何中性词和一些含糊的字眼。没有人给我希望，大家都只告诉我，要我该做什么就去做什么。"

她的双眼从庄遇身上转向了天花板，看着白茫茫的屋顶，就像是看着自己无所适从的未来，道："这种话，我只在绝症病人身上听到过，该做什么就做什么，不就是活不长的意思吗？”

从病人嘴里听到这种话，对于旁人来说，还是很惊悚的，庄遇立刻反驳：“不是不是，未汀你听我说，你一定可以活很久！”

林未汀眨了眨眼，又笑了：“谁可以活很久呢，什么叫很久呢？这些都是傻话。不过我还是挺高兴的，你是第一次在两个人的时候，叫我未汀。”

“我……”听到这话，庄遇有些语塞，一时间，他不知道自己该说什么了。

林未汀倒是饶有兴致地说了起来：“庄遇，你知道什么是酒神精神和日神精神吧？”

庄遇摇头，说：“我不清楚。”

“日神精神的潜台词是：就算人生是个梦，我们也要有滋有味地做这个梦，不要失掉了梦的情致和乐趣。酒神精神的潜台词是：就算人生是幕悲剧，我们也要有声有色地演完这幕悲剧，不要失掉了悲剧的壮丽和快慰。”她的眼神空茫，好像是看着远方，又好像什么都没看。女生的声音很轻，但吐字清晰，像是从心底深处吐出了这样的句子。

庄遇愣愣地看着她，有些不知所措。

“只有一个世界，即我们生活于其中的现实世界，它是永恒的生成变化。这个世界对于人来说是残酷而无意义的。并没有任何哲人告诉我们人生是实实在在的，也没有人生是甜的。活那么久又有什么用呢？只要有声有色有意义地过完这一段人生就好了。”

说完这句话，林未汀笑着看向庄遇：“遇到你，能够再拉大提琴，我的人生已经足够有意义了，所以说，你别为我担心了。”

听到这里，庄遇再也忍不住了。他突然有些恼怒，大斥一声：“林未汀，你不要胡说！你一定会平安渡过这次难关。什么有意义没意义，你活着对我来说才有意义！”

最后一句话声音格外大，男生那一嗓子彻底吼愣了林未汀。她半支起身子，看向庄遇，已经忘了自己刚才想说的是什么了。

她看着庄遇，愣了很久之后，才问出一句：“你……你说的话……是什么意思？”

“意思……意思就是，我喜欢你！”

空空荡荡的病房中，男生脆亮的嗓音特别突出。林未汀一时间居然忘记自己全身都是疼的，她已经被庄遇的那句话吓得坐直了身子，眼睛一眨不眨看着她，脸上的表情格外惊诧。

她刚才……是不是听错了什么？

庄遇说喜欢她，是不是她快晕倒之前产生了什么奇怪的幻觉？还是因为她快要死了，所以老天爷好心赏了她一场好梦？

这时，林未汀忍不住伸手想要掐一下自己。据说电视剧和小说里的主人公掐一掐自己便能苏醒，也能知道这场梦是假的。但是林未汀举到半空中的手突然就这么停了下来。这辈子她受到过的第一次表白，即使是梦，她也想延续得长久一些。因为太珍贵了，所以她根本不想醒来。

看到林未汀那副呆呆傻傻的模样，庄遇本来是羞，后来又急又气。男生红了脸又红了耳根，此时忍不住大叫：“林未汀，你没有做梦，你给我清醒一点。”

林未汀有些发痴，她转过头来的时候，表情还有些僵硬。大概是太意外了，她只是机械性地哦了一声，便陷入了莫名的沉思中。

她的心脏已经快要不能负荷这样的跳动。原来刚才的一切都不是梦，庄遇也不是说谎话在骗她，他是真真切切地说了一句，喜欢她。

想到这里，林未汀突然抬头，一脸正直地看着庄遇，问："你喜欢我，你喜欢我什么？你是不是为了安慰我，是不是我这次肯定活不久了？"

听到这话，庄遇简直被她气得哭笑不得，瞪着林未汀，心里又是歉疚又是恼怒。他生气，但又觉得没有立场生气。庄遇本来就是个坏脾气，这时候活生生将这口气给忍下来，也是真的很不容易。

他憋了半天，脖子都快跟脸涨成同一种颜色了。即使是这个时候，庄遇还真的在思考该怎么给林未汀一个答复。

他深吸了一口气，对林未汀说："喜欢你要是能说出个一二三就怪了，难道我喜欢你是喜欢你拉得跟鬼一样的巴赫吗？难道我喜欢你就是喜欢你灵魂深处的黑格尔吗？我就不能肤浅地只喜欢你这个人吗？喜欢这种事情哪里需要理由了，不喜欢才借口多多。你有没有喜欢过人啊，简直像个小学生。"

庄遇招牌的傲慢口气又翻涌上来，林未汀被他那句"你有没有喜欢过人"给气到了。她忍不住对庄遇说："谁说我没喜欢过人啊，我……我这不是喜欢你嘛！"

此话一出，愣的不只是庄遇，连林未汀自己都傻了。两人面面相觑很久，林未汀掀起被子，将自己严严实实裹了起来，接着又倒回了床上。

庄遇便看到好好的一个女生突然变成了一只毛毛虫，而且还是会动的那种。他一个箭步上前，拽着林未汀的被子，女生只觉得凌空降下来一阵莫名的拉扯力，有人企图将她的被子抢走。

"林未汀，别装鸵鸟，把脑袋给我露出来，你再把刚才的话说一遍！”庄遇一边扯着她的被子一边说。哪知女生将被子掖得老紧，他又不敢大力去扯，生怕伤到了她。但当他听到林未汀喊出“喜欢”那两个字的时候，他全身上下的血液好似被煮沸了一般。

那种怎么都说不出来的异样感觉，是他曾经没有的。当年遇到曾璇的时候，即使有悸动，但也没有像现在这般复杂的感情。又是愧疚又是享受，又是心疼又是爽快，而且他的心里还有一种莫名的成就感，就像是第一次在维也纳登台演出收获热烈掌声般的爽快，也像是获得了什么音乐大奖，更像是获得了什么天大的认可。

在那一瞬间，他突然明白了为什么恋人之间要“秀恩爱”。不管是她身上的淡淡香味，还是她习惯的小动作，抑或是她高兴时候抿起来的小小酒窝，都让庄遇觉得记忆犹新。

林未汀喜欢他这件事情，他是真的很想炫耀啊！不过躲在被子里的林未汀都快哭了，自己一时嘴快说出来的话覆水难收，她想装傻都装不了了。

喜欢庄遇，真的是一件很容易的事情。她在自己无法察觉的时候就交付了心意。如果有人要问她是哪一瞬间喜欢上庄遇的，她说不出来，只觉得跟庄遇相处的每一分每一秒，都能喜欢上他。

她永远都记得庄遇为她讲题的那个下午，两人胳膊挨着胳膊，似乎心与心之间都没有距离。是那个时候吧，肯定是那个时候她放心大胆地将自己的心意交付，让自己沉沦下去。而且在她说出心声的前一秒，庄遇先说出了他的心意。想到这里，林未汀就止不住地开心。

也许神在让我们遇到真爱之前会让我们遇到一些错的人，这样的话，当我们遇到真爱的时候，才知道该怎么珍惜。不知道为什么，林未汀的脑子里突然出现了这样一句话。她不知道这句话是什么时候记住的，也不知道这句话是从哪里看来的，现在想起来却觉得格外贴切。

林未汀的心思集中在别的事情上，手上倒是泄了几分力气。这会儿她的被子被庄遇给扯开了。她猛一抬头，便看到庄遇的脸出现在她的面前。猛然凑近的大脸让她吓了一跳，林未汀捂着心口，只觉得自己的后脑勺像是针扎一般的疼。她掩着自己的脑袋，又想笑又觉得疼，一时间真是混乱至极。

庄遇见她脸色不好，心里也有些焦急。他伸手摸了摸她的后脑勺，忍不住问："疼得厉害吗，我要去叫医生吗？"

林未汀挪了下脑袋，看起来像是摇头。庄遇抿了下唇，说："不好吧，我觉得还是应该去叫医生来。"

"没事，经常这样，很正常。我只要感冒发烧，很容易这样。止疼药也不能多吃，因为没什么用。"林未汀说。

虽然她的头有些疼，但是那种疼痛还是属于可以忍受的范围，所以林未汀并不觉得太难受。

庄遇看着女生慢慢舒展的眉头，担心也去了大半。但是那种揪心感，却是怎么都褪不下去的。到底要用什么样的毅力，才能坚持在这样的疼痛中熬过一次又一次。他看着女生清澈如水的眸子，居然还能纤尘不染，心头一动。

不知道为什么，在这一刻，他只想吻她。

这时，他看着林未汀，语气里饱含蛊惑："我知道有一个很好的止疼方法，不用吃药。"

林未汀抬眼，眸子里映着庄遇的模样。她口气单纯地问："还有这种方法？"

"嗯，你凑过来，我告诉你。"庄遇说。

林未汀依言往他的方向动了动，男生刚好低下脑袋，准确无误地吻上了她的嘴唇。不是无意，不是心血来潮。他的吻里，饱含着满满的真意。

等到两人分开的时候，林未汀掀起被子裹住了自己的脑袋，她把自己捂得严严实实，连条缝都不留给庄遇。

庄遇心里好笑，林未汀在感情方面真挚又稚气，实在让人觉得可爱极了。她的那种单纯让人心生向往，就像是钻石一般会绽放光芒。

他说："是不是一个好方法，你现在头还疼吗？"

林未汀过了好久之后才出声："你……你不要脸，骗人。"

"我骗你什么了？"

此刻庄遇的声音听起来坏坏的，像是想骗小兔子出笼的老狐狸。

"我……我……"林未汀急得要死，又憋不出半句话来，她真是要被庄遇给气哭了。

但是庄遇刚刚的吻温柔而缠绵，像是在努力传递他的心意。他不是在开玩笑，也不是可怜她，他是真心实意喜欢她。

"你的头是不是不疼了？"庄遇循循善诱地问。

说到头疼，林未汀努力感受了一下，好像是真的不疼了，她忍不住摸了摸自己的脑袋。庄遇看到被子里动了动，准确无误地抓住了林未汀的手。

被拽住手的林未汀在被子里挣扎了一下，她小声抗议："你是不是又在骗我？"

"我哪有，谁骗你。哄女朋友可以采用一切不要脸的手段。"庄遇说。

好像说出"喜欢你"之后，庄遇就像是突破了一个瓶颈。现在他的心情好得不得了，甜得发腻的话更是随口就来。逗弄林未汀，一直都是他最大的乐趣。

“庄遇，哪个是你女朋友！”林未汀愤愤不平地哼了一声。

“哪个刚才说喜欢我哪个就是咯。”庄遇无所谓地说，“再说了，所有人都知道你是我女朋友，这有什么好争辩的。你说是不是？”

听到这句话的林未汀，差点在被子里给憋死。她从被子里钻出来，一张脸通红通红。不知道是憋的，还是羞的。

“庄遇，你说的是不是真的？”林未汀小声问道。

“我说的每一句话都是真的。喜欢你是真的，想要你做我的女朋友也是真的。但是我还有一件事情没有告诉你，我不敢说。”庄遇看着她，表情严肃。

“什么事？”林未汀问。

“嗯……关于你记忆的事情，我想，我大概知道你的身世，也知道你为什么失忆了。”庄遇说。

林未汀摆了摆手：“晚点再告诉我吧。我今天已经够累了，听不了太多事情，我的脑袋还是有些疼。”

见她主动要求延期，庄遇的心里也是一喜。他现在的感觉就像是囚犯被延后行刑，又是侥幸又是焦急，心里像是被一万只蚂蚁啃咬。但是林未汀神情恹恹，状态是真的不好，庄遇也只能缄口不言。

没过一会儿，林未汀伸出一只手在庄遇面前晃了晃。庄遇不解，傻乎乎地问了一句：“什么意思啊？”

“你只牵过我一次手，那次在篮球场的时候，后来你就松开了。”林未汀抿着唇，语速极慢。而且她害羞得都不敢多看庄遇一眼。

庄遇忙不迭牵住她的手，那样笨拙，根本不像不可一世的庄遇。

林未汀感受到庄遇的手上有茧，不过她的手上也没多好，两个练琴的手握在一起的时候，他俩都忍不住笑了。

“真不好意思啊，我的手一点都不柔弱无骨，我当不来故事里那种招人喜爱的女生。”林未汀忍不住自嘲。

“但是谁也当不来林未汀。别人有什么好的，做自己就好。我喜欢的是林未汀，所以连你手上练琴的茧也一起喜欢。”

说话的时候，庄遇更是用力地握住了她的手。

林未汀听到这话，忍不住撇了撇嘴，她有些想哭，又不想在庄遇面前哭出来，只能努力咽下哽在喉头的酸楚。

病房里寂寂无声，庄遇的目光看向别处。他沉默了好久，突然开腔：“所以啊林未汀，我喜欢你，你就要好好地活下去。我好不容易重新捡起了大提琴，我好不容易在你身上看到了希望，你一定要挺过这一次手术。就算不是为了你自己，你就是为了我，也要好好活下去。”

听到这话，林未汀愣了很久。她好像花费了很长时间才能理解庄遇话里的意思。良久后，林未汀这才说：“嗯，如果你不放弃大提琴，而且能继续谱曲，我就答应你。”

“那我答应你。”庄遇一口回答。

“我……答应你。”

从前的林未汀，流离红尘，踽踽独行，从未想过有什么必须坚持的东西。

从今以后，林未汀多了一个必须要坚持的理由，那个理由名叫庄遇。

这个世界上还有那么多那么多的美丽，只要活下来，就要说给你听。

医生会诊的结果还没出来，但林未汀的状态却越来越好。庄遇将大提琴搬到了病房，有时候还会和她一边拉琴一边写曲子。至于真相，他决定还是等林未汀做完手术再告诉她。

学校已经开学一段时间了，林未汀还在医院里待着。庄遇本来可以陪着她，但是作曲系的教授给庄遇打来电话，说是申请转系的结果出来了。他可以转到作曲系，现在需要去学校填写资料缴纳新学期的费用。

听到这个消息，最高兴的人除了庄遇，还有林未汀。她看到庄遇找到了为之奋斗新目标，心里更是激动。毕竟在她心目中，庄遇有着令人艳羡的天赋。如果这种天赋平白无故地闲置，真是一笔很大的损失。

庄遇只得抽空去学校办手续。离开病房前，男生依依不舍。明明只需要分开几个小时，但他恨不得打包将林未汀带走。林未汀觉得好笑，问道：“以前你和曾璇在一起的时候，也这么黏人吗？”

“不记得了。”庄遇迅速回答，“那么久的事，谁需要记得。”

“好啦，快去吧，不要耽误你的正事。”林未汀冲他挥了挥手，想要把他打发走。

庄遇不依，骗了她好几个吻之后，终于舍得离开了。病房里又回到了空荡荡的状态。其实平日里的林未汀，从来不害怕一个人待着。但是自从和庄遇在一起之后，一个人的孤单寂寞好像被放大了数倍，她的坚强，已经不能再抵御这样的负面情绪。

心无碍故，无有恐怖。一旦开始牵肠挂肚，便开始脆弱起来。林未汀想了想，还是用睡觉打发时间好了。她刚刚钻回被子里，病房的门便被人敲响了。不可能是庄遇，庄遇刚走不久，怎么可能回来得这么快。林未汀满腹疑惑，喊了一声“请进”。

梁枫走进病房，对她招了招手：“好久不见。”

男生的英姿一如往常，不过稍有改变的是他的发型。他将头发剪短了不少，连刘海也一并抹到了脑后，露出了光洁饱满的额头。梁枫那双眸子黑沉沉的，像是藏满了心事。

“不算很久啦。”林未汀随手将头发绾了起来，对梁枫说，“听说学校的球队又获得了全国冠军，你真厉害。”

虽然她和室友们很久没见面了，但是四个人每天都会聊天。而且季淑每天都会在学校的 BBS 上灌水，球队的每一场比赛自然也会有人关注，所以梁枫的动向，林未汀避无可避知道得一清二楚。

“谢谢。你怎么知道？”梁枫看着她，有些诧异。他心里还在暗想，难道林未汀对他还是有那么点在意的？

“学校论坛上天天都有人在更新你的状态，我有朋友每天都会上论坛，你的事情她也会说，所以我也知道了不少。”林未汀抿嘴笑了笑。

“哦。”梁枫点了点头，问，“你身体怎么样，还好吗？”

“还行，医生在观察我最近的状态，准备择日做手术。”林未汀说。

其实林未汀的病情，梁枫也知道个七七八八。现在问起，自然也是没话找话。

林未汀见梁枫站在那里一动不动地看着她，心下也觉得有点奇怪。她看着梁枫，忍不住问：“你找我……是有什么事情吗？”

“嗯……”梁枫垂下了眼眸看着自己的鞋子，“你身体怎么样，能出院吗，我想带你去看个东西。”

“我问问护士吧，如果只是出去几个小时，我想应该是没问题的。”林未汀对他说道。

林未汀觉得梁枫和她很像，两人同处于一种孤独中。虽然身边从不缺友人，但是那种孤独，却好像是一种隔离带，将人心之间的距离划分开来。林未汀面对梁枫时，有一种莫名的熟稔。她不需要寒暄，也不需要客气，可是她就是知道，梁枫都不需要那些表面的客套，而且两人光是坐在一起，即便不说话，也像老友一般自在。

这是说不出来也解释不清的感受，林未汀懂，但是她不知道梁枫能不能明白。

问过护士之后，林未汀被批准出门一下午。护士姐姐在私底下还打趣她："跟这么好看的男生出去，小心你男朋友吃醋！"

不过说真的，庄遇是真的爱吃醋。自从他不知打哪儿得知林未汀以前准备向一个男生告白之后，他居然为了这件小事生气了好几天。如果不是林未汀一天一句"我喜欢你"的告白哄着他，他只怕能气上一个月。而且最可怕的不是别的，庄遇生气的时候特别刻薄。他不管说什么都夹枪带棒，听得人几乎要被乱棍打死。为了免受这种折磨，林未汀只好急中生智，快快将他哄好。

想到这里，林未汀忍不住笑了。站在远处的梁枫不明所以，他看到林未汀笑得甜，心里也跟着一起软了下去。

今天梁枫没有骑车，他想着林未汀身体不好，不能吹风，便带她坐车到了海边。

下车之后两人走了一阵，软绵绵的沙子特别有质感，林未汀索性脱了鞋，赤脚踩在沙滩上。梁枫看见，忍不住问："不要紧吗？"

"没事，我的身体我自己有数，不用担心。"林未汀说。

他点了点头，指向不远处的建筑，说："你看那里。"

海边有一个孤零零的白色小房子，虽然简单但看起来很有意境。她不解其意，问："那个小房子有什么特别吗？"

"你走过去看看就知道了。"梁枫说。

她依言走到了小房子的门口，推开白色房门的时候，便看到了门口摆着好大一束蔷薇花。林未汀心里微微一动，有一种熟悉的感觉涌上心头，似乎在很久很久之前，她曾经对谁说过："我最喜欢的花就是蔷薇。"

再往里走去，一张白色的木桌上摆着一本相册。她翻开相册的时候指尖有些发颤，总觉得能看到点和她相关的东西。等她翻开之后，女生看到了自己的脸。

照片下还有小字注释，"一百天的未汀""一岁的未汀""上幼儿园的未汀""第一次登上舞台的未汀"……

这样的照片不知道有多少，她一边翻阅，一边无意识地落下了眼泪。明明照片里每一张都是自己的脸，但是那种打心底里的陌生感，却让她忍不住打了个冷战。

是她，但是林未汀又觉得那些照片里的自己像是别人。现在的林未汀像是孤魂野鬼一般，她站在自己和相册之外，像个无关紧要的陌生人去注视着自己的曾经。

梁枫站在一边，轻声问她："未汀，你想起什么了吗？"

林未汀轻轻摆动着脑袋，眼泪随着她的动作四下溅开。林未汀的表情并不仓皇无措，也完全没有难过悲伤。虽然她流着泪，但是整个人却异常镇定。好像那些眼泪，都不是她自己要流的。

"那你想不想听听你以前的事情？"梁枫又问。

"你说吧。"

哭过之后的林未汀感觉内心空荡荡的，那些关于失忆带来的惶恐和不安好像一并被冲出了心房。

梁枫拉着她在一边坐下，开始说起了她小时候的事，又说了她是因何开始学琴，后来因为父母的干涉放弃了大提琴，改报了警校。

“你的母亲是一个音乐老师，你的父亲是一个警察。有一次你的父亲要去执行任务，你也一并跟去了。任务的内容便是在游艇会的海滩边搜寻庄遇。那时台风来袭，没有人敢下海。你为了不让父亲冒险，便申请自己下去了。”

她忍不住睁大眼睛看着梁枫，一脸听不懂的表情。

“你……你在说什么？”林未汀觉得荒诞至极。

梁枫很平淡地又重复了一遍刚才的话，林未汀连连摆手：“你在……开玩笑？”

“我很认真，没有半点开玩笑的意思。”梁枫说。

“那我为什么完全听不懂你在说什么？”林未汀问。

不仅仅是听不懂，她甚至觉得荒诞无比。哪有这么巧的事情，她是为了救庄遇所以才被冲到了海里，而且还失去了记忆，并且他们俩千回百转，又在申城相遇。相遇不说，他们还成了恋人。

林未汀撑着脑袋，忍不住笑出了声。她最后忍不住捧腹大笑，甚至连眼泪都笑了出来。

等到林未汀笑完之后，她发现梁枫还一本正经地看着她的时候，她才知道，这好像不是一个笑话。

她轻声问：“这些都是真的？”

“千真万确。我和你的父母已经取得了联系，他们正在等我的消息。说是等你状态好的时候，就来看你。”梁枫说。

“我的……父母？”听到这话的时候，林未汀有些迟钝。她眨了眨眼，动作像个机器人。

说真的，当她听到这些消息的时候，心里居然激不起半点波澜。那种事不关己的感觉连林未汀本人都有些诧异。她忍不住扪心自问，这些事情真的是在她身上发生的吗？这些事情她真的都经历过吗？为什么她一点感觉都没有？

正在她深思的时候。梁枫又一次喊了她的名字。

“未汀，我有话跟你讲。”梁枫说。

“什么？”林未汀问。

“虽然我不确定你是怎么想的，但是我要告诉你，我喜欢你。”

林未汀诧异地抬头。她看到梁枫一脸沉静，虽然是在表白，但他并没有任何不好意思。他那双眸子里满满的认真，却是谁也无法忽视的。

听到梁枫突如其来的表白，林未汀如被雷劈，诧异到半天发不出声音。

对她来说，梁枫是高山仰止，是向往，是不可能的远方。那么多的形容词都可以用来形容他的美好，但很遗憾，没有一个词能和情爱搭上关系。她不喜欢梁枫，虽然有时候自己同他说话时会心跳加快，会不敢看他的眼睛，但这些感觉，无关爱情。而这个时候，梁枫却告诉她，他喜欢她。

这个世界是怎么了？难道她之前抱怨没有异性缘的时候被老天爷听了个清清楚楚，于是迟来的奖励就这样降临？

但是她不需要啊！林未汀犹在胡思乱想，她想到之前梁枫所说她受伤的原因，脑子里却生不出一星半点的记忆。她揉着太阳穴，轻轻摇着头，实在无奈得很。

“梁枫，你是从哪里找到这本相册的，你又是怎么知道我受伤的事情？”林未汀问。

“那天我父母吵架，无意间提到了澜城，说庄遇去澜城的时候遇到台风，有人救了他，因此搭上了一条性命。庄遇听到之后不知为什么想也没想就冲下楼去，他哭着和爸爸妈妈说了你的事情，我爸听完之后，联系过澜城那边的朋友，又找到你家，问明情况之后，便和我一起去了澜城找到你的父母。这些东西，是你的父母要我带过来的。”

梁枫说得简要，林未汀逐字逐句听得清晰。她听到庄遇哭着和他父母说明实情的时候，心里好像被一只无形的手狠狠掐了一把。

“你当时冒着大风大浪到海里去救他，他隔得太远，所有人都不让你救，你不听劝，解开了安全绳就往庄遇的方向走去。你救到他之后，便把安全绳扣在了他的身上，然后一阵大浪打来，把你卷走了。”

说到这里，梁枫一眨不眨地看着林未汀，忍不住问：“其实我也很想问你，当时你是怎么想的，为什么冒着生命危险，也要去救庄遇？”

突然被这么一问，林未汀也不知道该怎么回答。她自己都忘得一干二净了，她要怎么回答？林未汀没有在“为什么”这个问题上多做纠结，她的注意点集中在“庄遇哭了”这件事情上。

庄遇会哭，这是她从没想过的事情。而且庄遇因为她的事情哭，她更加想不到了。怪不得那天他会说自己已经知道了她失忆的原因。说话的时候，男生表情沉重，像是马上要慷慨就义。

大概是怕自己责怪他，然后再也不想见到他。林未汀抿了下唇，忍不住小声说了一句：“傻瓜。”

如果要因为过去一件她连记都不记得的事情去记恨一个她爱的人，她肯定是脑子有问题了。父母强行逼她放弃大提琴的时候她都没有记恨父母，为什么等到她自愿去救人的时候，她会恨上她救的人？既然她是自愿的，她肯定就在事先想到了最坏的结果。庄遇对她真是太没有信心了。

她忘我地想着，却忽略了眼前人。被冷落的梁枫也不生气，他安静地等着，等到林未汀回过神来看向他的时候，才说了一句："你想见你的父母吗？"

"我以为你会要我先回答你的表白。"林未汀说。

"表白的事情不急，我只是说出了我的心意。你的回答，可以想好了再告诉我。"

梁枫的绅士风度真的很迷人，如果不是她另有所爱，梁枫的确是个好恋人。

他们有那么多相似的爱好，也有那么多话可说。但是很可惜，感情上没有什么两全其美。选择了一个人，注定就要辜负另一个人。

"我从始至终都只有一个答案，但是那个答案不好听。梁枫，你要听吗？"

梁枫看着她，忍不住苦笑："每个人都会选他是不是，他就是比我好是不是？"

他话语间的无奈毫不掩饰。只要在梁枫面前提到庄遇，林未汀都有些敏感。梁枫并不是旁人眼里无坚不摧的梁队长，他的脆弱，她看在眼里。但是最让林未汀难过的是，他将弱点暴露在她的面前，但是她却一次又一次地用这个弱点去伤害他。明明她的本意从始至终都不是这样的。

"那你晚点再告诉我，我现在不想听。"梁枫说。

"晚点答案也是一样。"林未汀说。

并不是她故意毫不留情，而是这种事情根本不允许她心软。喜欢就答应，不行就拒绝。手段当然可以展现情商保留后路，但那又如何呢？真挚简单，永远最打动人。

“林未汀，你真是残忍。”梁枫忍不住摇了摇头，“但是我一点都不讨厌你。”

“讨厌我更好，因为讨厌我，我就不用那么内疚。”林未汀说。

听到这话，梁枫笑了：“要不要说回正事。你想见你父母吗？”

“让我想想。”林未汀做了个暂停的手势，“我不知道，我能接受我不记得他们，但是我不知道他们能不能接受我什么都不记得了。”

“你……好像一点也不激动，甚至连一点别的什么感觉都没有？”

梁枫看着林未汀，心里暗自惊诧。如果换作一般人，要么急着回到父母身边，要不就是急着找当事人对质，但是眼前的女生，却异常淡定。

“因为时间太久了，我做过很多最坏的打算。当你不知道过去也不知道未来的时候，自然会比别人的接受力强上很多。你说的这些事情，比我设想过的经历简单多了。”

听到这话，梁枫心里有些喟叹。他知道自己经历过黑暗，但是他没想过眼前的女生经历过的苦痛比他更多。她永远都不会将为难摆在脸上，好像生活永远不曾将她伤害。

生活总是让我们遍体鳞伤。但到最后，那些受伤的地方一定会变成我们最强壮的地方。梁枫是，庄遇是，林未汀也是。

“真糟糕，明明我好不容易才找到这样的小屋。我装饰了一天，又搜罗了好多花，就是想表白的时候给你一个惊喜，哪知还是做了无用功。”梁枫的话里带着失落，但是他的表情并不算难过。

他永远都有最好的风度，即使是这样的情况，依旧是彬彬有礼，绝不让林未汀尴尬。

“但是这个小房子真的很美，我也很喜欢那些蔷薇。如果可以，我能抱一些回病房吗？”林未汀问。

“送给你的花，你自然可以抱回去啊。”梁枫说。

“谢谢你，梁枫。”林未汀很诚挚地说。

“别说谢谢。在这种事情上说谢谢，我觉得我很可怜。”梁枫站起身，伸了个懒腰，他指着那层透明的玻璃窗，“你看那边的海多漂亮，我想了很久这样的场景，却没想过我会失败。哪知我失败了还不算，你还要对我说谢谢。”

林未汀扑哧一声笑了出来：“对不起对不起，我不应该说谢谢的。”

看到她的笑脸，梁枫苦涩的心情适才缓和不少。

“该走了，你应该回医院了，我送你。”梁枫说。

“那先让我在这里拍几张照片可以吗？”

“随便你。”

两人屋里屋外绕了一圈，林未汀拍了不少照片，又抱了好大一束蔷薇花在手里。她的脸笑得红扑扑的，那种开心几乎快要溢出来了。梁枫真想拍拍她的脑袋，但他忍了又忍，最后只能将发痒的左手握成了拳头，用尽全力克制自己那一份心情。

不是每一段感情都必须要一个结果。夏日的蝉和冬日的雪都是转瞬即逝的美好，河水捉不住落英，天空留不住烟火。

只要她曾经投影在他的心间，这样也足够了。

回到医院后，林未汀抱着花往门诊大楼的方向走去。梁枫有些奇怪：“你不应该去住院大楼吗？”

“我想给几个医生送点花，他们那么照顾我，我平日里送什么他们都不要，只能送点花聊表心意了。”林未汀说。

梁枫陪着林未汀往医生办公室的方向走去。林未汀本来就是医院的老熟人了，来来往往间也没人拦她。她径直往里走，刚准备踏进病房时，便听到里面传来声音。

“未汀这个情况……我觉得不乐观。”那个声音很熟悉，林未汀知道，那是她的主治医生，胡医生。

“国外医生也看过了她的诊断书，也说不太好治疗。关键是她的身体能不能撑住。如果术后二次感染，情况会很严重。而且她有过前例，我们不得不估算这种危险。”另一个人说。

“感染是一方面，她能不能撑完整场手术都是个问题。毕竟她身体那么弱。”胡医生说。

“但是不做手术她也一样很危险。”

“唉……”办公室里传来了轻声的叹息，林未汀和梁枫站在门外，半步也没往里去。

梁枫神色复杂地看向林未汀，而女生脸色未变，很是正常。她背对着办公室的门站了一会儿，这才重新摆上笑脸，转过身去敲了敲办公室的门。

里面的人停止讨论刚才的话题。胡医生走出来：“谁啊？”

“林未汀。”她一边回答一边往里走去，将手里的一捧花摆在了胡医生的面前。

“我是来送花的，送完我就回病房，您别念叨我了。”林未汀笑着说。

“你真是有心了。”胡医生接过花，“好看好看，我要护士去找个花瓶插上。这几天你什么也不要做，好好休息，准备手术。”

“嗯。”林未汀点了点头，返身离开。

梁枫跟在疾走的女生身后，他有些紧张，但女生脸色平淡。他忍不住问：“未汀，你不害怕吗？”

“害怕？”林未汀有些玩味地咀嚼着这个词，过了一会儿，她才回答，“若你理解黑暗，它就会抓住你。它临到你头上，就像夜晚有蓝色的影子和无数闪烁的星星。当你理解黑暗，沉默与和平就会来到你头上。只有那不理解黑暗的人才会恐惧夜晚。”

听到这话，梁枫明白了，他问了一个傻问题。

林未汀过早地同命运握手言和，是酸是苦，她都会咽下，都会认命。

第九章

孔明灯与许愿望

医生会诊结果出来了，胡医生本不想告诉林未汀，但女生心思本来就细腻，她倒是先于所有人找上了胡医生。林未汀一脸从容，向医生问：“胡医生，情况很不乐观对吗？”

胡医生舔了下嘴唇，不知道该如何面对这个女孩。

她从住院第一天起，就是最配合的病人。她吃了那么多药，打了那么多针，但是她的身体依旧不太乐观，认真说来应该是越来越糟。说真的，他都不知道这个女孩是靠什么撑到了现在。

一次一次的希望，一次一次的绝望，连三四十岁的成年人都不一定能接受。但是她却不一样。

“胡医生，你每次要想好话骗我的时候，就是这副表情。”其实平日里板着脸的林未汀看起来是挺吓人的，但是这会儿，她是笑着的。那种笑容让胡医生看得难过。

见惯了太多苦苦求生的人，女生这样淡然顺遂的模样，却让人开始怀疑，为什么医学和科技不能更昌明一些，为什么人间总有那么多的无能为力。一个医生居然要被病人安慰，他觉得自己挺失败的。

“很不乐观。但是，这些话我不应该对你说，没有病人想听到如此不利的消息。”胡医生叹了口气。

“没关系，你就直接告诉我这次手术成功率有多少就好了。”林未汀说。

见女生神情严肃，胡医生想了想，最后给她比了个手势。林未汀看过之后，点了点头：“我知道了，谢谢医生。”

她的表情不悲不喜，没有任何的惊慌和诧异。如果胡医生不是她的主治医生，他甚至都看不出来女生是个病人。如此冷静理智的病人，真是很少见。

回到家后的林未汀，在床上呆坐了很久。她看着自己微微发颤的双手，心下无比凄惶。

谁说她不会害怕？人是不可能不害怕的。惧怕无知，惧怕死亡，惧怕无常……细算起来，居然有那么多事情可以害怕，林未汀却偏偏要装出英勇。如果连她都露怯，那关心她的人，只怕会更难过。

林未汀想了很久后，拨通了梁枫的电话。电话还未接通时，她看着手机，突然笑了起来。算起来，这应该是她第一次给梁枫打电话。电话接通之后，男生略微低沉的声音从听筒传来，他的声音略显惊诧：“这是你第一次跟我打电话。”

“还真是。”说着，林未汀也笑出了声。

“有什么我可以帮到你的？”梁枫问。

“你今天在学校吗？我来找你，有事情和你商量。”

大概是因为林未汀的口气太过严肃，梁枫忍不住问：“事情很严重吗？”

“我去了再说。”林未汀说。

“好的。”

出发前，林未汀去厕所洗了把脸。她抬头看向镜子里的人，发现镜子里的自己红了眼睛。

林未汀难得返校，三个室友早就闻风而动。虽然她们都有课，但纷纷用上了千奇百怪的借口旷掉了半节课，特地去校门口等她。

小染看到林未汀的时候第一个冲了上去，女生挂在林未汀的身上像个树袋熊一样。她还用脑袋在林未汀的胸前蹭了几下：“多日不见，它还是一样平啊。”

林未汀哭笑不得，虽然她知道对方只是开玩笑，但还是忍不住想动手打她。

“你身体好点没，能回来吗？我们都帮你把你的床铺打扫干净了，连被子和床垫都晒好了。”童甜甜一边麻利地将小染给拉下来，一边对林未汀说。

“那什么，我给你从老家带了好多吃的，就等你来了。”季淑说着，还拉开了随身的书包，“我包里还装了些点心，你要吃吗？我觉得你脸色不太好，我这次带了不少红枣来，你可以拿回去煲水喝。”

听到朋友们的关心，林未汀忍不住鼻头一酸，眼泪都要掉下来了。有些关于离别的话，她真的是说不出口啊。

“我要做个手术，如果恢复得好，我可能就可以迅速返校了。你们都要等等我啊。”林未汀说。

“当然啊，啊对了，你回来了，我们去后街那个餐厅吃饭吧。”童甜甜说。

“庄遇呢，你家男朋友应该来负责买单啊！”季淑插嘴。

听到这话，林未汀抿了下唇，显而易见的笑意就那样倾泻出来。

眼尖的童甜甜察觉了林未汀的不同。她调侃了一句："什么时候你也变成了听到某人的名字就笑得这么花痴了？"

被童甜甜这么一说，林未汀的脸都红了。她挥了挥手："不说了，你们不是要吃饭吗？"

"咦，什么时候林未汀也学着转话题了？我们又不为难庄遇，顶多再要他给我们画两个考试符，你干吗这么害羞啊？"小染打趣道。

一群人又笑又闹地走到后街，刚刚路过申音后面的时候，小染指了指里面："要不要叫庄遇？"

"我打个电话给他。"林未汀也不好拂了众人的心意。她走开了几步，拨通了庄遇的电话。

没过一会儿，那边的人便接了电话。

"我在你们学校后门，我的室友想……和你一起吃饭，你要来吗？太忙就算了，我……"

她话还没说完，庄遇立刻说："我有空，马上就到。"

等她挂了电话，三个朋友那暧昧的眼神几乎要让林未汀找个洞钻进去。小染问："肯定有空吧，我们很期待呢。"

"我也很期待。"

"同感！从来没有蹭过校草的饭，真的是古今头一遭啊！"季淑补充道。

庄遇嘴里的马上，就真的是马上。没到五分钟，大家就看到不远处跑来一个黑色的身影。小染眼尖，她小声说了句："庄遇是不是换了发型啊，他怎么把头发都抹起来了啊？"

童甜甜说："你们是不是不记得我们在刚开学的时候讨论过一个问题，就是大家喜欢什么样的男生。我印象很深，林未汀说，男生是活的，不留刘海，比她高就行。”

“哦……那就是说，校草为了她才换的发型？”小染意味深长地说出了这个疑问。

季淑点了点头：“恐怕就是这个样子。”

如果不是她们说到这件事，林未汀自己都差点忘了曾经说过的话。这种小事明明只是无心带过，哪知庄遇却当了真。

庄遇一来，第一件事便是握住了林未汀的手。他上上下下端详着林未汀的脸：“怎么气色这么难看，你怎么不在家里？”

“走动一下没问题的。”林未汀辩解。

“天哪，我感觉自己被喂饱了狗粮，突然觉得自己什么都吃不下了。”小染在一旁叫。

听到小染的声音，庄遇这才看向了她的室友们，连忙说道：“不好意思，我还没有自我介绍。我是庄遇，林未汀的男朋友。”

她们都是第二次和庄遇有正面接触，上次庄遇看起来很难接触，但是这一次倒是又帅又有风度。他笑起来的时候，真的是很好看啊。

既然要吃饭，庄遇干脆建议打车去远一点的地方吃好点。一群女生自然举双手赞成。他问林未汀：“你呢，你下午还有事吗？”

“下午我还要去学校办点事儿。”林未汀回答。

她面色如常，庄遇只当她有什么个人事务要处理，便没有多问。庄遇说：“我下午还有一节大课，你要是忙完了，就来找我，我们一起回去。”

自从林未汀没来学校之后，庄遇倒是很勤于回家了。毕竟每天回家之后可以看到林未汀，虽然路程有点远，但是这也无所谓。

一顿饭吃得宾主尽欢。林未汀有很多东西不能吃，庄遇细心地为她单点了几份食物。他的用心谁都看在眼里，林未汀的室友们自然也看得出来。

爱一个人是藏不住的。他的一举一动一言一行都会围着爱人打转。吃饭的时候，庄遇简直就是在全方位照顾。一会儿告诫她鱼不能多吃，一会儿将蟹拿得远远的，生怕她嘴馋。向来大咧咧的庄遇都是被别人众星捧月，但是现在的他却无微不至地照顾起林未汀来。

别说爱人不细心不关心，他的不细心不关心，只是因为不上心。真正对一个人上了心，她的衣食住行、寒热冷暖，你一一都想照料。即使经济上会拮据，但也会想尽办法做到最好。

因为爱，有时候可以无所不能，所向披靡。

吃完饭后，一行人回到学校。庄遇跟林未汀说了几次让她不要先走了，林未汀都快被他的嘴碎给逼疯了。

“我只是脑子里有血块，不是脑子里缺了弦。我记住了！”林未汀对他小声吼了一句。

“医生说了，你不能激动。心态放好一点。”庄遇又嘱咐一句。

“我……我这不是被你气的吗？”林未汀简直哭笑不得。

“我这不是在锻炼你的心态吗，你心态不好怎么拉琴？我们就是要保持心态平稳，做人嘛，不要一点事情就大吼大叫的。”庄遇正色道。

林未汀张着嘴，半天没说出一句话，她只是深深地吸了口气，最后说：“施主，我先去忙了，晚点找你。”

等她找上梁枫的时候，男生的训练刚刚结束。梁枫跑出体育馆，身上还蒸腾着热气。他看着林未汀，说：“你来了？”

“嗯……”林未汀抿了下唇，“我得见一见我的父母。”

听到林未汀的话，梁枫有些诧异，女生的措辞实在怪异，她说的不是想见，而是“得见”。好像见父母是一项必须完成的任务，而不是她出自内心的希望。

“为什么是‘得见’？”梁枫拧着眉头发问。

“死之前，见一见自己的父母，我不觉得是什么让他们开心的事情。而且我觉得你们不应该告诉我的父母我还活着。如果我身体越来越好倒还不错，但是你们这么贸然说了我的下落，便是给他们又来了一记重创。失而复得，得而复失。这是希望过后，只剩下了毫不留情的绝望。”

林未汀语调平淡地说出一段让人胆战心惊的话。梁枫本来还热得冒汗，这一瞬间，他突然觉得自己的后背冷汗涔涔，连双手都不自觉地握成了拳头。

他的瞳孔收缩，喉头不自觉地发紧。男生的嗓子有些颤抖，他立刻说道：“你瞎说什么！”

“我没有瞎说。”林未汀看着他，很认真地说。

“什么意思，你说的是什么意思！”梁枫不自觉提高音量。他的声音很大，来来往往的人群都忍不住止住了脚步。

梁枫从未像今日这般失态。他从小到大都是一副冷静克制的模样，谁不知道梁枫自制力最强，说话向来语速平稳不紧不慢，连比赛失分都不见他有半分焦急。

但是现在，梁枫的眼眶却红了。他死死咬住嘴唇，从齿缝中泄露的声音是那么的痛苦。他质问林未汀：“你在……骗我……你一定是……骗我的。你说啊，你在骗我对不对？”

说话的时候，林未汀亲眼看到，梁枫的脸颊上，有泪流过。

眼看着梁枫的情绪几近崩溃的边缘，林未汀赶紧把他扯到了远处的凉亭坐下。好在现在是上课时间，学校里的人也不多。要不然别人看到这样的梁枫，一定会大感诧异。

男生的胸膛不断起伏，他用力压抑住心里不断翻涌的情绪，企图让自己平静下来。他用力咬着嘴唇，唇齿间都是一片血色。林未汀忙不迭拿出纸巾递给他，男生却一把将她的纸巾推开了。

梁枫呼吸粗重，他的声音还是带着抑制不住的颤抖，道："你……你怎么可以这么平静？"

他已经忘了自己是第几次说出这样的话了。梁枫情愿女生大哭大叫，但是他讨厌看到林未汀平静到有些残酷的表情。她的冷静，越发衬托出他的没用。梁枫憎恨自己，既不能为她排忧解难，也不能帮她解决办法。面对生死，他不能帮她改命，也不能帮她续命。这一瞬间，梁枫绝望到了极点。

"因为我不冷静你会更难受。"林未汀抿唇，"梁枫，你别难过了。"

听到这话，梁枫更加无法自控。他甚至将脑袋垂了下去，深深埋在了双膝间。他的眼泪一滴一滴在腿上滑落，整个人显得脆弱至极。

林未汀鼻头一酸，也想落泪。她憋住了自己的情绪，努力咽下喉头的哽咽酸辣。她站起身来，走到梁枫面前。林未汀半蹲下去，伸手拉开了梁枫的双臂，他被迫抬起头来。

男生看着林未汀，哽咽到什么话都说不出来，他张开双臂，将林未汀圈住了。他的脑袋埋在她的怀里，说话的声音不甚清晰："为什么你这么残忍……告诉我这样的消息。"

"我没有办法告诉庄遇，我的手术成功率只有百分之五。"林未汀淡淡道，"这个数字，几乎等于成功率是零。"

梁枫突然扬起脑袋，吸了吸鼻子，故作镇定地说："说不定会有奇迹发生呢？就像你意外坠海，还不是成功生还？就像庄遇，即使出了两次意外，都活得这么好。你要相信奇迹。"

"有用吗？"林未汀笑了笑，道，"你不知道我术后恢复有多么艰难。活下来又怎么样，又是这样的生活不断地重复。你不是我，你不知道有多么辛苦。我太累了，我忍得太辛苦了。"

她的苟延残喘是用大笔大笔的钱堆起来的。她在状态最好的时候也享受过一段快乐的人生，和眼前的这些人相遇，已经是最大的幸运了。现在属于奇迹的时限已经过去了，她只能把那一份不属于她的幸运交还出去。

谁不想活着呢，而且她得到了最好的爱，但是谁也争不过命运。

林未汀深深吸气，眼泪终于滑落下来。梁枫怔怔地看着她，嘴里喃喃道："活下来，一定要活下来。如果你出事了……庄遇……庄遇怎么办？你忍心抛下他一个人？"

梁枫很少主动提及庄遇这个名字，但是为了坚定林未汀的信念，再艰难，他依旧是说出了口。

听到庄遇，林未汀波澜不惊的脸上有一丝震动。这时，她突然想起来自己答应过庄遇什么。她叹了口气，笑着摇摇头："没用的。我们只能抱最好的希望，做最坏的打算。梁枫，我最先告诉你，因为我觉得你是我朋友中最冷静最睿智的一个。"

"我情愿不要你这个破印象，我真讨厌你这个评价。"听到这句话，梁枫又想哭又想笑。他抹了把眼泪，忍不住自嘲地笑了起来。

"但是……我也没辙了。"林未汀双手摊开，尽力做出轻松的表情。

梁枫终于平静下来，他接过了林未汀再次递来的纸巾，擦干了眼泪和唇边的血渍。

“你现在知道了，我也不是你想象中冷静理智的人。面对你的事情，我一样很慌张。因为你总忘了，我喜欢你。”梁枫说。

女生有些不自在地揉了下鼻子：“是啊，原来大家都一样。”

“所以说，这件事你不想告诉庄遇？”恢复正常的梁枫，顷刻间就猜出了她的意图。

林未汀点头。

“你有没有想过，你这样做对他很不公平？”梁枫问她。

林未汀不说话。

“我要是他，我不愿意被你这样瞒住。我知道你是好意，但是他说不定不希望你这样。你想让他后悔吗？”梁枫质问她。

“但是……申城音乐节马上开始了，而且他转系成功，作曲系也是一个好去处。如果我在这个时候告诉他我的手术很可能失败，庄遇会怎样？你是他的哥哥，你应该最清楚不过了。”林未汀说。

“他会……陪你辗转各家医院，只要有机会便不会放弃。我知道他，他错过了一次，便不会再错过第二次。”梁枫说。

“但是他的职业生涯，也只有一个转折点。他颓废了好久，浪费了这么长时间。如果再浪费下去，你有想过他的未来吗？”林未汀说。

“我们家有足够的钱养他一辈子。”梁枫没有正面回答林未汀的问题，但是从侧面来说，他的意味已经足够深远。他情愿让庄遇错过这次机会，也不想让林未汀放弃。

“但是我活得久又如何呢？梁枫，一个人不会爱一个人很久，特别是在其中一个人身患重病的时候，生活的苦难会磨掉两人间的爱意。爱情是最经不起考验的，而且庄遇的时间还长。如果我耽误了他的机会，也许现在他不会后悔,但是等他用光了耐心之后,说不定会怨恨我很久。我们现在相爱，但并不能保证我们能一辈子相爱。”

说话时，林未汀目视远方，她的嘴边还挂着淡淡地笑：“所以啊，我愿意在我最爱他的时候每分每秒都陪在他的身边，帮助他做完自己想做的事情，尽力让我们之间的回忆不留遗憾。相爱的时候极尽所能地去爱,分开时好像从未相识般离开。这就是我以为的,最好的爱情。”

“你……”梁枫摇头，“你为什么总是为别人想那么多，你自私一点不好吗？”

“做不到啊，我很悲观的。我总觉得没有事物恒久，所以只能享受当下，毕竟生命无常。”

说着，林未汀突然拿出手机，她点开播放器指给梁枫看：“这首歌我特别喜欢，我以前躺在医院胡思乱想的时候啊，就想着说要在我的葬礼上播这首歌。”

听到林未汀的这句话，梁枫别过脑袋。他用力地擦了一把眼睛。火辣辣的疼痛感让自心脏处的酸意被强压下去。

梁枫问了一句：“什么歌？”

“《深深的吻》这首曲子是在她探望过病重亲友后有感而发的。我也很喜欢墨西哥人对待死亡的方式，他们就像哲学家。死不是一件应该悲伤的事情，死就像穿衣吃饭一样正常。因为人一出生，就注定要死亡。所以我们应该在能感受生活的时候多去享受多去尝试，不需要在乎时间上的永恒，只要自己不后悔就好。”说着这些话的林未汀，是笑着的。

梁枫吸了下鼻子,说:“什么时候我也像你这样洒脱就好了。我啊,我的洒脱都是假洒脱。”

“那么……你愿意答应我的要求了吗？”林未汀看着他，目光里充斥着恳求意味。

被她这样看着，梁枫很难说出一个不字。他憋了半天，心里极度不想同意，但是林未汀的眼神让他不得不动容。

梁枫终于点了头。

“虽然这件事情我不想说谢谢，但是梁枫，真的很谢谢你。”林未汀诚恳地说。

“我有一个要求。”梁枫说。

“什么？”

“你的病情，我要知道全部的进展和情况。只要医生说你适合手术,或者是有什么安全的新疗法,即使在国外,我也会坚持让你去尝试。”梁枫说。

林未汀点头：“好啊。但是我的身体，没人比我更清楚了。梁枫，希望越大，失望也大。不要对必定要输的事情抱有希望，你这是在伤害你自己。”

“总有一个人要坚持，坚持才能出奇迹。”梁枫倔强地说。

即使是一线希望，即使是骗自己也好。梁枫不想放弃那一丝丝幻想。那微不足道的光芒是他答应林未汀的全部希望。他的安慰也维系在那一点点的成功率上。

欺骗庄遇，是他不想做的事情，而且在这种事情上，谁都无法预料后果。但是林未汀说得对，如果能让庄遇重新找回自己对大提琴的热爱，那真的是千金不换的好运。

但是为什么命运之神这么吝啬，他给人们的选择永远都是二选一。不管选哪一个，都需要付出巨大的代价。两全其美，只是人们臆想中的美梦罢了。

梁枫握成拳头的左手突然一暖，他诧异地转头，发现是林未汀的手附了上去。她喟叹道："还没有跟你聊过更多的推理小说，也没有跟你玩过什么桌游。我一直都很喜欢你在球场上的样子，那样的你真的是超级帅气呢。我喜欢你骑摩托车，喜欢你的意气风发。如果……如果下辈子也能遇到你，我一定要做你的头号粉丝，谁都不许跟我抢。"

她的语调上扬，但说出来的每一个字都像是一记重锤。那样的话让梁枫难过至极，他用力紧咬牙关，不让自己的哽咽发出声音。

即使他再偏执再坚定，又能骗自己多久？谁会轻易言死，除非无药可救。

太过残酷的事实，梁枫只想装作不明白。

梁枫随着林未汀去见了她的主治医生，林未汀没有进去，她大概猜得到梁枫会对医生说些什么。女生倒是自在，坐在医院的长椅上有一搭没一搭地和庄遇微信聊天。庄遇在学校上选修课，无聊得很。他倒是想逃课，无奈自己太出名，一旦名字被挂在了签到表上，必然会被老师点中。

林未汀觉得好笑："人太红也有烦恼啊。"

"烦恼大了，都没空陪女朋友。"庄遇回复。

两人有一搭没一搭地聊天倒也愉快。正当梁枫从办公室走出来的时候，庄遇的消息也发了过来。她看了一眼，那条消息上写着："对了，有件事情一直没敢问，你什么时候做手术？"

看完这条消息后的林未汀眼神微黯，她抬头看向梁枫，对方脸上的苦恼更甚。梁枫深深叹气："真对不起，我和爸爸不该贸然找上你的父母。我们只想自己能够摆脱道德负担，但是没想到会对你们造成二次伤害。”

“算啦，反正已经这样了。只要你肯帮我就好了。”林未汀说。

“真的不做手术了？”梁枫坐在未汀的身边，目光都不敢看向她。

“不做了，能活一天是一天吧。与其立即做立即死，不如拖一天是一天。撑过申城音乐节，我还是有信心的。”林未汀说。

医生说做手术的风险很大，但是不做手术就是等死。林未汀情愿等死，也不愿意赌上一把，而这一切，还是为了庄遇。想到这里，梁枫突然有些讨厌庄遇。

“嗯，你想什么时候见你的父母。我帮你安排。”梁枫说。

“最好这个星期吧，然后就按照我们的计划来。这样的话，我还有更多的时间和他相处，不是吗？感觉……还是我赚到了呢。”

说话时，女生眉眼弯弯，像只小猫一样可爱。看到这样的她，梁枫真想去找庄遇，把他带到林未汀面前，让他看看，这个女生为他付出了多少，他只怕这辈子都还不清她的债。

“好。”梁枫点头。

“那我们拉钩。”林未汀冲他伸出了右手。

两人拉钩，相约的却不是让人愉快的事情。眼前的女生和他是朋友，但是更确切地说，他们的关系是“共犯”。

没过几日，林未汀的父母来到申城。林未汀和梁枫等在机场出口处。林父林母一出来便认出了自己的女儿。林母没说话，她整个人好像傻了一般站在原地。时隔两年多再见女儿活着出现在她的面前，她的第一反应，是不信的。

没过一会儿，林母连行李都扔在了一边，她径直朝林未汀走过来，一边走一边掉眼泪，最后她一把将林未汀抱住，嘴里喃喃地叨念着林未汀的名字。

林父紧紧地握住林未汀的手，嘴唇嗫嚅了好几下。林未汀看得出来自己的父亲心情激动，但是男人内敛。他硬生生把自己的情绪给憋了下去，沉默半晌后，说："活着……活着就好。"

听到这句话的时候，林未汀的眼泪也出来了。她实在不忍心告诉父母自己的实情。这样的话，不管怎么婉转地表达，都显得残忍至极。

有些话，还是慢慢说吧。

林未汀扶起母亲，她和父亲一起搀着母亲往外走。梁枫接过两位长辈的行李跟在了后面，一行四人准备往酒店走去。

那天晚上，林未汀被林母扯着不让走。林未汀虽然知道母亲是好意，但是现在失去记忆的她，对任何亲人都没什么印象，父亲母亲虽然和她有着最亲密的血缘关系，但是她现在只觉得是两个陌生人。

林未汀的内心过意不去，但感觉又实在是怪异。大概林父看出了女儿的尴尬，他对林母说："你让孩子回去休息，有什么话明天再说。"

"她回去，她回去哪里？我们在哪儿，哪儿就是她的家！"林母一边说一边掉眼泪，她死死地握住了林未汀的手，怎么都不肯松开。

"妈，我得回去了。我还要吃药，如果一天不按时吃药，我的身体撑不住的。"林未汀解释道。

"这么严重吗？医生怎么说，是不是做完手术就能好？"林母的眼神里充满了期待，好像相信失而复得的女儿一定能够平平安安在她的身边过完一生。

"坠海之后，我多处受伤。没当场死亡，已经是大幸。"林未汀斟酌着说了一句。

“胡说什么呢！”林母呵斥道。

“我说的是实话。”林未汀说。

林母突然叹气：“你这孩子，跟以前一样。我们当时不让你报考音乐学院的时候，你也是这样冲我们说话。要是当时……我们顺了你的意，只怕不会出这样的事情。”

谁都会在事情发生以后发出这样的感慨，但即使重来，人们还是会坚定不移地重复上一次的错误。人既没有重来一次的勇气，也没有重来一次的机会。而且不管选什么，都会后悔没有选剩下的那个。

听到这话，林未汀摇了摇头：“不是这样的。事情的发生和选择没有什么必然的联系。该我遇到的，我总会遇到，也没有必要去怪谁。”

听到女儿的话，林父林母都有些诧异。是啊，这又能怪谁呢？

当初在海滩上找不到女儿的时候，林父一度绝望。他撑着疲惫的身体回到了家中，和林母说了这件事。两人流了一夜的泪，好像被抽走了灵魂。他们相互责怪，彼此怨怼，但最后还是抱头痛哭。

他们找上庄父哭过闹过，但是又有什么用呢？林未汀已经遍寻不见，再多的争执和赔款都换不回一个女儿。

庄父每年都要来澜城扫墓，给林家一笔钱，但是林父林母不肯收。他们觉得收下了，就是认定了女儿已死的事实。但是两年多过去了，庄父突然又来到了澜城。这次他带着一个惊人的消息来了，林未汀，居然还活着。

两人自然是不信的，但随行的男生带来了林未汀的照片，林父林母这才半信半疑，觉得这件事情可能是真的。

直到现在两人亲眼见到女儿，才知道庄父和梁枫说的是真的，他们没有骗人。但是庄父也说过，林未汀的情况很不乐观，她的身体不好，可能需要长时间调养，甚至需要手术。这有什么关系呢，只要女儿回来了，一切都不是问题。

很久之后，林父说："未汀，两年多不见啊，你是真的长大了。"

林未汀笑了笑，什么也没说。

林母也不再抗拒林未汀要回去吃药的事情了。林未汀对父母说："我明天早点来，先带你们去医院了解我的身体情况，然后带你们在申城转一转，好不好？"

"以前啊，你总吵着嚷着要来申城。我和你爸爸工作忙，都没有空带你来。现在……倒是你……"说着说着，林母又有些哽咽了。

"妈，你们今天奔波了一天有些累了，早点休息吧。我明天过来。"林未汀说。

"嗯，那你路上小心，到了之后给我们打个电话。"林父说。

"好。"

林未汀刚刚离开酒店，便看到了那辆眼熟的跑车。虽然快至深秋，但申城依旧温暖如春。林未汀站在路边，看着庄遇从车里下来，两人的脸上都挂着笑意。

"你怎么知道我在这里？"林未汀问道。

暖黄的灯光照在林未汀的脸上，使她本来苍白的脸色变得温暖了起来。庄遇走过去，轻轻在她的额头上附上一吻。她抵抗力弱，庄遇在外面又跑了一天，实在不敢直接吻她的嘴。万一她又生病，庄遇可真不想再让她住院。

"爸爸告诉我的。我下了课就直接过来了。"庄遇说。

"那你不是等了很久？"林未汀有些诧异。

庄遇最缺耐心，等上一阵便会大呼小叫，有时候掉头就走都是常事，让他等人，简直就是不可能。不过这会儿庄遇倒是改了性子，林未汀不是不诧异的。

“没有很久。”庄遇拧过头去，假装无所谓的模样。

她察觉了男生的害羞，明明就是等了很久，但他怎么都不肯承认。林未汀偷笑，她转了话头：“你饿了吗，我陪你吃点东西。”

“好啊，我知道有个地方的东西很好吃。虽然都是海鲜，但是有个素炒饭味道很好,甜品也不错。”说着,庄遇牵着她的手把她往车上带。

自从和林未汀交往之后，庄遇越发细心。他以前从不会记得给女生主动开车门，但是轮到林未汀的时候，他倒是把人当婴儿一样照顾。车门他要替她开，安全带他要替她系上。

有一次林未汀在去医院的路上逛到了一家迪士尼的周边店，她看中了一对情侣玩具熊的玩偶。她忍不住给庄遇拍了张照片发了过去，庄遇看到照片之后，立刻转了不少钱过来。

林未汀愣了。她立即给庄遇打了个电话过去：“你……给我打钱干吗？”

“不是你说可爱吗，买啊。”庄遇在电话那边也是莫名其妙的，“我又不知道那对玩具熊在哪里买，你看到喜欢，就赶紧买下来。”

虽然庄遇有时候总有气死人的本事，但是大多数时候，他真的很用心在爱她，林未汀感受得到。庄遇将车开到了海边。沿海而建的有不少大排档。庄遇指着其中最热闹的一家说：“就是那家，我经常去。”

其实林未汀吃不下什么。虽然她的身体没有恶化得很严重，但她每次吃饭咀嚼的时候，后脑勺都会有刺痛感。这样的疼痛影响了她的胃口。所以她尽量选择流食或者不怎么需要咀嚼的食物。

但是见庄遇如此兴致高昂，林未汀也不好拂了他的好意，便遂了他的心愿。

她不能吃海鲜，他也不吃。倒也不是别的，主要是庄遇怕她馋。既然她吃不了，那干脆两个人便一起不吃。虽然他帮不上什么忙，但是不让她更难受，总还是做得到的。

林未汀吃不了多少饭，他便拿过勺子一口一口吃她剩下的食物。林未汀看得眼酸，心里更是难受。她暗想着，世上大概找不到比庄遇更可爱的人了吧？他为了她，可以变得这么彻底。

这时，不远处有点点星火从海滩上飘起。林未汀指着那些火光问庄遇："那是什么，是孔明灯吗？"

"好像是的，我记得这片海滩上有孔明灯卖。你要放吗？"庄遇问。

"我想去看看。"林未汀点头。

两人往海滩那边走去，果然找到了放孔明灯的地方。庄遇买了一个，两人手忙脚乱地将孔明灯撑起来之后，已经有些筋疲力尽了。

林未汀笑："庄遇，亏你自诩能干，连个孔明灯都不会撑。"

"说得好像你多能干似的，笨手笨脚。"庄遇踢了两脚沙，说，"都这么没用，凑合凑合过算了。了不起我智商比你高，我多学点，你少做点。"

这就是著名的"庄遇式温柔"，又损又甜。

"好好好，智商爆表的庄遇大人，能去买个打火机吗？"林未汀说。

庄遇没等她吩咐，便从旁人那里借了个打火机来。他得意扬扬地冲她晃了晃手里的打火机："没花钱哦。"

两人不再斗嘴，林未汀抓着孔明灯，庄遇点燃了燃料。等到灯内被热气充满，庄遇问了一句："未汀，你许了什么愿？"

“愿望不是不能说吗，说了就不灵了。”林未汀眨了眨眼，跳跃的火光将她的脸印得格外好看。

“说得也是。”庄遇点了点头。

两人默数三秒，同时放了手。孔明灯越飞越高，林未汀一直紧紧地盯着那盏灯，生怕它半途坠了下来。

许了什么愿望？她许了一个和他有关的愿望。她贪心地想，如果她和庄遇有一辈子的时间就好了。

大概连孔明灯也不能负荷这样沉重的心愿，它摇摇欲坠居然着起火来。几个人指着属于他们的那盏灯嚷了起来，林未汀的心突然间坠到了谷底。

是不是上天也在告诫她，这是不可能的愿望？

庄遇急得直叫：“什么破灯，我们再放一盏，不好的都不灵，让你不开心的都不算数！”

林未汀摇摇头：“算啦，我也不信这个，就是好玩而已。有点冷了，我们回去吧。”

庄遇掏钱的手就这样停了下来，他撇了下嘴：“好吧，你说算了就算了。不过刚才的那个什么都不算，我没看到，就不作数。”

“好，好，不算。”林未汀笑着点头。她的心里却明镜似的，哪有什么不算，只有美梦才不算数。

等到林家父母从医生口中得知女儿的身体情况之后，两人都沉默了。这种不容乐观的消息让刚刚挥去阴霾的林父林母再次笼罩在迷雾之中。

林母像是没听懂医生在说什么，她愣神好久，最后忍不住啜泣起来，一边哭一边小声说着：“为什么，为什么我的女儿命这么苦？”

父亲劝她：“赌一把，说不定手术能成呢？毕竟还有一点希望！”

所谓希望，就是把渴望某一事物的发生混淆成为这一事情很有可能发生。或许无人能够摆脱这种心的愚蠢。

每个人都觉得她可怜，可林未汀却不觉得自己需要同情。她反倒很平静地开始劝说自己的父母接受这样的现实。即使不接受也不能改变，还不如在自己的能力范围内想得开一点。

林未汀花了一个多星期的时间劝慰父母，劝慰其他人。连她自己都觉得有些好笑，分明这件事情是她最需要想开，哪知除了她之外，每个人都想不开。

父母诧异她的平静，连庄遇的父母都在劝她：“实在不行我们去国外治疗，庄遇还有机会，但是你的时间却不多了。”只有梁枫稍微能够理解林未汀的心情，但是理解却不同于认可。

医生也解释过林未汀活下来的代价，即使是这样，他们还是冥顽不灵，只觉得她能活下来就一定要活下来。

可谁也不是林未汀，谁都不知道她要活下来需要付出多少的艰辛。别人有别人的考虑，她也有她的思量。决定权始终把握在林未汀的手上，林母不死心地问了一句：“未汀，你这样做，值得吗？”

什么叫值得，什么叫不值得？渺小的人类为了区分星群，便用自己的语言来称呼它们；同理，人们为了让自己的付出不落空，便擅自界定所谓值得和不值得。其实决定只是决定而已，没必要由别人来评判值得不值得，林未汀清楚自己在做什么，这样就够了。她的坚持让旁人妥协，最后，大家终于同意了她的决定。

不再想尽心思寻方问药，不再踏遍医院去求一线生机。不做手术，顺其自然地过。撑到撑不过的那一天，就尘归尘，土归土。不过所有人还要配合林未汀演一场戏，胡医生虽然不赞成这种做法，觉得有悖医德，但他禁不住林未汀的哀求。

林未汀告诉庄遇，自己的手术安排在下周五。这个时间她早就算好了，庄遇那天有个结课考试，他走不开。

男生听到这个消息，登时就准备挂科重修。林未汀劝他："没事啦，你不记得胡医生说了什么吗，他说我的手术成功率很高，你考完试再来陪我，也是一样的。"

庄遇摇头："不一样，怎么会一样？"

他的坚持让林未汀无奈。她说："那你又迟一年毕业，这样不太好吧？"

"无所谓啊，反正你也没毕业，我迟一年迟两年，正好等你。"庄遇无所谓地耸了下肩膀，嘴角挂上一抹痞痞的笑容。

"不用陪。你看看，你父母都在，我的父母也会陪着我……"

林未汀话没说完，就被庄遇打断："所以我更应该等着啊，你看，这样一家人就都齐了。"

听到他的话，林未汀愣了一阵。她忍不住吸了下鼻子，别过脑袋，说："那随便你。我先说明，我做手术要剃成光头，到时候你要是嫌我丑，别怪我没先提醒你。"

听到"一家人"三个字的时候，林未汀打心底生出一种强烈的愧疚感。她知道自己不应该欺骗庄遇，但是她却无法开口对他说出实情。

庄遇的才华和天赋真的不应该被她耽搁，他有美好的前景，而自己却只有一条死路。

林未汀不要他来陪她走这条不归路。

临手术之前，庄遇陪着林未汀去剪头发。她坐在椅子上对理发师说：“麻烦您，全部剃光。”

理发师有点诧异，他重复了一遍林未汀的要求：“全部剃光？”

“嗯。”林未汀点了点头。

庄遇坐在旁边的椅子上，他一直牵着林未汀的手。等到她点头的时候，庄遇还是忍不住握紧了她的手。不知为什么，他总觉得有些慌乱，但是又不知道这种无措感是从哪里升起的。

他忍不住问了一句：“手术成功率真的很高？”

男生的眸子紧紧看着她。庄遇的眼睛很漂亮，亮闪闪的，眼白稍稍泛蓝，乍一看像婴儿的眼睛一般。

被这样的眼睛望着，林未汀也是心头一紧。她深深吸了口气，不让自己的胆怯和惶恐流露出来。女生用力反握了一下庄遇的手：“相信我，没事的。”

即使听她这样保证了，庄遇还是心有疑虑。他只能尽力按下心中的慌乱，免得影响林未汀的情绪。他努力笑了笑：“好，你等我一会儿，我出去给你挑一顶帽子。”

庄遇起身出门，林未汀开始理发。她看着镜子前自己的头发一点一点被剪短，有种说不出的滋味蔓延上来。

林未汀暗想，如果最后庄遇发现她在骗他，她一定死定了。反正那个时候她也不在了，他爱生气就生气吧，也不能再对她大吼大叫了。他骗了她那么多次，林未汀只是小小地回敬一次，他应该不会生气吧？

她就这么胡思乱想着，等到她看向镜中的时候，脑袋已经被刮得光亮光亮的。她好奇地看着没有头发的自己，忍不住拍了张照片发到寝室聊天群里。小染最先反应过来：“天哪！林未汀，你要出家啦？”

“寝室长，人家是要做手术，她有庄遇，她怎么舍得出家。”童甜甜迅速回复。

“讲道理，未汀你头型还蛮正的。但是没有头发之后更凶了。”季淑回复。

林未汀乐不可支，她笑得正开心的时候，被人拍了下肩头。

“看什么呢，笑得这么开心。”庄遇说话的时候气喘吁吁的，大概是跑着来的。他拿了一顶粉色的帽子，帽子的两边还挂了两条辫子。

林未汀一看，差点没笑死过去。她拨弄着那两条棕黄色头发的小辫子，对着庄遇问了一句：“你从哪里找到这么稀罕的帽子？”

“跑了好几家店呢，最后在一个小学旁边买到了一个最大号的帽子。我试了试，我的脑袋都可以塞得下去，你的脑袋应该不在话下。”庄遇面带骄傲地说。

“那这两个小辫子又是什么意思？”林未汀问。

“怕你没了头发不太习惯，这是心理安慰。”庄遇说。

林未汀想笑，但是看到庄遇那真诚的表情，又觉得对方好像没有半点开玩笑的意思，他仿佛是真的想要给她安慰，才跑了好几家店买到了这个幼稚得要命的帽子。

她不喜欢粉红色，也不喜欢帽子上的假发片，这个帽子真的是丑到了极点，而且戴上去肯定滑稽至极。算了，好笑就好笑吧。反正林未汀这一生中也没有什么丢脸的机会了，只要他高兴，有何不可呢？

林未汀顶着心理压力将那个丑帽子套在了头上，最让她绝望的还不是戴上帽子，而是戴上帽子之后，庄遇非要和她合照。

她拼命往后躲，庄遇还是揪着她的衣领脸贴脸来了一张照片。林未汀苦着脸，表情狰狞。她看到照片中的自己龇牙咧嘴，简直要哭了。

“重来重来，这张真的太难看了，修图软件都不能拯救我。”

林未汀作势要去抢手机，庄遇不给。他将手机举得老高，自己仰着脖子端详了半天，说：“还好啊，我觉得挺自然的。你平常跟我说话没讲两句就是这副模样。”

“我哪有，你就不能把我拍得好看点？”林未汀整个人都快挂在他身上了。

庄遇索性收回了手，一把揽过林未汀的腰，低下脑袋轻轻在她的嘴唇上吻了一下：“我觉得怎么看都好看，所以无所谓。你要不满意，我们多照两张，别生气了。”

靠得近了，林未汀越发看得清庄调的脸。他的皮肤真是好极了，这么近的距离，都看不见毛孔。想到他刚刚的恶行，林未汀忍不住伸手掐了一下他的脸。男生也不生气，笑嘻嘻地说：“你要不解气，可以再掐一下。”

庄遇白净的脸已经被她掐出了一道红痕，林未汀自然不忍心再下狠手。男生弯起眉眼，笑得无比灿烂，说话带着调侃意味，道：“怎么，舍不得啊？”

他低下脑袋，额头抵在了林未汀的额上，两人的距离近得让人脸红心跳。林未汀小声说：“这是在外面！”

“哦。”庄遇应了一声，又在她的唇上亲了一下才肯放过她。

走出理发店，戴着小帽子的林未汀频频招人视线。她掩着自己的脑袋忍不住往庄遇身后躲，企图躲避别人的目光。庄遇看得好笑，他大大方方牵着林未汀的手走得一派自在。

“这么可爱，有什么好躲的。”庄遇伸手拍了拍她的脑袋，他视线一转，看到了路边的电器店。话还没说完，他就把林未汀拖进了店里。

庄遇买了一个拍立得，又买了好几包相纸。他拎在手上，对林未汀说："我们多拍几张，争取把这些相纸都用完。"

林未汀有些诧异，她心里暗想，庄遇刚才可是买了五包相纸啊！算了，反正跟他理论也没什么好下场。

就趁着阳光明媚的时候，多留下一些美好的回忆吧。

本来说好要陪林未汀做手术的庄遇临时被教授叫走，在她被推进手术室之前，庄遇对她说："我一会儿就回来，你醒来的时候，第一眼看到的人绝对是我，我保证。"

其实他不在，林未汀反倒安心了。庄遇那么聪明，即使只有一点纰漏，他就能看出端倪。如果他留在这里，难保不会看穿什么。

"手术"顺利进行，等到林未汀醒来，她第一眼看到的，果然是庄遇。仔细算来，她每次生病，睁眼后看到的第一个人，总是他。这样的巧合，像是命运。

庄遇坐在床边，伸手轻抚她的脸。男生的眼里尽是温柔。他轻声问道："你……会好起来的，是吧？"

林未汀迷迷糊糊地嗯了一声，庄遇在她的前额上轻吻。他的呢喃叶词不清，她没听清对方说的是什么。

"庄遇，你刚才说了什么？"林未汀又问一句。

"没什么。"他笑着摇了摇头，"我说，你要是能够和我一起参加比赛就好了。"

"我可以。"林未汀说。

"你……可以？"庄遇有些不可置信。

"你总得对我有点信心吧？"林未汀笑着说。

“好。”庄遇用力点头，“我对你有信心，我等你。”

林未汀点了点头，又困倦地闭上了眼睛。

其实要仔细分辨，林未汀可以察觉出庄遇的神情有恙，但她太累，说话已经耗费了大量的力气，也没有那么多精力去端详一二。

庄遇看着又睡过去的林未汀，强撑起来的微笑最终还是落了下去。他紧紧牵住了女生的手，侧过脑袋看向窗户。

第十章

记得你与忘记你

林未汀出院之后，头发也长出来了一些。她揽镜自照的时候放声大笑，镜子里的自己，简直就是从一颗鸡蛋变成了猕猴桃。

庄遇送她的帽子她是不肯再戴，毕竟那顶帽子已经在无数照片中留下身影，林未汀的黑历史是怎么都洗不掉了。最可怕的是，庄遇居然将两人的合照放在了他的钱夹中，时不时就要拿出来看一下。林未汀看到那个戴着粉红色帽子的自己，简直要被丑晕过去了。

不过她不得不承认，庄遇买那个帽子还是有先见之明的。前两天林未汀和庄遇走在路上，她戴了顶黑色的帽子，衣衫宽大，走路仙风道骨。两人走着走着，就发现四周的人眼神有些不对。这时林未汀听到身后有女生小声议论："前面那两个男生，是一对吗？"

听到这话，林未汀简直感觉是当胸一棒。庄遇还在一边添乱，他对林未汀说："看吧，你不戴那俩小辫，现在被误会了吧？你说，我是不是很机智？"

除了说是，林未汀也想不出什么其他回答。从那天之后，她一直都在很认真地考虑，要不要在自己的背后贴上一张纸，上面用黑体加粗的字迹写上："我性别为女。"

随之而来还有更可怕的事情。她和庄遇有时会去商业街吃饭，哪知总会遇到人找他们街拍。林未汀戴着口罩和帽子性别模糊，看起来更有魅力。两人站在一起，确实相当惹眼。

一时之间，林未汀和庄遇的合照居然在鸣澜和申音的 BBS 上火了起来。而且大多数女生还不是骂林未汀的，倒是意外地冲着她喊起了"老公"。

林未汀很无奈，庄遇却觉得好笑。寝室里的三个女生更是觉得有趣。她们也开始对林未汀喊起了老公，真是让人不寒而栗。

也不知是谁将林未汀会拉大提琴的事情泄露出去，一群女生开始在论坛上刷："老公什么时候开独奏会，我想看老公的独奏会！"

声势浩大，简直让人啧啧称奇。连庄遇都有点吃醋，他指着那些成群结队的水军说："这有点不合理啊，为什么你的人气比我还高？"

"这个问题问得好，我也不知道。"林未汀耸了下肩膀。

哪知这件事情还不止女生疯狂。那天林未汀回学校办手续，意外遇到了梁枫。梁枫看到她的时候，眉毛一挑，喊了一声："老公，你难得出现啊。"

听到梁枫这话，林未汀差点平地摔跤。不是别的，别人喊都还无所谓。被梁枫一喊，那感觉真是怪极了，像是浑身爬满了蚂蚁一般。

"梁枫，你这是凑什么热闹啊。"她一边搓着自己的胳膊一边说。

"没有啊，看到大家都这么喊你，就想喊一声试试。"梁枫说。

看着眼前日渐消瘦的林未汀，梁枫无不感慨。女生的生命就像指间沙，不管怎么用力紧握，总会随着缝隙慢慢流走，一去不复返。

冷静下来的梁枫，终于能认同林未汀的做法。她不会忽然消失，只是漫长告别。除了庄遇，每个人都有心理准备。他忍不住叹气，林未汀真是把最好的和最坏的都留给了庄遇。

“别人起哄就算了，你也跟着凑热闹。”林未汀的声音很是无奈。

“不过你别说，你这样还真帅，比你长头发的时候有特点多了。”梁枫说。

“我情愿不要这种特点。”她立即摆了摆手。

“我下午休息，你要去哪里，我送你。”梁枫看着林未汀，说。

“隔壁申音的琴房。”

“……”梁枫看着她，不知道该说什么好，顿了一下，道，“又练琴吗，你真的要参赛？你的身体撑得住吗？”

“自我感觉还不错，能撑过去。我每天也没怎么大量练琴，只是保证手感。既然庄遇要参赛，我也想凑凑热闹，留下一点存在的痕迹。”林未汀说。

听到这话，梁枫不再出声。他看着林未汀，叹气：“你等我一下。”

“干吗？”林未汀有些诧异。

“我找庄遇问问，他们学校的小礼堂今天开不开放。如果没人用，我想借来用用。”梁枫说。

“什么？”梁枫的话前言不搭后语，林未汀没听明白。

“我去找学校广播站借器材，一会儿琴房见。”说完这句，梁枫转身便离开了。

林未汀愣在原地，她摸了摸自己的帽子，一头雾水往申音的方向走去。等她走到琴房的时候，庄遇正好推开大门。有一个中年人从琴房的方向走了出来。林未汀还没靠近，便听到那人的声音：“你想好了，你知道你这个消息一传出去，会引起多大的反应？”

“早就该面对现实了，之前不肯承认，主要是虚荣心作祟。”庄遇说。

“那现在呢？”那人问。

“有人告诉我要学会放弃，放弃之前的名誉，才能知道自己能做点什么。”

庄遇语气坚定，有种孩子般的诚恳。那人笑了，用力拍了两下他的肩膀：“庄遇，现在的你虽然没有之前那样惊人的天赋，但是现在的你，可以走得更远。而且你做出转系的选择，是对的。”

“谢谢教授。”庄遇向他鞠了一躬。

等他们说完，林未汀这才上前。庄遇看到林未汀又是口罩帽子的造型出现，忍不住扯出了一个微笑：“来了？”

“刚才那人是你的教授？”林未汀问。

“是之前大提琴专业的教授，他之前听过我的音乐会后便私下来找过我。后来我便通过学校专业考试，在他的手下学习大提琴。”庄遇解释。

“那你转系之后，你的教授怎么想？”

“他支持我的选择，而且他觉得现在的我，比以前还要好。他说我现在的曲子不再去追求高难度的技术，而是变得有感情、更耐听了。”

庄遇说话的时候，揽住了林未汀的肩膀。他说：“教授一直以为是我受伤之后沉淀下来用心学习过了。其实是因为，我遇到了你。”

遇到了林未汀之后，庄遇才真正懂得了一件事：所谓喜欢大提琴，不是要通过大提琴取得荣誉来更喜欢自己。而是需要和它苦难与共，连痛也不放手。站起来的次数永远要比击倒时多一次。

林未汀看着他，有些不好意思地低下头来。庄遇顺势放下胳膊，牵住了她的手。这时林未汀突然想起梁枫的话，她对庄遇说：“那个，梁枫说要来找你，看你们学校的小礼堂有没有人用。”

正说着，梁枫恰好从走廊的那头走了过来。他一边走着一边冲两人挥手，接着小跑过来，冲着庄遇问了一句：“小礼堂有人用吗？”

“今天没有吧。”庄遇说。

“去借个钥匙，我们下午用一用。”梁枫说。

“干吗？”庄遇同样是一脸不解。

“录两首你们合作的曲子。”梁枫回答。

听到这里，林未汀突然想到之前自己说的话，她忍不住轻咬嘴唇，有些无措地看着梁枫。她只是轻描淡写的一句抱怨，却被梁枫听进了心里。她想要留下痕迹，梁枫便帮她留下浓墨重彩的一笔。

庄遇点了点头说：“好，我去借钥匙，你有器材？”

“找人借了，放在楼下保安室里。下去拿就行了。”梁枫回答。

“那你们先去小礼堂，我随后就到。帮我照顾未汀。”庄遇说。

“就几分钟，你以为她是婴儿啊。”梁枫说。

庄遇不说话，只是看着他。梁枫叹了口气，说：“好，我答应你。”

“那我先过去了。”说完之后，庄遇便先下楼了。

林未汀和梁枫走到楼下，梁枫取了器材，和林未汀一同往小礼堂走去。梁枫对申音的路简直烂熟，他抄了小道走，那里风景倒好，林未汀看得有些诧异。

“申音比鸣澜有钱，申音肯花钱在学院环境上，鸣澜只肯花钱搞科研项目。”梁枫随手一指，“那边，申音有名的情人坡。不少鸣澜的情侣也爱往这边来，搞得申音的情侣都没处谈恋爱了。那时两个学校的 BBS 上还因为这件事情吵得沸沸扬扬。”

林未汀忍不住笑：“这都行？”

“当时还很出名呢。”梁枫补充。

这时，林未汀指着情人坡上的两人问梁枫：“那两人，不是戴睿和曾茗吗？”

梁枫顺着林未汀的手指方向看去，他也愣了一下，果然是戴睿和曾茗。男生追着要抱女生，女生笑着闪躲。戴睿长手一伸，曾茗被他扯得一歪，靠倒在他的怀里。两人都在笑，天气晴好，散发着幸福的味道。

“之前不是说非庄遇不可吗？”林未汀笑着自言自语。

“其实戴睿挺好的。虽然球打得不怎么样，但是人很乐观，很会鼓励人。我觉得曾茗和他在一起，挺好的。”梁枫说。

有爱在场，一切都很好。

那天下午梁枫为他们录了三首曲子。林未汀摘了口罩，手里拿着的是庄遇的 Arpeggio。庄遇坐在三角钢琴边为她伴奏。

曲子是她选的。两首是她的拿手好戏，一首是庄遇终于写完的《当爱已成往事》。

女生瘦了很多，黑色的长裤长衫在她的身上松松地挂着。拉琴的时候，梁枫通过相机的小屏幕中看去，她就像一个被黑色羽翼裹住的天使。举手投足之间，散发着十足的魅力。

和大提琴在一起的林未汀，好像有一种难以言喻的美感。怪不得庄遇会一头栽进去。

琴声温柔而缱绻，斜斜打入礼堂的阳光将台上的两人印出温柔的颜色。他们偶然间对视的目光，嘴边挥散不去的微笑，都为这个午后赋予了不同的意义。

那样的美，美得让人心里长出无数枝丫，枝头上全是浑身冒着香气的桃花。

他们的默契，全部在琴声中演绎。连梁枫都在想，他们注定相爱，他们注定会在一起。

谁能让这段时光凝成琥珀就好了，那样便可以把它小心珍藏，莫失莫忘。

梁枫找朋友把他录的那几首曲子重新剪辑了一下，他看过之后，觉得效果不错，便刻录了两盘碟子交给了庄遇。

庄遇转身回房，他打开电脑，将碟子塞进去后，开始看了起来。

镜头中的林未汀脸色雪白。她拉琴的模样真是好看，坐在那里的时候就像一尊出自名家之手的雕塑。无一处不精致，无一处不美好。

他拉上窗帘，屋内变得黑暗。庄遇一只手撑在桌前，双眼怔怔地看着屏幕中的人。她笑，他跟着一起笑，她低头拉琴，他便轻声哼着曲子。

庄遇什么也没做，只是翻来覆去地看着视频，播完了一遍，又将进度条拉到了最前面再放一次。就这样周而复始看了不知道多少次之后，庄遇放下撑住脑袋的手。他对着视频里林未汀的笑颜，轻声说道："林未汀，你以为我傻吗？你想骗我，我一眼就能看穿。"

他的唇角不自觉下拉，原本好看的面孔染上了意味不明的神情。

装傻，也是一件很累的事情呢。

申城音乐节如期展开，不少乐迷听说庄遇复出参赛，很是诧异。要知道，庄遇这个名字曾经轰动一时，谁也不知道那样的天才少年还会不会再演出。哪知这次，还是被他们等到了。

不过更多人还是有些意外："庄遇，谁啊？"

就是这样的议论纷纷，组委会还是力邀庄遇在音乐节开幕式上做演出嘉宾。庄遇再三推辞，对方却怎么都不松口。无奈，庄遇只能应下。

他挑来选去，最后决定用之前林未汀拉过的《查尔达斯舞曲》。无论从感情方面还是技巧方面来说，这是他目前能够演绎得最好的曲目了，而且这个曲子有个优点，它不需要钢琴伴奏。但是如果能再加上一把低音大提琴的话，那就更加完美了。

思来想去，庄遇找上了林未汀，问她能不能做他的伴奏，在台上和他一起拉琴。

林未汀自然应允下来，庄遇如释重负。他用力抱住林未汀，说："我可以告诉所有人了。只要你在，我就有勇气对所有人说明实情。"

"什么？"林未汀有些诧异。

"我准备在演奏结束之后对大家说明我受伤的事情。这一次，我再也不会逃了。"庄遇一字一句，话语坚定。

为了不久后的音乐节开幕式，林未汀和庄遇都在加紧练习。好在林未汀对低音大提琴算是一学就会，外加她只需要拨弄琴弦伴奏，连琴弓都不需要多拿。

不过虽然任务简单，但若是少了她的伴奏，音乐便显得没有那么饱满，所以林未汀上手找感觉的任务还是挺重要的。

林未汀辛苦，但庄遇更辛苦。他想要追求更好的效果，只能一遍一遍地练习一遍一遍地录像，为了调整自己的手势和坐姿，庄遇也是想尽了办法。有时候他累得大汗淋漓，连地板上都有自额上落下的汗珠。即使是这样，庄遇也没有停下来。因为曾经停滞不前，所以现在要用跑的。他要跑着赶上之前浪费的光阴，想要追逐自己曾经的荣誉。也想抢在时光前面，能够和林未汀多相处几分钟。

好在时光没有辜负他的努力，在开幕式之前，他终于将曲目演绎到能够让自己满意的地步。这是他第一次在林未汀身上找到的感动，他要继续将那份初心延续。

表演当日，林未汀的父母到场了，连远在外地工作的林叔叔也特地赶了回来。庄遇的父母和梁枫也在，林未汀的室友们也来了。大家在台下又骄傲又忐忑，甚至都无心看台上精彩的演出，一心只等着两人的合奏。

他们的表演排在第八位。林未汀不紧张，她的心思放在庄遇的身上。看着那一身黑色西装的庄遇，林未汀心想，这是她第一次见男生穿正装。

庄遇穿正装很是帅气，那张脸被衬得更加好看。路过的工作人员都忍不住往他的方向多看几眼。还有人跑来找他索要签名。他的模样，真像个音乐家。

林未汀看在眼里，心里生出了莫名的骄傲。这样意气风发的庄遇，才是真正的自己。为了配合庄遇，林未汀也穿了一件黑色的长裙。黑色衬得她越发瘦削，整个人形销骨立，美人伶仃。

庄遇忍不住叫后台的工作人员帮他们拍了张照。那个工作人员显然是认识庄遇的。女生有些好奇地问了庄遇："你原来不是最讨厌拍照了吗？"

"和她在一起，我什么都不讨厌。"说话时，庄遇笑眯眯地揽住了林未汀的肩头。他的心房轻轻颤动，女生太瘦了。他生怕自己一个用力，就会让她碎掉。

这时，有人通知他们准备上台。两人对视一眼，相视一笑。他们拿起提琴走在舞台旁边。有人在一旁小声议论："两人好高啊，看起来好合称啊。"

另一个人说："是啊，他们本来就是情侣。"

林未汀轻轻抿唇，心里无限甜蜜。庄遇也听到了，他重重握了一下林未汀的手，一切尽在不言中。

两人伴随着主持人的介绍登台上场，庄遇牵着林未汀露面，台下响起了雷动的掌声。林未汀被吓得稍稍退了一步，她没有想过自己和庄遇能够赢得如此众多的掌声。

再次回到舞台的庄遇，也没想到自己还有这样的掌声拥戴。他的心里又是忐忑又是激动，最后只能鞠躬致谢。

离开此处太久了，但还能被人记住，真的是一种厚爱。他无以为报，只能用心演绎乐曲。

两人坐在椅子上，分别摆好了架势。林未汀拨弄琴弦，低音大提琴发出浑厚的声响。灯光暗了下去，只有两盏镁光灯照耀着台上的人。

当庄遇拉响弓弦的那一刻，整个音乐厅安静了下来。

男生像是天生为大提琴而生，连起手的动作都美得像画，所有人在这一刻只顾着追逐他的音乐，顾不上其他。

前半段轻快悠扬，中段婉转，高潮部分的激昂又让人忍不住想放任自己的感情随之舞蹈。

因为庄遇背负过太多的辛酸和痛苦，所以演绎快乐的时候才能如此淋漓尽致。吃过苦的人才能尝出细微的甜味，痛过的人才能更深地体味快乐的滋味。

时间是用来流浪的，身躯是用来相爱的，生命是用来遗忘的。他将乐曲中的吉卜赛精神具象得如此彻底，让在场的听众们感受到了曲子中独特的魅力。

暌违两年，再度重返舞台的庄遇用感情演绎出了属于自己的音乐。他再也不是那个只会炫技的庄遇，而是真正沉下心来，开始做自己的音乐了。

林未汀饱含热泪，重重咬唇，庄遇果然不会让任何人失望。

一曲终焉，所有人都站起身来对舞台上的两人致以热烈的掌声，林未汀和庄遇携手朝着观众的方向鞠躬致谢。

这时，主持人拿着话筒走上台来。他让两人留步，又将话筒递给庄遇。主持人例行夸奖了一番庄遇，又问他："这几年都没有看到你的身影，也没见你参加比赛，你这段时间是在忙着学习吗？"

庄遇看了眼林未汀，女生安静地垂着眼眸，只是紧紧地握住了他的左手，一如登台前他给予她勇气那般动作。

"不是。因为我受伤了，听力受损，手指骨折，我休整了好久。"话音一落，台下响起一片吸气声，接着便是嘈杂的议论声。观众们的目光纷纷投向庄遇，坐在前排的记者也拿出录音笔调到了最大声，准备记录庄遇的话。

主持人也没想到庄遇会说出这样的事情，他愣了几秒，迅速说道："可是看你刚才的表现，不像是一个受过伤的人。"

"那是因为我付出了极大的努力，才能看起来好似毫不费力地拉琴。其实我的技术已经大不如从前了。我不再是以前那个庄遇了。我曾经一度很抗拒这件事，甚至不肯承认。那段时间我很颓废，浪费时间，让家人伤心。在这里，我要向我的父母还有我的哥哥道歉。"

他语气诚恳，态度坦然，台下的议论声突然变小了。主持人看着他，问了一句："那又是什么契机，让你重新振作起来了？"

"是认识她以后。"说话的时候，庄遇举起了二人交握的手，"是她教会了我很多。比如该如何面对自己，该如何对待音乐。她让我意识到我有多爱大提琴。如果没有她，我想我没办法再站在这个舞台拉琴。

我爱大提琴，也爱音乐，但是我最爱你，林未汀。”

不必抑扬顿挫，不必千言万语，越渴望自然，越稀罕真挚。千言万语都不及一句“我爱你”来得情真意浓。他在数百人面前如此掷地有声地表白，已经让林未汀忍不住落下泪来。

“哦对了，我和她都会参加这次比赛。我要说的已经说完了，感谢组委会的邀请和厚爱，感谢观众的喜爱，感谢工作人员的付出……总之，谢谢大家。”

庄遇拉着林未汀又一次鞠躬。他将话筒递给了主持人，自己便拿着提琴和林未汀一起走到了后台。两人走在路上的时候频频被人注视，庄遇倒是无所谓，林未汀却一直抽噎着。她一边哭一边说：“庄遇……你这人，真要命……”

“我怎么啦？”庄遇一脸茫然。

“我，我舍不得你。”说着，林未汀转身投入了庄遇的怀抱。

明明林未汀已经告诫过自己一万次，要做好告别的准备，但是她还是放不下。

他的模样，他的温柔，统统让她放不下。

自那场演出之后，庄遇和林未汀名声大噪。一时之间，好像庄遇之名又重新回到了众人的视线。他的旧CD被高价热卖，两所学校的论坛上掀起了新一轮的高潮。

每次去上选修课的庄遇烦不胜烦，那些天天被要签名的日子又回来了。

大家自从知道了他受伤的消息之后，也没什么特别大的波动。反倒一如既往，该怎么样怎么样，爱他的人依旧爱他，并没有因为他不如从前而弃他于不顾。人人盛赞庄遇有勇气面对一切重新开始，但只有他知道，自己的勇气全都维系在一个人的身上。而那个人，命不久矣。

所有人都以为庄遇不知道，庄遇也装作不知情。林未汀的一片真心他何尝不明白，但是每当夜深人静的时候，他就格外痛苦。但庄遇也没让人失望，他在历时一个多月的比赛中一路赢到决赛。决赛日期在新年的第一天，庄遇志得意满，他要求惜败于半决赛的林未汀一定要来听决赛的音乐会，要不然就不能体现他个人的成就了。

林未汀大喊不公："你这明明就是在炫耀。"

庄遇点头："对啊，被你识破了。"

他那副得意扬扬的模样，真是欺人太甚。林未汀最后还是答应了，新年的第一天和庄遇一起过，只是想想就已经很幸福了。

于是两人约好，比赛结束之后在音乐厅门口碰面。庄遇带她去吃新年大餐。林未汀笑得像个小孩，满心满眼都是快乐。其实林未汀本来也是可以进入决赛的，但她在比赛当日突然晕倒，被紧急送往医院。胡医生对评委和庄遇说她只是没吃早餐低血糖晕倒，实际情况是，林未汀的身体比之前更加糟糕了。

她强烈要求将这个坏消息对所有人保密。胡医生叹了口气："未汀，你这是何必呢？"

"就当我自欺欺人吧。我不想要大家在这个时候还要为我伤神。这种消息，对他们来说也是折磨。"林未汀的哀求最后还是奏效了。

胡医生保密了她的病情，林未汀用药更加严苛，她每天吃不下睡不好，头发也不怎么长了，脸色愈发苍白起来。但是这一切她都不在意，只要能陪在庄遇身边，多一分多一秒，都是幸福的。

比赛那天，庄遇起了个大早。他等在林未汀小区门外，两人约好一起吃早餐。女生的精神看起来好了一点，庄遇和她吃过早饭之后往家的方向走去。路过海岸的时候，林未汀指着大海，说：“我想看海。”

庄遇点了点头，拉着她往海边走。那天天气不好，早上刚刚下过一场雨，沙子湿漉漉的，踩上去特别难受。庄遇突然蹲下身，他回过头来对林未汀说：“上来，我背你过去。”

“你总说我是八戒，我不要你背。”女生忍不住努了下嘴。

“你也信，你这么轻，上来。你不上来我抱你过去了。”庄遇起身，作势准备一把抱住她。

林未汀退了几步，指着庄遇说：“你蹲好，我上来。”

庄遇依言蹲下身，林未汀趴在他的背上。男生起身，心里涌出一阵心酸。他用力咬着嘴唇，不让自己呜咽出声。

她太轻太轻了，像一片羽毛随时都会随风而去。什么低血糖，什么一定会好起来，都是骗人的。林未汀是个大骗子，她一直都在编织着一个美梦，当梦碎的时候，锐利的碎片便会将他割得鲜血淋漓。

他们沉默不语地走到海边，林未汀在他的耳边轻声说道：“庄遇，我喜欢海。要是以后你看到海就记起我就好了。”

庄遇轻哧一声：“我看到什么都会想起你，何止是海。”

林未汀呵笑出来：“是吗？但是我现在突然觉得，你看到什么都不要想起我，这样最好了。”

听到这话，庄遇突然泪如雨下。男生生怕自己轻颤的后背让她察觉出异样，只能尽力保持镇定。他假装愉快地说：“哎，我就这样背你回家好不好？”

“不好，你放我下来。”林未汀抱怨。

庄遇好似没听到她的话，他背着女生一路快走。他们穿过沙滩，走回马路，接着又穿过红绿灯，走到小区里。等他把林未汀放下来的时候，庄遇用力抱住了林未汀。他的声音闷闷的："下午比赛，你一定要去啊。"

"那你一定要拿冠军啊。"林未汀拍了拍他的后背。

"那说好了。"

"嗯，说好了。"

他们的拥抱没有间隙，像是两棵相互缠绕的藤蔓，没有任何人可以将他们分开。

"庄遇。"林未汀轻轻喊了他一声。

"什么？"他问。

"我有时候觉得，遇见你像是命中注定。遇到你是我这辈子最好的事情。"

他不吭声，只是将脑袋埋在林未汀的肩膀上。林未汀觉得自己左肩一片濡湿。她后知后觉地发现，庄遇好像哭了。他的声音模糊不清："一定要来……下午……我等你。"

"嗯，知道了。"林未汀说。

话一说完，男生转头就跑。狼狈的模样，让林未汀哭笑不得。林未汀摸了摸自己湿透的肩膀，心里一片怅然。他那么聪明，怎么可能不知道她想瞒住他什么呢？

决赛开始，庄遇抽中了一号签。他拿着提琴深呼吸，上台落座之后，总觉得台下有一道挥之不去的视线。那样炙热强烈，不知道是不是林未汀在看着他。

想到林未汀，庄遇的心情顿时平静下来。他们约好了一定会见面，这时，林未汀应该就在台下坐着看他吧。他一定不会辜负她的期待。

比赛顺利进行。庄遇虽然总是口口声声说着自己会拿第一，但他的心里还是有些忐忑。他在后台的时候一直坐立不安，只好翻出手机查看信息。他拿出手机的时候，正好看到林未汀的两条消息。

一条是："我现在出门了，待会儿去看你比赛。"

第二条是："比赛加油，我看着呢。"

看到这两条消息的时候，庄遇的心情这才平稳了一些，没有刚才那么慌乱了。

三名选手演奏完毕，庄遇重新回到台上，几位专业评委一一开始点评三人的演奏。

等评委们说完，主持人便宣布，接下来就是颁奖的时候了。

那一瞬间，庄遇的心脏简直就提到了嗓子眼儿。

获奖名单从第三名开始念起，每宣读一个名字，庄遇又是紧张又是失落。直到主持人宣布第一名是庄遇的时候，庄遇才觉得自己的心脏终于归回了原位。

他激动得想要大叫，他想抢过主持人的话筒对台下喊：未汀你看到了吗，我赢了，我还是以前那个我。

天知道庄遇流了多少汗才换取了现在的名次，他终于觉得自己没有被音乐放弃，他依旧是被上天眷顾的。

主持人请三人先到后台准备接下来的颁奖仪式，庄遇拿着琴走到后台，却在那里听到争执声。

"我要找庄遇，很重要的事情！"

"先生，后台不让无关的人进来。"

"人命关天你知道吗，你现在就把庄遇找来，你找他过来。不管他是不是在比赛，你跟我把他喊过来！”

庄遇一听，拿着提琴循声跑了过去。那声音太熟悉，是梁枫的。他的哥哥很少情绪激动，更不可能大吼大叫，但是这个时候，梁枫却失态了。

“哥。”庄遇跑过去，喊了一声。

梁枫手里还拿着头盔，他看到庄遇，一把推开了那个工作人员。他伸手扯住了庄遇的胳膊，说：“快点跟我走。现在申城路上有点堵车，我开摩托车载你比较快。”

“怎么了？”庄遇问道。

“林未汀出事了，她现在在手术室抢救。”梁枫说。

庄遇一个不稳，手里的大提琴应声而落。那是他最爱的Fortunate，之前借给林未汀用过的，好运。

他好像傻了一般站在那里，梁枫又拉了他一把：“快点走啊！”

这时庄遇才清醒过来，他扔了手里的琴弓，跟着哥哥拼命往外跑。两人骑上摩托，梁枫的车在车流中穿梭自如，不一会儿便到了医院。

庄遇整个人都是木的，他下了摩托之后平地摔了一跤，礼服的裤子被磨花了，双手的手掌也被水泥地面给蹭开了。庄遇的手抖得厉害，他被梁枫扶了起来，兄弟俩一步一步地往手术室的方向走去。

越是走得近，庄遇的心越是绷得紧，他紧紧地盯着手术室门口亮着的那盏灯。整个人好似灵魂出窍。

他不由自主地想到他们的初见，他好恨自己，为什么在第一次见面的时候要对她出言不逊？为什么总要对林未汀发脾气呢？为什么不能早点对她说喜欢呢，那样他们分明还有更多的时间可以相处……原来两人短短的相知相遇，已经有那么多的事情可以够他后悔了。庄遇痛苦地抱着脑袋，深深地叹了口气。

“其实……她在出门的时候就出事了。大脑血管破裂，被送往医院的时候处于昏迷状态。我拿过她的手机，看到她的备忘录提醒正好跳了出来。上面写着，不管是谁，麻烦你看到这个消息的时候给庄遇发条短信，告诉他我已经在看他的比赛，要他安心。”说到这里，梁枫顿了一下，“她好像有所察觉，知道自己熬不过去了。”

“其实林未汀之前的病情就已经在恶化了，她……一直瞒着你，不想让你为她费神。”说出这话的时候，梁枫的心口好像被一把钝刀切割。他想要用这种方式来报复庄遇，他恨极了林未汀只对庄遇一人的温柔。但话一出口，那柄双刃剑又像是捅进了自己的心。

“我……知道。”庄遇吸了吸鼻子，他隐忍着嗓音里的巨大悲痛，说，“我都知道，我不傻，我有感觉！”

男生站起身来，一把揪住了梁枫的衣领，将他狠狠地摁到墙上。

“你知道吗，装傻很痛苦。我每天都要眼睁睁看着她越来越虚弱，还不能对她说要她努力活下去。因为她活下去也很痛苦。你知道吗！”男生绝望的声音响彻走道，如此悲恸，令人神伤。

梁枫沉默，庄遇也沉默。两兄弟只能徒劳地看着手术室的门，连祈祷的力气都没有了。

庄遇轻声说：“要是当时在澜城，死的是我，多好。”

这时候，庄遇已经哭不出来了。太痛了，整个人好像四分五裂一般，连拼都拼不回来了。

等待是最折磨人的事情，特别是无望的等待，更加消磨心智。而且梁枫和庄遇在等待那么久之后，却换来了一个更加无奈的消息。

手术室的灯灭了，医生摘除口罩走了出来，说的第一句话是：“很抱歉，我们尽力了。”

庄遇难以置信，往后踉跄了两步，最后还是不堪重负，坐倒在地。他惶然无措，连眼睛都不知道该看向哪里。

明明早上她还信誓旦旦地说过要来看他得奖，明明他们早就约好今天要吃新年大餐。只是几个小时而已，为什么一切都变了？但他分明早就知道，林未汀总有一天会离开他。但是谁也想不到，这天竟然来得这样快。

医生还在解释：“其实未汀的身体早就垮了，她到底是凭什么坚持到这一天的，我都不敢置信。她很了不起，真的。”

可是庄遇想听到的，不是这样的坦言安慰。他也不知道自己想听到什么，但是绝对不是这样的话。医生的话，间接地承认了林未汀已死的消息。

他不想知道这样的消息，他拒绝承认这样的结果。

庄遇坐在地上，半天无力起身。恍然间，他好像被人搀扶起来。庄遇左顾右盼，是他的哥哥梁枫和他的爸爸。两个男人沉默无语，只是把他扶到了椅子上，也无他话。

好像一切都是错乱的，他的神智也不清醒。男生双手掩面，深深吸了口气。过了很久之后，庄遇才开口说了一声：“我想见见她。”

他的声音干涩沙哑，像是揉了一把沙子。庄遇的父亲点了点头，庄遇这才起身。但是恍惚之间，他竟然分不清前后左右，甚至不知道自己应该往哪个方向走去。

庄遇无措地站在那里，他的神情茫然而彷徨，整个人摇摇欲坠。

梁枫看不过去，他站起身来扶住了弟弟的肩膀，小声说了一句：

“我带你去。”

其实梁枫哪里想去，他根本不想接受这个事实。虽然他做了大把的努力去逼迫自己接受，但人并不是想认同就能认同，想遗忘就能遗忘。

两人走得缓慢，但即使再慢，也有走到的时候。梁枫不肯多往里再看一眼，他背靠墙壁，决计不再往前一步。

属于梁枫的勇气，到这里就止步了。

庄遇往病房里走去。那里静悄悄的，再也不会有属于林未汀的声音。

他还记得上次林未汀住院的时候他悄悄地来，刚刚推开门的时候，林未汀头也不抬便喊了一声：“庄遇，你来啦。”

“你是怎么分辨出来的？”庄遇好奇地问。

“足音啊，你的足音和别人都不一样。”林未汀笑着说。

她的笑容仿佛还在眼前，她的声音依稀还萦绕在耳畔，但是病房里却安静得可怕。

女生只是静静地躺在那里，身上搭着一块刺目的白布。

庄遇好似疯了一般冲到床前，他将那块白布扔得老远，颤抖地握住林未汀已经冰凉的右手，一个劲地想让那只手再度暖和起来。

可是女生安详地睡着，并没有因为庄遇的动作再次睁开眼睛。平日里他只要将手伸进被子去捉她的手，林未汀都会缩成一团，接着将被子裹得紧紧的，然后骂他一声流氓。但是现在，不管他再怎么捉弄她，她都不会醒来了。

庄遇就这样在她的床边坐着，两人的手紧紧交握，他一刻都不想放开。

“林未汀，知道你喜欢看海，我特地预定了一个可以看海的餐厅。”

“还有啊，我今天得了冠军，在台上拉琴的时候，我一直觉得你在看着我。”

“你不是说想要我那把琴吗，我扔了，你去捡回来。捡回来就是你的。”

“林未汀，你就睁开眼睛，看我一眼，就一眼，好不好？”

…………

但是再多的呼唤，也不能让林未汀再次睁开眼睛。他的徒劳，只是让自己更伤心罢了。病房门口站着很多人，但没有一个人走进来对庄遇说，林未汀已经死了，你放手吧。

没有人有这样的勇气。

庄遇从天亮坐到了天黑，病房里的灯都亮了，他还是一动不动。梁枫进来劝了他一次，男生摇了摇头：“我希望林未汀睁开眼睛看到的第一个人是我。”

听到这话，梁枫抿了下唇，用力将涌到鼻腔的酸意给憋了回去。他摸出口袋里的手机递给他：“林未汀的。”

庄遇接下手里，摁亮了屏幕，手机壁纸是拿着大提琴的他。庄遇也不知道林未汀是什么时候拍的，他端详了很久之后，这才输入了密码。

她的密码常年没变，一直都是123456。因为她根本就记不住什么复杂的密码，反正手机也没有机密，她便这么随意用着了。

庄遇点开了林未汀的手机备忘录，她习惯随手在上面写点什么。庄遇一条一条地看，忍不住笑了起来。

她写了很多关于他们的事情，即使只是一点点小事，她都一一保存了下来。那么多回忆，居然事无巨细地被她写在了备忘录里。

庄遇忍不住点开了她的手机相册，他在里面看到了几条视频。

第一条，戴着帽子的林未汀出现在他的眼帘。屏幕里的她调皮地眨了眨眼睛，还有些害羞地冲着镜头招了下手："我只是试试看，感觉对着镜头说话还是有些不自在呢。"

接着，她马上转换了语气，对着镜头说："庄遇，你是不是在偷看我的手机？"

见林未汀一脸认真的样子，庄遇抿了下嘴唇，点了点头。

"我就知道你会偷看的。看吧，反正我也不在了，你不能再笑我了。"林未汀说。

听到这话，庄遇的心又沉了下去。

"我是个骗子，本来想骗你一辈子，但我发现没有那么久的时间了，所以只能骗你一阵子。真是对不起了。"

视频里的林未汀摸了摸自己的帽子，她指着自己的脑袋说："你看，我还是戴着那顶粉红色的帽子，你有没有觉得安慰一点？"

庄遇低声说了一句："没有，真是丑死了。"

林未汀没有听到他的话，她接着说："首先呢，恭喜你获得了第一。嗯，你肯定能得第一，所以我没有录安慰你的视频。然后，很抱歉我没办法继续陪着你了。我知道我很自私也很坏，我不奢求你的原谅。我只希望你能好好地活下去，永远不要放弃音乐和大提琴。因为我爱你，我也爱大提琴。"

说到这里，视频里的她有点哽咽，她抹着眼泪，强撑出微笑："其实说要放下，我真的放不下。我只能说对不起了。"

庄遇用力攥紧了那只冰凉的手，他轻声说："是啊，你确实很自私，也很坏。"

"总之，往好的方面想，人都是记性很差的。你看我，以前的事情我都记不住了。也许过了几年，你也会不记得我了。希望你永远不要有好记性，最好迅速把我忘掉。但是如果你还记得的话……人生也没那么长，几十年之后，我们天上见。那个时候，如果你不是什么人尽皆知的提琴家或者音乐家，我就不见你了。”

说到这里，视频里的林未汀已经滚出热泪。女生红着鼻头咬着嘴唇哽咽了一阵，还是强撑着调整了情绪，道：“哦对了，后面两条视频是留给你生日的时候看的，不要偷偷先看了，要不然你生日的时候就没有惊喜了。那就先说再见了。”

视频戛然而止，庄遇闭上眼睛，眼泪顺着脸颊滚入衣领。她想要他忘记，可是庄遇偏偏记性太好。还会有人能像林未汀这样豁出性命去爱他？只怕今生无人可以做到了。这一次，她没有再睁眼的机会，他亦没有再陪伴下去的理由。

有些路，终究还是一个人走。虽然他有幸等到了结伴而行的人，但她比他走得早。

美梦早就落空，重来也没用。

庄遇擦干了眼泪，将她的手机放在自己的口袋中，又返身捡起了那块白布，盖在林未汀身上，他轻轻摸了摸她的脸蛋：“那就说好了，迟一点，天上见。”

男生的身影消失在病房，最后离开的时候，庄遇忍住了回头的冲动。

别离亦不怕，他们还有约定。

若有来生，他还会等她，多久都等。

（完）

番外

情字难书

白雪皑皑在等我，山长水远在等我。而等待的尽头，没有你。

沉寂了几年的大提琴手庄遇又出专辑了。这张专辑与以往不同，除了三首著名提琴曲外，大多数都是他自己创作的曲子。

不知摄影师是不是也偏爱他那张俊颜，CD封面上庄遇那张脸实在是魅力十足。即使只是路过货架的人，都忍不住驻足多看一眼。

商家似乎也察觉了这个商机。不少音像店将庄遇的宣传海报贴在店门口。男人伸手拥着大提琴，视线低垂，那张侧面照经过修饰之后，更像是画中人物，找不出分毫瑕疵。

一时间，庄遇这个名字又开始家喻户晓，甚至不少人因为他也想去学大提琴。

有杂志邀请庄遇做访问，话题从古典音乐聊到了庄遇的个人问题上。编辑问他："为什么这张专辑叫《未汀和遇》？"

庄遇笑笑："Waiting for you，等你来买啊。"

编辑也忍不住笑了。最后，编辑问了一句："像庄先生这样帅气的男人，有没有女朋友呢？”

庄遇愣神，他轻轻抿唇，点了点头。

编辑有些好奇地追问：“是什么样的女孩呢？”

庄遇不假思索：“独一无二的女孩。”

如此隆重的评价，让采访者有些诧异。

庄遇伸手撑着下巴，眼睛里含着笑意。突然而至的温柔，让他的脸庞显得无比好看。

访谈结束，庄遇和那位编辑握手。直到他走出大楼的那一瞬间，绷直的脊背才得以松懈。

庄遇坐上了车，右手搭在方向盘上放了好久好久，这才决定了前进的方向。他绕了很远的路，几乎跨越了申城整个海岸线，最后才来到墓园。

等庄遇下车，已经是中午。太阳很烈，照得他有些头晕。

林未汀过世已经两年了。但庄遇依旧觉得，林未汀从未离他而去，好像时时刻刻，都在他身边。

男人轻笑，忍不住抚上了额头，他捧着鲜花，左手拿着杂志，一步一步向她的方向走去。

冰凉的石碑并没有因为太阳的温度生出丝毫暖意，那里还静静地躺着一张CD，上面还签有庄遇的名字。

他放下鲜花，左手轻轻抖了下杂志：“喏，算上今天这个杂志访问，我已经上了五本杂志了，你还不表扬我一下？”

照片里的林未汀只是一味笑着，好像想要说点什么。

庄遇俯身，抬手抚上那张照片：“今天有人问我你是什么样的人，我特别抬举了你一下。你要记得我的好啊。”

那天下午，庄遇在林未汀的墓碑前坐了很久，直到他的脸被晒得发疼，这才起身离开。

临走前，庄遇对着林未汀的黑白照说：“下次再来看你。”

说完之后，庄遇转身离去。

他的深情，统统被封印在那方小小的墓地。

爱比死更冷。